堕落天使

FALLEN

lavren kate

[美] 罗伦 · 凯特 著　杨扬 译

中 信 出 版 社
CHINA CITIC PRESS

图书在版编目（CIP）数据

堕落天使／（美）凯特著；杨扬译．—北京：中信出版社，2011.1

书名原文：Fallen

ISBN 978-7-5086-2397-9

I. 堕…　II. ①凯…　②杨…　III. 长篇小说－美国－现代　IV. I712.45

中国版本图书馆 CIP 数据核字（2010）第 193775 号

FALLEN

堕落天使

DUOLUO TIANSHI

著　　者：[美] 罗伦 · 凯特

译　　者：杨　扬

策划推广：中信出版社（China CITIC Press）

出版发行：中信出版集团股份有限公司（北京市朝阳区惠新东街甲4号富盛大厦2座　邮编　100029）

（CITIC Publishing Group）

承 印 者：北京牛山世兴印刷厂

开　　本：880mm × 1230mm　1/32　　**印　　张**：11.5　　**字　　数**：300 千字

版　　次：2011 年 1 月第 1 版　　**印　　次**：2011 年 1 月第 3 次印刷

京权图字：01–2010–3479

书　　号：ISBN 978-7-5086-2397-9 / I · 152

定　　价：29.00 元

服务热线：010–84849283

服务传真：010–84849000

http: //www.publish.citic.com

E-mail: sales@citicpub.com

author@citicpub.com

天堂的大门已然紧闭……

我们须遍游世界

探寻是否仍有旁门敞开

——海因里希 · 冯 · 克莱斯特《论木偶剧》

目录
contents

楔　子

赫尔斯顿，英格兰

1854年9月

午夜临近，他终于画出了她的眼睛。眼神像猫儿一样，半是坚定半是踌躇——却危险万分。不错，她的眼睛就是这样，卧在精致优雅的眉下，掩映在如瀑的发间。

他将画举起，伸直胳膊，仔细端详，审视自己的进展。没有她在面前，这真是项艰苦的工作；可如果她在的话，他根本无法作画。自从他从伦敦来到这里之后，不，从第一次见到她之后，他就不得不时时处处小心翼翼地与她保持着距离。

可如今她每天一点一点靠近他，让他一天胜似一天难挨，这就是他决定在清晨离去的原因：印度？美洲？他不知道去哪里，或者也不在乎。不管最终在何处落脚，都强过在这里忍受煎熬。

他再次俯身看画，一面叹息一面用拇指将她微微撅起的下唇上的碳渍抹匀。这了无生气的画纸，这残酷无情的替代品，却是唯一能将她留在身边的方法。

然后，他在皮制椅子里坐直了上身，他感觉到了，有一股暖意从背后袭来。

是她。

她些许的靠近都能带来最奇妙的感受，就像木头在火中化为灰烬时迸发出的热光。他无需转身也已知晓：她来了。他合起腿上的素描本，虽然他能遮盖画像，却无法逃避现实的她。

他的目光落在客厅对面带有象牙装饰的长沙发上。几小时之前，一袭玫瑰色丝质长袍的她姗姗来迟，出现得让人有些许意外，然后便站在那儿为主人的大女儿弹奏的美妙大键琴曲[①]鼓掌。他的目光掠过房间，落在窗外的走廊上。昨天，就在那里，她蹑手蹑脚地走到他身旁，捧上一束洁白的野芍药花。她依然认为自己亲近他的行为和动机是那么纯洁，而他们在露台上频频的相遇也仅仅是愉快的巧合。她当真如此天真？他不愿告诉她事实并非如此……这个秘密应由他来背负。

他站起身，转过脸，将画留在身后。她就站在那儿，一袭素净的白色长袍，依偎着鲜红的天鹅绒窗帘，乌黑的长发编成一束辫子垂在肩上。她脸上的神情，他已经描摹了无数次。她双颊绯红，不知是因为愠怒还是羞赧。他很想知道，却又极力克制不去发问。

“你在这儿做什么？”他能听出自己的声音中带着咆哮，随即后悔语气里的尖锐，因为他知道她永远无法理解其中的原因。

“我，我睡不着，”她言语有些磕绊，同时又朝火炉和他的椅子挪了几步。“我看见你房里有光，还有，”她顿了一顿，垂下眼睛，盯着双手，“你的箱子在门外。你要去什么地方吗？”

“我正准备告诉你。”他忽然停了下来。他不该撒谎。他从没打算

---

① 一种15世纪至19世纪初用的键盘乐器，近年来又恢复使用。——编者注

把自己的决定告诉她，告诉她只会让事情更加糟糕，已经走到这一步了，他只是希望这次能有所改变。

她又走近了些，视线落在素描本上："你在画我吗？"

她惊愕的语气令他记起他们理解上的鸿沟是多么难以逾越。纵然过去的几周他们是一起度过的，她依然难以窥见两人莫名情愫背后的真相。

这样也好——至少是更好。经过几天的思量，他已经打定了离开的主意，也挣扎着要摆脱她。这般的努力令他精疲力竭，一旦独处，他就不得不释放压抑的情感，去描摹她的样子。他的素描本中已经满是她曲线优美的脖颈，大理石般盈润的锁骨和乌润浓密的秀发。

他回头看了一眼画，并不羞于被发现，因为事情已经更糟了。当他意识到已被她发现时，彻骨的寒意瞬间弥漫周身……他情感的流露对她来说意味着毁灭。他本该更小心谨慎。事情总是如此开始的。

"一杯热牛奶加上一匙蜜糖，"他背对着她，低声呢喃道，随后又幽幽加上一句，"能帮你入睡。"

"你怎么知道？为什么你会知道，我妈妈以前就是这么做的……"

"我就是知道。"他转过身说。她的诧异并未令他吃惊，可是他怎么能够向她解释他是如何得知的呢；他又如何能够告诉她，在遥远的过去，当阴霾降临的时候，他曾多少次为她捧上相同的饮品，然后搂着她直到她睡去。

他感觉到了她的抚摸，就像火焰燃透了他的衬衣一样。她的手轻柔地搭在他的肩上，他的呼吸变得急促。今生，他们还未曾彼此抚摸，两人的第一次亲密接触总会令他窒息。

"我，"她低语，"你要离开吗？"

"是的。"

"带我一起走。"她没有一丝犹豫，脱口而出。这时，他注意到她停顿了一下，似乎想要收回自己的请求。在她的眉间，他能看出她情绪的变化：她感到自己过于轻率，继之以迷惘，而后又是对自己如此直白的一丝羞赧。她总是如此，以前总是如此，而他在这一刻也总是犯下同样的错误……去抚慰她。

“不，”他低声道，“我明天起航。如果你真的在乎我，就不要再说什么了。”

“如果我在乎你，”她重复道，仿佛在自言自语，“我，我爱……”

“不要再说了。”

“我一定要说。我，我爱你，我很清楚，如果你要离开……”

“如果我离开，那就是救你的命。”他缓缓地说，似乎是在向她身体中仍能记得这一切的那部分诉说。可她身体中是否真的还有这样的一部分？如果有，又深埋在何处？“有些事情比爱更重要。你不会明白，但你必须相信我。”

她目不转睛地盯着他，后退了一步，双手抱在胸前。他又犯了一个错误……每次他俯身对她讲话总会令她觉得受了轻蔑。

“你是说有些事情比爱更重要？”她挑衅地抓起他的双手，将它们按在胸口上。

天哪，这分明是她，可她却不知道会发生什么！至少他应该更坚强，应该能够阻止她。如果不能阻止她，过去的一切又将重演，一次又一次地折磨他们。

手掌下，传来她肌肤熟悉的温度；他把头撇向一边，呻吟着。他试图忘记她此刻是多么贴近，忘记自己是多么熟悉两人双唇紧贴的感觉，忘记这一切注定要结束会令他多么痛苦；可她的手指轻柔地攀了上来，继而紧紧地缠绕住他的双手，透过纤薄的丝袍，他感觉得到她心房的跳动。

她说得没错，没什么能比得上此刻，从来就不曾有过。正当他要放弃抵抗将她揽入怀中，他忽而瞥见她眼中闪过惊恐的神情，就像见到了鬼魂一般。

她主动推开了他，将手贴在额上。

“我从来没有过这么诡异的感觉。”她呢喃道。

不，难道已经太晚了吗？

她的双眼眯成了他画上的形状。她走回他身边，将手放在他的胸前，双唇微启，满怀期待地说：“告诉我我疯了，但我发誓这一幕我曾见过……”

真的已经太晚了。他浑身颤抖着抬起头，已然感觉到黑暗的降临。他抓住最后的机会将她揽入怀中，就像几周以来他一直期待的那样紧紧地搂着她。

当她的双唇在他的唇间融化的一刹那，两人都失去了力量。她口中金银花的甘醇令他晕眩。她贴得愈紧，他胸中的恐惧和痛苦就绞得愈紧。他们的舌缠绕着，每次新的爱抚，每次新的探寻都会令两人胸中爱的火焰燃得更加明亮，更加炽热，更加有力。可是，这一切都一如过往。

房间在震颤，诡异的气氛在他们周身升腾。

可是除了他们的热吻之外，她什么都觉察不到，什么都意识不到，什么都理解不了。

只有他知道将会发生什么，只有他知道他们的重逢会招来何等黑暗的使者。他知道这一切，尽管依然无力改变两人的命运。

黑暗的旋涡正悬在他们头上。如此之近，几乎触手可及；如此之近，他怀疑她都能听见他们的低语。他看到阴霾掠过她的面庞。有一刻，他看见她眼中燃起了相识的火花。

继而，一切都化为乌有，化为乌有。

FALLEN

1· 完美的陌生人

圣剑和十字架学院的大厅里灯火通明，露西跌跌撞撞地冲进来时已然迟到了十分钟。一个胸膛宽阔、面色红润的训导员强有力的胳膊下夹着一个笔记本，已经在发号施令……这意味着露西已经落后了。

“所以你们要记住，药物治疗、床和红色，”训导员向三个背对着露西站在一起的学生咆哮着，“记住这些基本的东西，别给我惹麻烦。”

露西匆匆溜到了那群人后面。她这会儿还想弄明白自己是否填对了刚才那一打文件；前排站着的那位光头训导员到底是男是女；会不会有人帮她拎那个硕大的行李包；还有爸爸妈妈会不会在丢下她回家之后，立马把她那辆心爱的普莱茅斯复仇女神给处理掉。整个夏天他们一直威胁着要卖掉那部车。现在可好，他们理由充分、冠冕堂皇：露西的新学校不许开车。准确地说，是露西新的教养学校。

她还在慢慢适应这个词……教养学校。

“您能不能，嗯，您能不能重复一下？”露西问训导员，“那个，药物治疗室，是什么？”

“唉，看看都来了些什么学生！”训导员高喊了一句，然后慢慢地对她解释，“药物治疗室嘛，如果你是接受药物治疗的学生，就得待在那儿等着药性发作，恢复神智，然后呼吸。”训导员是个女人！露西把训导员研究了一番，这才得出了结论。男人没这么狡猾，也不会用如此矫揉造作的语气说话。

“明白了。”露西感到一阵反胃，“药物治疗室。”

露西已经好几年没接受过药物治疗了。她在霍普金顿有一位姓桑福特的治疗专家。就是因为这个人，爸爸妈妈才大老远把她送到新罕布什尔的寄宿学校。去年夏天的事故之后，桑福特医生曾考虑再次使用药物治疗。尽管露西最终说服了医生，让他相信自己仍处在准稳定状态，但她还是被观察了一个月，这才终于免受那些讨厌的抗精神病药物的折磨。

就因为这个，她才在圣剑和十字架学院开学一个月后才来报到。做一个新人本来就够糟了，现在要进入一个其他人都已经站稳了脚跟的班级更令她神经紧张。但在学校走了一遭之后，她发现自己似乎并不是今天唯一刚到的学生。

她偷偷瞥了一眼在她身旁站成半圆的三个学生。在多佛预备学校，也就是她的上一所学校的时候，她第一天游览校园就遇见了自己最好的朋友凯莉。在一个其他学生都已戒掉恶习的校园里，有她们两个冥顽不灵的家伙就足够了。两人很快就发现她们都痴迷于相同的老电影，尤其是有阿尔伯特·芬尼出演的那些。后来在看《丽人行》的时候，两个女孩又发现她们俩做爆米花时都会引发火警。从那之后，她们就形影不离，直到……直到不得不分开。

这会儿，露西身边站着两个男孩和一个女孩。那女孩看上去简单明了，一个像露得清广告女郎一样可爱的金发女孩，精心修剪的指甲涂成粉色，和她的塑料发卡很是般配。

“我——叫——嘉——碧。”她慢吞吞地自我介绍，同时对露西报以灿烂的微笑。但这微笑犹如昙花一现，露西还没来得及自报家门，嘉碧脸上的笑容便一闪即逝。这个女孩对自己骤减的兴趣让露西想起多佛的南方女孩，没想到在这里也能遇见这样的人。露西不清楚这是否值得安慰，但她无法想象这样一个女孩怎么会进了教养学校。

露西右边那个男孩留着棕色的短发，有一双棕色的眼睛，鼻子上长了些浅浅的雀斑。可是他不太愿意和露西对视，只是不停地拨弄着拇指上的倒刺。这个男孩的举止让露西觉得他和自己一样，或许也在为进了教养学校而震惊和羞愧。

站在左边的那个家伙倒是极为符合露西对这所学校的印象。这个男孩又高又瘦，肩上挂着一个DJ包，一头浓密的黑发，眼睛大而深陷，瞳孔是绿色的。他嘴唇饱满，唇色像玫瑰花瓣一样红润，肯定会让不少女孩羡慕得要死。他穿着黑色T恤，后颈边沿露出一块旭日形状的文身，在浅色皮肤的映衬下闪闪发光。

这个人和另外两人不同，当他注意到露西的目光时便再也不愿将视线移开。他嘴唇的线条很奇怪，眼中却满是温暖和生机。他盯着露西，像一尊雕像一样岿然不动，露西也像被施了定身法似的动弹不得。她不由得深吸了一口气。那双眼睛如此热切，如此撩人，甚至有些令人忘乎所以。

训导员大声清了清嗓子，那男孩才从恍惚中回过神来。露西的脸红了，忙不迭地装作在挠头。

“已经懂了规矩的，把违禁品上缴后可以离开了。”训导员说完指了指那个巨大的纸板箱，箱子上方挂着块牌子，上面用大号黑体字写着：违禁品。“我说可以离开了，陶德，”她一巴掌拍在那个孩子的肩上，吓得他蹦了起来，“是让你们去找指派给你们的学生指导。”她又指着露西说，“你，把违禁品交出来之后，给我留下。”

四个人挪着步子朝纸板箱走去，露西看着他们开始掏口袋，感觉有些疑惑。那女孩掏出一把三英寸长的粉色瑞士军刀。绿眼睛的男孩极不情愿地把一罐喷雾颜料和一把裁纸刀丢到了盒子里，甚至连陶德都扔下了几盒火柴和一小罐火机油。这让露西觉得自己有点儿傻乎乎的，竟然连一丁点儿违禁品都没藏，但当她看到那些孩子从口袋里掏出手机扔到盒子里时，她真的是倒吸了一口凉气。

露西走近了些，仔细看了看违禁品的牌子，她发现了手机。呼机和所有的双向无线电通信工具都在禁止之列。没有车就已经够惨了！露西汗津津的手紧握着手机，这可是她和外界唯一的联络工具了。露西的表情变化没逃过训导员的眼睛，她在露西脸上拍了几下说：“孩子，别给我装迷糊，他们付我的钱可不够我给你做人工复苏的。再说了，你每周可以在大厅打一次电话。”

一个电话，一周一次？但是……

她低头最后一次看了看手机。有两条新短信，但愿不是她最后的两条短信。第一条是凯莉发来的：

立即回电话。我会一直守着电话到夜里，所以得先吃饭去。记住我教给你的咒语。你一定能挺得住。顺便说一句，好坏暂且不论，我觉得所有的人都已经忘得一干二净了，关于那件事情……

典型的凯莉风格，写得那么长。她的破手机还有四行没有显示出来。从某个角度来讲，露西几乎是如释重负。她不想读到关于原来学校的人已然忘记了她，已然忘记了她身上发生的事。

她叹了口气，读下一条短信。妈妈发来的，她前几周才学会发短信，八成还不知道一周打一次电话这事，不然她怎么也不会把宝贝女儿丢在这地方。不是吗？

孩子，我们已经开始想你了。要听话，多吃蛋白质。能讲话的时候我们再谈。爱你的爸爸妈妈。

露西又叹了口气，看来爸爸妈妈肯定已经知道了，不然怎么解释早上她在大门口背着书包挥手道别时他们脸上哀怨的神色呢？吃早饭时，她试图开玩笑，说她终于摆脱了在多佛学到的可怕的新英格兰口音，但爸妈怎么也笑不出来。她本以为他们还在生她的气。他们从来不会高声大嗓地吼她，就算她真的惹了麻烦，他们也只是一言不发冷眼相对而已。现在她才算明白了今天早晨那种诡异的气氛……爸妈已经知道他们要和宝贝女儿失去联系了。

“我们还在等大人物啊！”训导员阴阳怪气地来了一句，“我倒想知道是谁？”露西猛然回过神来，面前那个大箱子现在已经装满了各种各样她叫不出名字的违禁品。她感觉那个黑头发绿眼睛的男孩还在盯着她看，她抬起头来，才注意到所有人都在盯着她。轮到她了。露西闭上眼睛，松开了手，手机慢慢滑落，忧伤地坠在了那堆东西上面。这坠落的声音意味着她自此将孑然一身了。

陶德和嘉碧没有多看露西，径直向门外走去，但那个绿眼睛的男孩转身对训导员说："我可以教她规矩。"他说完，朝露西点了点头。

"这不符合规定。"训导员机械地回答，她似乎已经预见到了这番对话。"你现在又是新生了，就得遵守新生规则。一切要从头开始。你若不喜欢这样，在违反假释规定前就要三思。"

那学生一动不动，面无表情。露西还在为"假释"这个词震惊，训导员已经拖她往大厅的中心走去。

"走吧。"训导员说话就像什么都没发生过一样，"床。"她从一扇朝西的窗户指着远处的一座建筑。露西看见嘉碧和陶德已经朝那边去了，第三个男孩也慢吞吞地跟在后面，他看上去根本不愿意追上他们。

宿舍楼是一栋方方正正的灰色建筑，坚固异常，令人望而生畏。两道沉重的大门，丝毫看不出其中有生命存在的迹象。荒芜的草坪中央立着一块石碑，上面刻着"宝林宿舍"，露西记得曾在网上看见过。在朝阳的辉映下，它看上去比黑白照片更丑。

即便站在远处，露西也能看见宿舍的表面上满是黑灰。所有的窗户都装着粗粗的铁栏杆。她眯着眼睛看去，想，宿舍四周的围墙上难道是铁丝网？

训导员看了一眼表格，翻了翻露西的档案，对她说："63号房间。把你的包扔到我的办公室，和他们的行李放在一起，晚上再收拾。"

露西把她的红色行李包丢到另外三个无法辨认的黑色箱子旁边，随后条件反射般地去摸手机，因为她通常会把一些需要记着的事情存到手机里。可这一摸却只摸了个空，她叹口气，只得把房间号记在脑子里。

她还是不明白自己为什么不能和父母在一起，他们在桑德博尔特的房子到这里不过半小时车程。回到萨瓦纳的家感觉太棒了，就像妈妈说的，那里的风吹起来都是慵懒的。佐治亚那种舒适缓慢的节奏比新英格兰更适合露西。

而给人的感觉根本不像萨瓦纳，不像任何地方。她得待在这个了无生气，毫无色彩的地方完全是因为法庭的判令。有一天，她偷听到爸爸和校长在电话中交谈。爸爸用他生物教授惯有的方式点着头说："是的，是的，让她时刻受到监管是再好不过的了。不，不，我们不会介入你们的管理体系的。"

显然，爸爸没有想到他的女儿会受到这般监管，这里简直就是重犯监狱。

"那么，您说的红色又是什么意思？"露西问训导员，准备从这次煎熬中解脱出来。

"红色。"训导员说着指向天花板上悬着的小型机器——一个闪着红灯的摄像头。露西以前从未见过这个，但训导员既然指出了第一个，她立刻就明白了这东西无处不在。

"摄像头？"

"很好，"训导员的话语中透着威严，"我们把这些东西设置在明显的地方，这是为了提醒你们，我们在盯着你们，随时，随地。所以，别惹麻烦。这样你们也可以自我约束。"

每当有人把露西当疯子一样跟她说话时，她差点儿就相信他们是对的。

整个夏天，在她的梦中、在父母不在身边的短暂时刻，记忆都纠缠着她。所有的人、包括她自己都在思考那个小木屋里发生的一切究竟是怎么回事。警察、法官、社会工作者都想从她那儿挖出事实真相，但她自己也跟那些人一样毫无头绪。她和特雷佛整个晚上都只是在打哈哈，在湖边的小屋里相互追逐，远离其他的人。她竭力想跟别人解释说那本是她生命中最美好的一个晚上，转眼间却变成了最糟糕的一个晚上。

她花了不少时间回忆那天晚上发生的一切，她听见特雷佛的笑声，感觉到他的手搂着她的腰，她努力要说服自己是无辜的。可是圣剑和十字架学院的每条规章、每项制度似乎都在证明事实并非如此，而是在提醒她：她是个需要被监控的危险分子。

露西忽然感觉一只有力的大手搭到·了她的肩上。

“听着，”训导员说，“如果有什么让你感觉好些的话，那就是你还不是这里最糟糕的学生。”这算是目前为止训导员第一次摆出人性化的姿态。她相信训导员的本意是想让她感觉好点儿，但她是因为被怀疑和自己喜欢的男孩的死有关才被送到这里来的，她仍然不算是这里最糟糕的学生？露西不禁要想这所学校到底接收的都是些什么样的孩子？

“好了，向导结束了。”训导员说，“你们现在独自行动吧。你们想找什么地方的话，这里有地图。”说完她递给露西一张粗糙的手绘地图的复印件，然后看了看表。“现在离你的第一堂课还有一个小时。”她朝露西挥了挥手，“自己要处处小心，别忘了，”她最后指了指摄像机，“红色在看着你呢。”

露西还没来得及回话，一个身材瘦削、深色头发的女孩出现在她眼前，在露西面前摇着手指。

“唔……”女孩围着露西跳着舞步，妖声妖气地说道，“红色在看着你哦。”

“在我整你之前，走开，阿伊莲。”训导员呵斥道，但是从她那浅浅的、发自内心的微笑可以看出，她对这个疯疯癫癫的女孩有些特别的喜爱。

可是很显然，这女孩对训导员的偏爱还不太买账。她对训导员做了个不屑的动作，然后就盯着露西，这绝对冒犯了训导员。

“就冲这个，”训导员边说边愤怒地在本子上记下了，“你今天要带着我们的阳光小美女在校园里好好转转。”

露西穿着黑色牛仔裤、黑色靴子、黑色上衣，看上去和阳光一点儿不搭边。

根据圣剑和十字架学院着装守则的规定，只要学生行为得体，他们可以穿自己喜欢的衣服。

只有两项强制性规定：衣服样式必须端庄，颜色必须是黑的。想来还是相当自由的。

妈妈今天早晨逼她穿了一件肥大的高领毛衣，根本显不出她的身材。她浓密的黑发曾经长及腰际，让她引以为豪，现在却几乎被剪光了。那次火灾在她头皮上留下了烧灼的痕迹，头发也被烧得有些参差不齐。回到多佛后，妈妈把露西按在浴缸里，拿来爸爸的电动剃刀，一言不发地把她的头发剃掉了。过了一个夏天，头发稍稍长了一些，可她曾经令人艳羡的大波浪现在只到耳际。

阿伊莲打量了她一番，用手指弹了弹她苍白的嘴唇。“太完美了。”她上前一步，挽住了露西的胳膊，“我想我还真可以好好使唤一下我的新奴隶呢。”

这时大厅的门被推开了，那个高个子绿眼睛的男孩走了进来。他摇了摇头对露西说：“这地方，会把你脱光搜身，要是你敢藏违禁品的话，”他扬了扬眉毛，“所以还是省省吧。”说完他把一捧不知其名的东西丢到了盒子里。

站在露西身后的阿伊莲一阵窃笑。男孩猛地抬起了头，当他看见阿伊莲时，他张张嘴又合上了，有些不知所措。

“阿伊莲。”他终于还是开口了，语气很平静。

“凯姆。”阿伊莲回答道。

“你认识他？”露西轻声问道，心想着教养学校是不是和多佛预备学校一样有什么小帮派之类的。

“用不着提醒我。”阿伊莲说着话把露西拽了出去，门外是灰暗阴冷的清晨。

主楼背后有一条小路环绕着一片杂乱的场地，其中杂草丛生，看上去更像一块空地而不是学校的运动场，只有一块记分牌和露天看台说明这儿确实是运动场。

运动场外有四座外观肃穆的建筑。左边是煤灰砖砌的宿舍楼，右边是庞大、古旧、丑陋的教堂。两者之间另有两座开阔的建筑，露西猜想应该是教学楼。

就是如此，露西的整个世界就这样变成了眼前这副凄凉的景象。

阿伊莲转向右边把露西领到了场地上，让她坐在被水浸透了的木头看台顶端。

在多佛，像这样的地方总是充斥着常春藤联盟那些正在训练的运动员，所以露西总是避免待在这种地方。但眼前这片场地空空如也，球门锈迹斑斑，显然是另一码事，至于究竟是怎么回事，露西一时还搞不明白。三只秃鹫在头顶盘旋，阴沉的风在光秃秃的橡树枝间呼啸。露西打了个寒战，把下巴缩到毛衣领子里。

“那么，”阿伊莲问，“你应该已经见过兰迪了。”

“我以为他叫凯姆。”

“不是说他。”阿伊莲快言快语，“我说的是那边那个。”她把头撇向她们刚刚离开的办公室那边，她们把训导员丢在了电视机前。“你觉着是男的还是女的？”

“啊？女的吧？”露西犹豫地答道，“这是测验吗？”

阿伊莲清脆地笑着说：“很多测验中的头一个。你通过了，起码我觉得你通过了。这学校里很多员工的性别一直都存在广泛争议。别担心，你会慢慢搞明白的。”

露西觉得阿伊莲是在开玩笑，如果是的话，这笑话还蛮酷的。但跟多佛相比，这个变化可是够大的。在原来的学校，那些打着绿领带，头发抹得锃亮的未来议员们文雅地保持着安静在大厅里缓缓穿行，金钱凌驾于一切。

通常其他的多佛孩子根本不拿正眼看她，似乎是在说别把你的脏手抹在白墙上。她心想，如果阿伊莲在那儿会是什么样子：在看台上打发时间？焦躁不安地大声讲着粗俗的笑话？露西还想着凯莉会怎么看待阿伊莲，因为多佛可没有像她这样的孩子。

“好了，说吧，”阿伊莲对露西发号施令，她跳到看台顶层，示意露西到她那儿去。“你做了什么被扔到这里的？”

阿伊莲的语调顽皮戏谑，但是露西突然感觉自己得坐下来。太荒唐了，她本希望自己在学校的第一天不会让过去的记忆毁掉自己苦心经营的表面上的平静。当然，这里的人肯定会想知道的。

她感觉血液在太阳穴涌动。每当她回想过去、回想那个夜晚的时候就会这样。对于发生在特雷佛身上的事情，她心中一直存有负罪感，但是她也一直努力不要让自己陷入那些阴影之中，关于那场事故，此时此刻她只能记得这点。那些黑暗，难以名状，无处倾诉。

去他的吧，她当时已经跟特雷佛说过，她感觉到了一些奇怪的东西，那些扭曲的形状在他们头顶盘旋，威胁要破坏他们美好的夜晚。当然，那时已经晚了。特雷佛不见了，他的身体已经被烧得面目全非。而露西，她有罪吗？真的有罪吗？

没人知道她偶尔在黑暗中见到那些邪恶的阴影，它们总是纠缠着她。长久以来，它们总是去而复返，露西都已经不记得它们第一次出现是在什么时候了。但她清楚地记得她是何时意识到这些东西并不是所有人都能看见，仅仅是冲她而来的。那时她七岁，一家人在希尔顿海岬度假，爸爸妈妈带她去划船。夕阳西下之时，那阴影开始在水面游弋，她对爸爸妈妈说："它们来的时候你们怎么办？爸爸，你不害怕怪物吗？"

爸爸妈妈向她保证没有怪物，但露西还是一再坚称她看见了颤抖的黑暗的东西。父母带她去看了几次眼科医生，配了眼镜。而后她又错误地向父母描述了那些阴影不时发出的嘶嘶声，他们又带她去看了耳科医生，然后就是治疗，各种各样的治疗，最终是抗精神病药物。

但一切努力都没能驱赶走那些东西。

到十四岁的时候，露西拒绝继续药物治疗。就是在那时候他们找到了桑福德博士，也在附近找到了多佛学校。他们飞到新罕布什尔，又开着租来的车子走过了漫长崎岖的道路，这才到了山顶那座叫做影子谷的豪宅。他们把露西介绍给那个穿着白大褂的男人，他问她是不是还能看见那些幻象。当时，父母牵着她的手都汗津津的，皱着眉头，生怕女儿真的得了重病。

她当时很清楚，如果不对桑福德博士说她们想听的话，她得拜访影子谷很多次。她撒了谎假装正常，才被多佛学校准许入学，而且一个月只需见桑福德博士两次。

自从露西装作再也看不到那些阴影之后，她就再也不必服用那些可怕白芍药丸。但是她仍然无法预料那些阴影何时出现。她还记得那些阴影出现过的地点：森林深处、浑浊的水域，都是她不惜一切代价要避免前往的地方。但阴影出现的时候她会有感觉，因为这通常伴着彻骨的寒意和莫名的恶心。

露西跨坐在看台上，拇指和中指揉着太阳穴。如果她想安然过完今天，就必须把过去从脑海中抹去。独自一人回忆那天晚上的事是她无法承受的，她也没法把那些可怕的细节和盘托给眼前这个诡异、癫狂的陌生人。

露西没有回答，只是看着阿伊莲。阿伊莲这会儿已经躺倒在了看台上，把玩着她那副巨大的黑色太阳镜，说实话，那副眼镜遮住了她面部最美的部分。露西很难看出来，但阿伊莲肯定一直在看着露西，因为没过多久，她就坐起身来对着露西笑了。

“把我的头发剪成你那样吧。”

“什么？”露西吸了口气，“你的头发很漂亮啊。”

这倒不假。露西极度怀念阿伊莲那样又长又密的头发。她蓬松的黑色发卷在阳光下闪耀着迷人的光泽，其间还有一抹红色。露西的头发依然很短，只能松垮垮地垂在耳朵前面，但她还是把它们捋到了耳后。

“漂亮什么啊？”阿伊莲说，“你的发型才够性感，我也想要那样的。”

“哦，好吧。”这算不算是恭维呢？但露西不知道她是应该接受这番恭维还是该烦恼不安，因为阿依莲似乎认定自己可以拥有任何想要的东西，哪怕那东西属于别人。“我们去哪儿弄……”

“哈哈。”阿伊莲从包里掏出了一把粉色的瑞士军刀，正是嘉碧扔到违禁品盒子里的那把。“怎么了？”她看着露西的反应，“新生上缴违禁品的日子我总是要捞一把的。这个点子帮我熬过了被拘留在圣剑和十字架学院的日子，嗯，应该说是夏令营。”

“你整个夏天都在这儿过的？”露西不由得皱了皱眉头。

“哈，你这话说得真像个新生，你是不是还在期待春假呢？”她把瑞士军刀扔给了露西，“我们没法离开这鬼地方了，永远走不了了，现在开工吧。”

“红色怎么办？”露西手中握着刀四下张望了一下，四周应该遍布着摄像头。

阿伊莲摇了摇头说："我可不愿意和胆小鬼在一起，你到底行不行啊？"

露西无奈地点了点头。

"你可别跟我说你以前没剪过头发啊。"阿伊莲夺过军刀，拔出剪刀递给露西，"把我的头发剪得漂漂亮亮再说。"

露西的妈妈在浴缸里把她残留的长发扎成了一束马尾辫，然后把它们剪了个精光。露西明知应该有更好的剪发方法，但是她一直不想剪发，所以她就只知道剪马尾辫这一种方式了。露西把阿伊莲的头发拢在一起，从手腕上撸下一个皮筋把她的头发绑好，握紧了剪刀，动手剪发。

那个马尾辫静静地落在阿伊莲的脚边，她喘了口气，四下摸了摸，捡起马尾辫对着阳光看了看。露西的心猛然一收。她仍在惋惜自己失去的头发和它们象征的东西，而阿伊莲的嘴边却浮现出浅浅的微笑，她再一次抚摸了她的马尾辫，然后把它扔进了包里。

"太棒了，继续啊。"

"阿伊莲，"露西不禁脱口而出，"你的脖子，全都……"

"害怕吗？"阿伊莲说出了露西没敢说出口的话，"说出来吧。"

阿伊莲的脖子后面从左耳根处到锁骨的皮肤一片斑驳，像大理石一样闪着光。露西想起了特雷佛，还有那些可怕的图片，甚至连爸爸妈妈看了那些照片后都不愿再看自己的女儿。露西看着阿伊莲，一阵晕眩。

阿伊莲抓起露西的手按在自己的皮肤上。那皮肤既灼热又冰冷，光滑而粗糙。

"我可不怕，你呢？"

尽管露西真希望阿伊莲能够松手，这样她也好把手拿开，但她还是答道："不怕。"同时，她腹中一阵翻江倒海，因为她忽然想起特雷佛的皮肤触摸起来是否也是这种感觉。

"你是害怕你自己，真正的自己。对吗，露西？"

"不是。"露西矢口否认。很明显，她在撒谎。露西闭上了眼睛，她希望在圣剑和十字架学院的生活是一个新的开始，希望别人不会像阿伊莲现在这样看她。今早在学校的门口，父亲在她耳边嘀咕着普莱斯家的家训："普莱斯家的人从不言败。"那时候露西还觉得自己的期望有可能实现，但现在露西已经感到疲惫，而且丝毫没有安全感。想到这里，她抽回了手。"那么这到底是怎么回事？"露西低垂着双眼问阿伊莲。

"我刚才问你为什么到这儿来的时候你没有回答，我可没有逼你啊。"阿伊莲扬起眉毛回答道。

露西点了点头。

阿伊莲指了指剪刀说："把后面也剪了，把我弄漂亮点儿，像你那样最好。"

就算把头发剪得一样，但阿伊莲看上去还是像个营养不良版的露西。生平第一次给别人剪头发，露西真的想干得利索点儿。阿伊莲则开始滔滔不绝说着圣剑和十字架学院学校的生活究竟有多复杂。

她指着右手边和宿舍楼之间隔了两座楼的一栋牙黄色的建筑："那边的楼叫奥古斯汀。我们每周三都在那儿举办所谓的社交活动，所有的班级都在那儿。"那座楼看上去应该又是出自那个设计了"宝林宿舍"的设计师之手。沉闷的方形阴郁得像座堡垒，四周被铁丝网围着，窗户也装着铁栏杆。整座建筑笼罩在阴森灰暗的雾气之中，像是被苔藓覆盖一样，根本没法看清其中是否有人。

"善意的警告。"阿伊莲继续说道，"你不会喜欢在那里上课的，你要是喜欢就不是人类了。"

“为什么？课程有什么糟糕之处？”露西问道。或许阿伊莲压根儿就是不喜欢上学这档子事。黑色的指甲油、黑色的眼线、似乎只能装得下那把军刀的黑色提包……她确实不太像是喜欢读书的样子。

“那些课是没有灵魂可言的，”阿伊莲说道，“更糟糕的是它们还企图剥夺你的灵魂。当然了，这里的八十个学生大概也只有三两个有灵魂吧。”她抬起眼睛看了看，“不用多说的……”

听起来前途是一片渺茫，但露西想的是阿伊莲的另一句话。“等等，这个学校只有八十个学生吗？”在她去多佛之前的那个夏天，她仔细翻阅了一本关于那些前途无量的学生的手册，记住了其中所有的数据。但是迄今未止她所了解的关于圣剑和十字架学院的一切令她瞠目结舌，她觉得自己完全毫无准备就进了教养学校。

阿伊莲点了点头，露西意外地把她本想留下的一绺儿头发剪掉了。天啊！希望阿伊莲不会注意到，或许她会觉得这样很前卫。

“八节课，十个人一个班。你很快就会认识所有的人。他们也会很快认识你。”

“我也这么觉得。”露西咬了咬嘴唇，表示赞同。阿伊莲是在开玩笑，但是她想知道如果阿伊莲知道了自己的故事她还会不会那么冷静地眨着蓝眼睛和她坐在这里。她把秘密隐藏得越久，自己的境况就会越好。

“你肯定想避开那些难缠的人。”

“难缠的人？”

“就是那些戴着腕带和追踪器的家伙，大概有三分之一的学生吧。”

“他们是……”

“你不想和他们搅在一起的，相信我。”

“哦，他们都做了些什么？”

虽然露西很想保守自己的秘密，但是她同样不喜欢阿伊莲把她当做天真无知的少女。不管那些孩子做了什么，总不至于比别人指控她所做的事情更糟糕。或者，真的更糟？毕竟她对这个地方和这些人几乎一无所知。这种可能性令露西心生恐惧。

“哦，你知道的。”阿伊莲慢悠悠地说道，“支援或者教唆恐怖活动。砍了父母又把他们烤了。”阿伊莲说完转过身对露西眨了眨眼睛。

“别说了。”

“我说的是真的。那些家伙都是精神病，他们比其他人受到更严格的监控。我们都把他们叫戴镣铐的人。”

阿伊莲那种夸张的语气让露西忍俊不禁。

“你的头发剪好了。”露西把手指伸进阿伊莲的头发，把它们抖得蓬松一些。看上去确实很酷。

“太可爱了。”阿伊莲也很满意。她转过脸来看着露西。她捋着自己的头发，黑毛衣的袖子滑到了手肘，露西忽然瞥见阿伊莲的手腕上那条黑色的腕带，上头缀着好几排银色假钻。而另一只手腕上的那个腕带看上去更像是机器。露西的眼神没有逃过阿伊莲的眼睛，她的眉毛邪恶地向上一挑。

“我告诉过你了。我他妈的是精神病。”说完她咧嘴一笑，“好了，我们继续游览吧。”

露西别无选择，她爬下看台跟着阿伊莲。头顶上一只秃鹫突然俯冲了下来，看上去很是危险。阿伊莲对此却毫不在意，抬手指了指体育场右方远端的一座建筑。

“那边是我们的高科技体育馆。”阿伊莲装出一副导游的重鼻音口吻。

“不错，不错。不熟悉这里的人看它像教堂，以前确实是。圣剑和十字架学院的建筑几乎都是二手的。几年前，一个痴迷艺术体操的精神病专家跑到这儿来鼓吹用药过度的年轻人会毁掉这个社会。他捐了一笔钱把教堂改造成了体育馆，这样我们能用一种更自然更有效的方式克服我们的心理障碍。”

露西哼了一声，她向来对体育课不感冒儿。

“我赞成你的反应。”阿伊莲同情地说道，“迪安特教练是个魔鬼。”

露西一路小跑跟着阿伊莲，慢慢习惯了场地。多佛的院子维护得非常好，草坪修剪得十分平整，齐整的树木包围在草坪四周；而圣剑和十字架学院简直像是陷在沼泽中央。柳树的枝叶垂到了地面，大片的野葛顺着墙壁长得郁郁葱葱，每走几步，脚下都会吱吱作响。

这地方并不只是看上去糟糕。露西每次吸入潮湿的空气，都觉得肺部要被粘住了。在圣剑和十字架学院，连呼吸都感觉像是陷入了流沙之中。

“很显然这建筑师在翻新老式军事学院的建筑方面倒是颇有造诣。结果就是我们得待在这个半是监狱半是中世纪酷刑室的地方，而且还没有园丁。”阿伊莲一边说着一边拿靴子踢着地上的黏土。“真恶心。哦，对了，那边是墓地。”

阿伊莲指着空地左边的远处，刚过宿舍楼的地方。露西顺着阿伊莲的手指看去，一道更为浓密的雾霭笼罩着一片没有围墙的土地，它三面都被浓密的橡树林包围着。她看不见墓地内部的情形，它似乎陷入了地下，但是她能闻见腐烂的味道，也能听到树丛中蝉的鸣叫。恍惚间，她似乎看见有黑影在穿梭，但一眨眼它们又消失了。

“那是墓地？”

“对啊。南北战争的时候那里是军事学院，牺牲的人就葬在那里。真是让人毛骨悚然。上帝啊。”阿伊莲又故意装出一副冒牌的南方口音，“天堂里都能闻见这股臭味。”她向露西眨眨眼，“我们经常待在那儿。”

露西看了一眼阿伊莲，想知道她是不是在开玩笑，而阿伊莲只是耸了耸肩膀。

“好吧，只有一次，在一次盛大的狂欢之后去的。”

这个词露西可是知道的。

“啊哈！”阿伊莲笑了，“我刚刚看见有灯亮了，这会儿肯定有人在家了。听着，我亲爱的露西，你可能参加过寄宿学校的晚会，但是你肯定没见识过教养学校的孩子们是怎么玩的。”

“有什么不一样吗？”其实露西在多佛根本没有参加过晚会，但她还是努力想要掩饰。

“你会见识到的，”阿伊莲顿了一下然后转身对露西说，“你今晚过来吧，好吗？”阿伊莲拉起了露西的手，这令她有些诧异，“你保证？”

“但是你说过我应该避开那些难缠的家伙。”露西开玩笑地说道。

“第二条规矩……不要听我瞎扯。”阿伊莲说完哈哈大笑，一面摇着露西的手。“我可是疯子，医院开过证明的。”

说完她又迈步向前，露西紧随其后。

“等等，那第一条规矩是什么？”

“别跟丢我！”

她们俩一直走到教学楼的角落，阿伊莲才停下了脚步，来了一句：“酷呆了！”

“是挺酷的。”露西重复了她的话。

其他的学生似乎都聚集在奥古斯汀门外，围在那些被野葛包围的树木四周。他们没有露出因为能在外面而快乐的表情，但好像也没人愿意进去。

多佛对学生的着装并没有太多限制，因此露西对这里的学生穿得整齐划一不太习惯。虽然每个人都穿着黑色牛仔裤，黑色高领T恤，系在肩头或围在腰间的黑色毛衣也大同小异，但他们的风格还是各有千秋。

一群文身女孩双手抱胸站成一圈，她们的手镯一直戴到手肘。她们头发上系的花色丝帕令露西想起以前看过的一部飞车党女孩题材的电影。她当时租那盘带子时觉得一个全部由女孩组成的飞车党真是酷到极点。露西的目光又落在草坪对面的一个女孩身上，而那个女孩抬起涂着黑色眼线膏的猫眼瞥了她一眼，露西赶紧把视线移向了别处。

一对牵着手的情侣穿着背后有骷髅和十字骨刺绣的毛衣。他们不时地把对方揽入怀中亲吻彼此的太阳穴、耳垂、眼睛。每当他们用手臂环抱对方时，露西都能看见他们的手腕上都戴着跟踪器。他们看上去令人不悦，但显然深爱着彼此。看着他们闪闪发光的舌环，露西心中涌起阵阵孤寂的刺痛。

这对情侣身后，一群金发的男孩靠墙站着。尽管天气不冷，他们都穿着毛衣，毛衣下是衣领笔直的白色牛津衬衫，剪裁合体的黑色长裤正好齐及擦得锃亮的皮鞋鞋面。在露西看来，整个院子里的人只有这几个男孩最接近多佛学生了。但是她再凑近一看就立刻明白两者还是有所不同，特别是和特雷佛相比。

他们站成一团，身上流露出一种别样的强悍，从他们的眼神中就能看得出来。这很难解释，但露西突然意识到，这里的每一个人都有一段过去，每一个人或许都有不想为人所知的秘密。明白这些会不会让自己感觉孤寂呢？露西心中没有答案。

阿伊莲注意到了露西的眼神正在那些学生身上流连。

“我们都在做自己力所能及的事情让日子好过些。”她一边说一边耸了耸肩膀，“不知道你有没有看到我们头上那些秃鹫，还是提醒一下的好，这个地方弥漫着死亡的气息。”

阿伊莲在垂柳下的一张长椅上坐下，然后拍了拍旁边的空座示意露西坐下。

露西拂去椅子上的泥土和枯叶。她刚要坐下，却又注意到有人违反了着装守则。

虽然已违规，却非常有魅力。

那男孩的脖子上围着一条亮红色的围巾。现在一点儿都不冷，但他还在黑毛衣外面套了一件黑色的皮夹克。或许只是因为他给这灰暗的院子带来了唯一一抹亮色，露西无法控制自己不看他。和他相比，周围的一切都是那样的苍白。有好一段时间，露西甚至忘记了自己身在何处。

她沉迷于他的金发和健康的小麦色肌肤，他高高的颧骨，遮住眼睛的墨镜，嘴唇温柔的曲线。在露西看过的所有电影，读过的书中，这个人的美貌足以令人意乱神迷。只有那么一丁点儿瑕疵……牙齿有点儿缺口，额前有一缕乱发，左脸颊上有块美人斑。她知道为什么……如果英雄太过完美无缺，那么他可能会令人望而却步。不管是否能够接近他，露西的弱点就在于无法抗拒极致的美……比方说眼前这个男孩。

他双手轻松地抱在胸前，身子微微前倾。恍惚之间，露西仿佛看见自己被他拥入怀中的影像一闪而过。露西晃了晃脑袋，但这影像依然如此清晰。她一阵冲动，几乎要向那个男孩走去。

不！这太疯狂了。不是吗？即便疯狂充斥了整座校园，但露西也还能清醒地认识到这种本能过于疯狂了……她甚至还不认识他！

他正在和一个笑得满脸是牙的矮个男孩交谈，俩人开怀地大笑着，令露西心生妒意。

她努力地回忆着自己上一次像他们那样发自内心的大笑是在什么时候。

“那是丹尼尔 · 格利高里，”阿伊莲似乎看透了露西的心思，“我敢说他撩动了某人的心弦。”

“那还用说。”露西表示赞同，同时又有些羞赧，因为她意识到自己在阿伊莲看来有多么花痴。

“那好吧，如果你喜欢这一型的话。”

“这种类型的男生有什么不好的？”露西情不自禁地反驳道。

“那个是他的朋友罗兰德。”阿伊莲朝那个穿黑衣服的男孩点了点头，“他蛮酷的，是那种能弄到东西的人，你明白吗？”

真的假的？露西咬着嘴唇想：“什么样的东西？”

阿伊莲耸了耸肩，掏出她顺来的瑞士军刀割掉牛仔裤上的破烂的线头。“各种各样的东西嘛，只要你想要，没有他弄不到的东西。”

“那丹尼尔呢？”露西问，“他又有什么故事？”

“哦，你还在惦记着他呢。”阿伊莲笑了，然后清了清嗓子说道，“没人知道，他对自己的事情向来守口如瓶。可能也不过是典型的教养学校的浑小子。”

“我也不是没见识过浑蛋。”这个敏感的词刚一出口，露西就后悔了，真希望能够收回这番话。不管特雷佛那件事情到底是怎么回事，但在那件事之后，露西已经失去了评价别人品性的权利了。更可怕的是，虽然她很少会回忆起那天晚上的情形，但即使她稍稍忆起，那些黑影就会如鬼魅般现身，简直就像她又回到了那个湖边。

她又看了一眼丹尼尔。他摘下了太阳镜，别在夹克上，转过身来看着她。他们的目光相遇时，露西看见他睁大了眼睛，但忽而又眯了起来，看样子他十分诧异。事情还不止如此。丹尼尔直愣愣地看着露西，她的呼吸似乎都暂停了。露西似乎在哪里见过他。

但她如果真的见过他，她一定会记得。她会记得她曾经全身颤抖，就像现在一样。

他们就这样看着彼此，这时丹尼尔朝她微微一笑。一股暖流瞬间传遍全身，她不得不抓紧了椅子边缘才稳住身体。她的嘴唇不自觉地轻轻扬起，对丹尼尔报以一笑，可就在这时，丹尼尔举起了一只手……对她竖起了中指。

露西倒吸了一口凉气，垂下了眼帘。

“怎么了？”阿伊莲似乎对刚才的一幕一无所知。“无所谓了，我们没时间了，快要打铃了。”

铃声很听话地即时响起，所有的学生都开始慢吞吞地挪进教室。阿伊莲拽着露西的手，急匆匆地告诉她下次要在什么时间什么地点见面。露西此时依然觉得有些天旋地转，一个陌生人竟然向她竖起了中指。她对丹尼尔的那些痴迷业已消失，现在她唯一想弄明白的就是这家伙到底有什么毛病。

快要走进教室的时候，她才鼓起勇气回头看了一眼。他面无表情，但有一点她可以确定……他正目送她离去。

FALLEN

2 · 飞来横祸

露西手头有一份打印的日程表，去年在多佛上高级欧洲史课剩下的半本笔记本，两支二号铅笔，还有她最喜欢的橡皮。她突然有种不好的预感，阿伊莲对圣剑和十字架学院的课堂的看法一点儿都没错。

老师还没现身，课桌横七竖八，储物柜门前堵着一摞落满尘土的盒子。更糟糕的是其他孩子似乎根本不在意这种杂乱，事实上他们也根本没意识到自己身在教室。他们挤在窗户边上，或是享受着最后一支香烟，或是调整别在胸前的特大号安全别针。只有陶德像模像样地坐在课桌前，用钢笔在桌面上刻着什么。但是其他的新生好像都已经找到了自己的圈子和位置。凯姆身边围了一圈多佛预备学校学生模样的男孩，他第一次到这里的时候应该就已经和他们交上了朋友。嘉碧正在和一个穿了舌环的女孩握手，正是刚才在门外和那个穿了舌环的男孩亲热的女孩。露西心中燃起了一丝奇特的妒意，因为她什么都不敢做，只挑了一个离陶德最近的位置，因为他似乎最安全。

阿伊莲在人群中窜来窜去跟他们嘀咕着露西搞不明白的事情，样子像个哥特公主。当她从凯姆身边走过的时候，凯姆一把揉乱了她新剪的头发。

“发型不错，阿伊莲。”他嘲笑道，手中拽着她颈后的一缕头发，“向你的发型师致敬。”

阿伊莲一把打掉凯姆的手：“把你的脏手拿开，做梦去吧。”她朝露西的方向点了点头，“把你的恭维留给我的新宠物吧，就那边那个。”

凯姆看着露西，绿宝石般的眼睛中闪烁着火花，露西顿时怔住了。

“我当然会的。”他说着朝露西走了过来。他微微一笑，而她这会儿正交叉着脚踝坐在椅子上，双手整整齐齐地摆在那张满是涂鸦的课桌上。

“我们这些新来的应该团结，你明白我的意思吧？”

“但我觉得你不是新人吧？”

“别信阿伊莲的鬼话。”他说着回头瞟了阿伊莲一眼。阿伊莲站在窗户边上，满脸狐疑地看着他们。

“哦，不是，阿伊莲没有说过你什么。”露西慌忙解释，一边想着这话到底是不是真的。显然，阿伊莲和凯姆彼此没有什么好感。尽管露西很感激阿伊莲今早带着她在校园里兜了一圈，但她目前还没有决定该站在哪一边。

“我记得我刚来那会儿，就是第一次来的时候。”他自顾自地笑了笑，“我的乐队刚刚解散，我很失落。我谁也不认识，所以任何别有用心的人……”他说着又看了露西一眼，“都想为我指点迷津。”

“喔，所以你不是别有用心啰？”露西觉得很奇怪自己的话语里怎么会带着些挑逗的意味。

凯姆的脸上掠过一丝轻松的笑容，他扬起一道眉毛说：“我并不想回到这里。”

露西的脸刷地红了。她通常是不会和摇滚青年打交道的，但是也从来没有人像凯姆这样把课桌拉得离她这么近，在她身边坐下，用碧绿的眼睛盯着她。凯姆伸手到口袋里掏出一个绿色的吉他拨片，上面印着一个数字44。

“这是我的房间号，随时可以过来找我。”

那个吉他拨片的颜色和凯姆眼睛一样碧绿，但令露西奇怪的是他是什么时候用了什么法子把数字印上去的。她还没来得及回答，而且天知道她该怎么回答！正在这时阿伊莲一把拍在凯姆的肩上说：“不好意思，我难道没说清楚吗？这个人归我了。”

凯姆哼了一声，他双眼一直没有离开露西，对阿伊莲说道：“我说，世界上应该还有自由意志这东西吧？或许你的宠物脑子里还有自己的想法呢。”

露西刚想开口辩解自己当然有想法，只不过这是她第一天到这里，还在适应环境而已。但是她刚在脑子里把要说的话理清楚，预备铃就响了，露西桌边围着的人顿作鸟兽散，她身边的空课桌也瞬间被其他的学生给坐满了。露西那副正襟危坐的样子很快就变得没那么引人注目了。她紧盯着门口，想看丹尼尔走进来。

她从眼角的余光感觉到凯姆也在偷窥她。露西心中有一丝受到关注的喜悦，但也有些紧张，甚至有些沮丧。丹尼尔？凯姆？她来这所学校究竟是为了什么？为了一节课45分钟吗？可现在她的脑子已经被两个男孩闹得不可开交了，而她之所以沦落到这里正是因为她对一个男孩产生了兴趣，然后事情发展的方向完全偏离了轨道，变得血肉模糊。她不该让自己在第一天上学就迷上了某人（而且是两次！）。

她抬头看了看凯姆，他又朝露西眨了眨眼，然后拨开挡在眼前的一缕头发。撇开他俊朗的外表不论，结识他应该对露西很有帮助。凯姆跟她一样也还在调整适应的阶段，但他是这里的常客，而且对自己确实不错。她想起了那个写着他房间号的绿色吉他拨片，希望他不是什么人都给的。他们可以成为朋友的，或许露西需要的就是这些，或许这样她就不会感觉自己与这个地方格格不入。

或许这样，她就可以装作没发现教室里唯一的窗户只有信封那么大，上面还沾满了石灰，而且望出去是一片巨大的墓地。

或许这样，她就可以原谅那个坐在她前面、染着淡金发的朋克女孩身上散发出的刺鼻的消毒水药味。

或许这样，她就可以真正把精力集中到刚刚走进教室的这位满脸严肃、留着小胡子的老师身上了，他进来的第一件事就是命令全班乖乖坐好，然后顺手带上了门。

露西觉得一阵怅然若失，她花了些时间回想这失望的感觉究竟从何而来，或许在老师关上门之前。她一直在期望丹尼尔也会出现在她的第一堂课上。

接下来这一个小时她会学些什么呢？法语？她低头看了一眼日程表，想找找自己现在是在哪间教室。这时，一架纸飞机掠过她面前的日程表，擦着课桌落到了地上的书包旁边。她赶忙四下张望了一番，还好，老师正忙着写板书，根本没有注意到发生了什么事。

露西紧张地朝左边看了看。凯姆注意到了她，冲她眨了眨眼睛，挑逗似的挥了挥手。露西全身又紧张了起来，但他似乎没有看见刚才的一幕，飞机也不像是他扔过来的。

“噗嘶。”凯姆身后传来了轻轻的口哨声，是阿伊莲在点着下巴示意露西赶紧把飞机捡起来。露西俯身把飞机拾了起来，这时她才看见机翼上写着她的名字。她的第一张纸条！

已经打算开溜了？

这可不妙啊。

我们得在这鬼地方待到午餐时间呢！

开玩笑的吧？露西赶紧又看了看她的日程表，这才惊恐地发现上午三节课都在一号教室，而且都是由这位科尔老师来上。

科尔老师这会儿已经写完了板书，昏昏欲睡地在教室里转圈。他压根儿没打算让新生自我介绍，露西不知道自己是庆幸还是失落。科尔老师一言未发地把教学大纲丢在四个新学生的面前。当那一摞资料落在露西面前的时候，她急切地俯身去看。世界史上面写道：避免人类毁灭。还好，历史一直是她的强项。可是避免毁灭？

当她再次细细翻阅大纲之后，她才明白阿伊莲说得一点儿没错……这里简直是座地狱！

课外阅读量之大几乎不可能完成，每三节课都有一次测验，而且测验两个字还特意用了巨大的黑色斜体字，另加三十页的论文，主题是失败的独裁者……不是开玩笑吧？科尔老师还用黑色记号笔打了大大的括号，把露西上几周缺的作业括了起来。他还在空白处写了一行字：找我要报告题目。如果还有比这个更有效率的折磨人的方式，露西可不想知道。

至少还有阿伊莲坐在后排。露西很高兴已经开了传纸条求救的先例。露西和凯莉以前总是偷偷发短信，但现在已经不可能了，露西必须得学会怎么折纸飞机。她从笔记本上撕下一张纸，照着阿伊莲那架纸飞机的样子开始自己叠。

没过几分钟，又一架纸飞机落在了她的桌上。露西回头看了一眼阿伊莲，她摇了摇头对她使了个眼色，似乎在说你要学的还多着呢。

露西耸耸肩算是道歉，回过身来打开了第二张纸条：

对了，你如果没把握瞄准就别把任何有关丹尼尔的信息往我这儿飞。你后面那家伙在球场上是出了名的拦截型选手。

真是万幸！她还没注意到丹尼尔的朋友罗兰德坐在她身后呢。她在座位上稍稍转身，直到眼角的余光瞥见罗兰德的长发。她大着胆子看了看他桌上打开的笔记本，瞅见了他的全名……罗兰德·斯帕克斯。

“不许传纸条，”科尔老师忽然开口，语调严厉，露西赶忙把头扭了回来。“不许抄袭，不许看别人的论文。我辛辛苦苦念完研究生到这儿来教书，不是来看你们开小差的。”

露西和其他昏昏沉沉的学生们一起点头称是，可就在这当口，第三架飞机又稳稳地落在了她的桌面上：

再忍耐172分钟吧！

172分钟的煎熬之后，阿伊莲带着露西朝餐厅走去，边走边问道：“感觉如何？”

“你的话一点儿不假。”露西木然地说道。头三个小时的课程竟然如此索然无味，露西还在慢慢恢复神志。“为什么会有人教这种压抑的课？”

“哦，科尔其实还好啦。只不过每次有新学生他都会摆出那副死板的扑克脸。”阿伊莲说着戳了戳露西，“无所谓啦，这还不算最糟糕的。你还没识过特罗斯小姐呢。”

露西又看了看日程，“下午要上她的生物课。”她说完不由心头一沉。

阿伊莲爆发出一阵大笑，露西忽然觉得肩膀被人用力一撞。原来是凯姆，他也正要去吃午餐。要不是他在后面扶了一把，露西几乎就要跌倒在地了。

“放松点儿。”他朝露西笑了一下，这让露西怀疑他那一下是不是故意撞的，但他看起来没那么幼稚。露西看了看阿伊莲，不知她是否注意到了什么。阿伊莲扬起了眉毛，似乎是在请露西先开口，但谁都没有说话。

室内一扇玻璃门将阴冷的大厅和更阴冷的餐厅隔开。穿过那扇门时，阿伊莲拽住了露西的手肘。

她们随着人流走进嘈杂的餐厅，阿伊莲向露西传授经验：“无论如何不要吃炸鸡排。比萨不错，果冻也还行，事实上罗宋汤也凑合。你喜欢烘肉卷吗？”

“我是素食主义者。”露西一边说着一边环视四周，试图寻找那两个人——丹尼尔和凯姆。如果知道他们俩坐在哪儿露西就会安心很多，这样她也可以假装没看见他们，然后随意找个地方吃午餐了。不过到目前为止还没看见他们俩的影子。

“素食主义者，哈？”阿伊莲撅起了嘴唇，“你父母是嬉皮士还是你自己要装叛逆？”

“都不是了，我就是不太……”

“不太喜欢肉？”阿伊莲把露西的肩膀掰过来九十度，她发现露西正直直地看着丹尼尔，那家伙正坐在对面一张桌子边。露西长长地吁了一口气……原来他在那儿！“你指的是所有的肉吗？难道你不想咬他一口？”

露西打了阿伊莲一下，把她拽到了点餐的队伍里。阿伊莲哈哈大笑，露西知道自己的脸此时一定红得厉害，在灯光的照射下无疑会更加明显，真是丢人到家了。

“赶紧闭嘴，他肯定能听见你说话。”露西对着阿伊莲耳语道。

其实跟朋友一起谈论男孩子，露西还是满心欢喜的。当然，前提是阿伊莲真能算得上是她的朋友。

今天早上看见丹尼尔后发生的事情仍然让露西很懊恼。她不明白为什么丹尼尔会对她有那么大的吸引力，她现在又一次被他吸引了。她逼着自己不要再沉迷于他满头的金发和下颚优美的曲线之中。她可不想被人发现自己盯着一个男孩看，不想有任何把柄落到他手里让他再一次鄙视自己。

“管他呢，他心思都在那个汉堡上，才听不见你鬼叫呢。”阿伊莲指着丹尼尔说道，而他确实是在心无旁骛地嚼汉堡。尽管如此，露西觉得他是装出来的。

露西又看了看坐在屋子另一端的丹尼尔的朋友罗兰德，而他也正直愣愣地盯着她。两人目光相遇时，他耸了耸眉毛，那样子令人费解，又让人有些毛骨悚然。

她回转身来问阿伊莲：“为什么学校里的人都那么古怪呢？”

“我可不想为这句话生气了。”阿伊莲说着拿起一个塑料托盘，顺手递给露西一个。“我还是先教你在餐厅选座位的艺术吧。你瞧，你绝对不会想坐在……露西，小心！

露西下意识地往后退了一步，这一退不要紧，后面的人狠狠地在她肩膀上推了一把。刹那间，她知道自己要摔倒了。她下意识地伸手去抓面前的东西想撑住自己，这一抓却抓到了一个满当当的午餐盘。满盘的食物跟她一起砰的一声摔在地上，一整碗罗宋汤都浇到了她脸上。

露西匆忙抹掉脸上黏糊糊的甜菜，抬起头来，却看见一副怒不可遏的面孔。这女孩的金发尖尖竖起，脸上叮叮咣咣打了十几个环，正对着露西怒目而视。她咬牙切齿、恶狠狠地说道："要不是看你的样子倒了我的胃口，我肯定让你再给我买一份。"

露西结结巴巴地向她道歉，一面挣扎着想爬起来。可那个女孩竟然凶狠地抬起她的细高跟鞋，毫不犹豫地往露西的脚背上踩了下去。

痛楚直蹿上她的腿，露西咬紧嘴唇才没有叫出声来。

"但是为什么不让你下次再买呢？"女孩说道。

"够了，莫莉！"阿伊莲冷冷地说道，俯身把露西扶了起来。露西皱紧了眉头，刚才那一下肯定会留下淤伤的。

莫莉双手叉腰挺直了身子面对着阿伊莲，露西有个直觉：这不是她俩第一次正面交锋。

"这么快就跟新来的交上朋友了？"莫莉低声咆哮着，"这样可不太好，阿伊莲。你现在应该是在假释期吧？"露西倒吸了口凉气，阿伊莲以前可没跟她说过假释这事，尽管这不能阻止她结交新朋友。

但这个词已经把阿伊莲惹火了，她紧握拳头一拳砸在了莫莉的右眼上。

莫莉向后一个趔趄，但是真正令露西在意的却是阿伊莲此时的状况，她全身颤抖，双臂在空中抽动。

露西惊恐地意识到是阿伊莲的腕带释放的电流传遍了她的全身。难以置信，学校竟会采用如此残忍又非同寻常的惩罚方式。露西眼睁睁地看着自己的朋友整个身躯都在抽搐，胃里忍不住一阵翻搅，赶紧在阿伊莲摔倒之前伸手扶住了她。

“阿伊莲，”露西轻声问道，“你没事吧？”

“好到不能再好了。”阿伊莲扑闪着张开了眼睛，旋即又闭上了。

露西稍稍松了一口气，可阿伊莲忽然又睁开了一只眼睛：“我是不是吓坏你了？你心地真好。不过，别担心，这点儿电击弄不死我的，这只会让我更坚强。不管怎么样，能给那婊子一个黑眼圈也值了，不是吗？”

这时她们身后一个嘶哑的声音吼道：“好了，别打了，散开，散开。”

兰迪站在门口，满面通红，气喘如牛。露西心想现在才出面劝架未免有些太迟了，但这时莫莉蹒跚着步子、鞋跟敲击着地上的油毡冲着她们走来了。这女孩胆儿真大，难道她敢在兰迪的眼皮子底下来打阿伊莲吗？

万幸的是兰迪粗壮的胳膊抢先一把抱住了莫莉，她尖叫着两腿乱蹬，试图挣脱开来。

“最好有人能给我一个好解释。”兰迪咆哮着，紧紧抓着莫莉直到她瘫软下来。“我考虑过了，你们三个，明天一早都去劳动，公墓，天一亮就去。”兰迪看了一眼莫莉，问道，“你现在冷静下来了没有？”

莫莉呆呆地点了点头，兰迪这才放开了她。阿伊莲双手抱住胸前，躺在露西的腿上起不来，兰迪走了过来蹲在她们面前。起初露西以为阿伊莲在怄气，就像是一只戴了电击止吠器的恶狗。但是她随即又感到阿伊莲的身体还在颤动，原来那个腕带还在起作用。

“好了，我们把它关掉吧。”兰迪此时的语气温柔了不少。

兰迪扶着阿伊莲站了起来，此时她瘦小的身子还在颤抖。兰迪转过身又向露西和莫莉重复了一遍她刚才的命令。

“天亮就去！”

“我很期待。”莫莉用甜美声音回答道，俯身捡起刚从餐盘掉到地上的烘肉卷。

她把那盘子举在露西的头上晃了晃，猛然把盘子里的食物全部倒在了露西的头上。所有的学生都目睹了这个新来的女孩满身烘肉卷的狼狈相，露西似乎能听见自己的屈辱咯咯作响。

“这可是无价之宝啊！”莫莉说着，从牛仔裤后袋里掏出一个银色的微型相机，“跟我说……烘肉卷。”她唱了起来，一面对着露西狂按快门。“把这些放在我的博客上肯定棒极了。”

“帽子不错啊。”餐厅另外一边开始有人起哄。露西心神不安地转眼去看丹尼尔，心中祈求着他没有看见这一幕。可来不及了，他正在摇头，而且看上去有些愠怒。

在此之前，露西还想着她还有机会从地上站起来，晃掉身上的肉渣，然后当做什么事都没发生过，但是一看到这样的丹尼尔，她终于忍不住崩溃了。

她不愿意在这群没有良知、没有怜悯之心的人面前落泪。她努力忍住哽咽，站起来离开了餐厅。她冲向了离她最近的一扇门，迫切渴望凉爽的空气扑面而来的感觉。

但她刚一出门，南方九月的潮湿空气就呛得她差点儿窒息。天空没有色彩，只有令人压抑的枯燥灰棕色，甚至都看不见太阳。露西放慢了脚步，直到她走到停车场的边缘才停下。

她希望能看见自己的老爷车停在那里，希望能爬到有些磨损的皮座椅上，发动引擎、打开收音机然后一口气冲出这个鬼地方。但是，她现在一个人孤零零地站在滚烫的黑色人行道上，现实就是这般残酷：她还被困在这里，两扇铁门将她与外界隔绝开来。即便能逃出去，她又可以去哪儿？

无法回避的事实让露西胸口涌起一种窒闷的感觉。她根本就没有地方可以去，这已经是她最后的容身之处。

这就是令人沮丧的现实：她只剩下圣剑和十字架学院了。

露西明白自己还得回去，她把脸埋进了双手中。当她再抬头时，手掌残留的秽物让她想起头上还留着莫莉的烘肉卷——得先去最近的洗手间。回到楼里，露西冲向了女厕所，可这时门忽然开了。嘉碧从她身边挤了出来，她看起来比刚才更加光彩照人，相比之下露西好像是刚在垃圾堆里打过滚一样。

“哎呀，真是不好意思，亲爱的。”她的南方口音十分悦耳，但她一看露西就皱起了眉头。“天啊，你这样子太吓人了，发生什么事了？”

发生什么事？好像这事还没传遍整个校园。这女孩可能是故意装聋作哑，好让露西重温才那屈辱的一幕。

“再等五分钟你就知道了。”露西答道，语气之尖锐远远超她的本意，“流言飞语在这个地方肯定比瘟疫传播得还快。”

“你要不要借我的粉底用一下？”嘉碧问道，掏出一个蓝色的化妆盒，“你还没有看见自己的模样，你得……”

“谢了，不用。”露西丢下嘉碧，冲进了洗手间。她没有看镜中的自己，直接拧开了水龙头。她捧起冷水泼在脸上，让水从指缝中慢慢流走。泪，顿如泉涌。她使劲按着洗手液的按钮，想用那些廉价的粉色洗手液把碎肉洗掉。还得洗头，不过她的头发还乱糟糟的，但至少衣服没那么呛人了。再也不用担心的是，她压根儿就不需要什么美好的第一印象了。

洗手间的门突然被推开了，露西像被困在陷阱里的动物一样，慌忙缩到了墙角。一个陌生人走了进来，露西全身僵硬，等着最糟糕的情况出现。

这女孩身材健壮，套得层层叠叠的衣服更显得如此。她宽宽的脸庞被棕色的鬈发包围着，鼻梁上的亮紫色眼镜伴随她的鼻息晃动着。

她看上去很是谦和，但也可能是伪装。她的双手鬼鬼祟祟地背在身后，那样子让露西无法信任，毕竟她刚刚经历了糟糕的一天。

“你知道只有带通告证才能来这儿吧？”那女孩开口了，平静的语调听上去不像是开玩笑。

“我知道了。”露西本就疑心想在这个地方喘口气儿不大可能，现在那女孩的神色更令她深信不疑了。她投降似的叹了口气。“我只是想……”

“我开玩笑啦。”露西话音未落，那女孩忽然笑了，转了转眼睛，换上了一副轻松的姿态。

“我从更衣室偷了些洗发水给你。”她说着递给露西两个塑料瓶，是洗发水和护发素。“来，”她拉过一把破旧的折叠椅，“让我们把你弄干净，坐在这儿吧。”

露西发出了一种古怪的，半是啜泣半是笑的声音来，以前她可从来没有这样过。露西猜想这应该是一种解脱的声音。

这个女孩是在真真正正地关心她——并非教养学校的那种关心，而是一个普通人的关心！而且没有任何原因！这种震撼似乎过于强烈，让露西都有些难以承受。“谢谢。”露西说道，但心中仍存有一丝谨慎和怀疑。

“哦，你可能需要换些衣服。”她一边说着一边低头看着自己的黑毛衣，然后把那件毛衣脱了下来，底下竟然还是一件一模一样的黑毛衣。

她看着露西满脸惊讶的表情解释道：“怎么了？我的免疫系统不太好，所以得多穿几层。”

“哦，那么，你不穿这件没问题吗？”尽管露西此时最想的就是脱下身上这件肉末斗篷，但她还是问了一句。

“当然没问题，”那女孩挥挥手说，“我还穿了三件，柜子里还有好几件，不要客气。看着一个素食主义者身上满是肉末，我也很难过。

我会感同身受的。”

露西很奇怪这个陌生人怎么会知道她的饮食习惯，但眼下露西还有一个更重要的问题：“你为什么对我这么好？”

那女孩笑了，叹了口气，然后又摇了摇头，“不是每个圣剑和十字架学院的学生都是流氓。”

“呃？”露西说。

“圣剑和十字架学院……婊子和流氓。镇上的人就是这么叫我们的。虽然这里并没有真正的运动员。不过他们还有更难听的外号，我就不刺激你的耳朵了。”

露西付之一笑。

“我就是想说并不是这里的每个人都是浑蛋。”

“但大部分都是？”露西问道，讨厌自己脱口而出的消极态度。这个上午实在是太难挨了，她经历了这么多的煎熬，或许这个女孩不会在意她的这一点愤世嫉俗。

她吃惊地发现那女孩笑了。“确实如此，我们也被他们连累，背上了坏名声。”她伸出手来，“我叫潘妮薇瑟·凡·西克尔-洛克伍德。叫我潘妮就行了。”

“幸会，”露西说道，她实在是有些精疲力竭了，甚至都没意识到这个女孩的名字多少有些滑稽——要是在她的某一次前世中，她肯定要费点儿力气克制自己才能不笑出来。这名字听起来就像在读狄更斯的小说，但是能够这样直率地介绍自己的女孩无疑令她更值得信任。

“我叫露仙达·普莱斯。”

“大家都叫你露西，”潘妮说道，“你是从新罕布什尔的多佛预备学校转过来的。”

“你怎么知道这些呢？”露西缓缓问道。

“我能掐会算啊。”潘妮耸了耸肩，“开玩笑的，我读过你的档案了。

业余爱好而已。”

露西一脸茫然地盯着潘妮，或许她作出这女孩值得信任的论断有些为时过早。她怎么能够看到露西的档案呢?

潘妮拧开了水龙头，等到水热了，她示意露西低下头到洗手池里。

“你瞧，事情就是这样，”她解释道，“我并不是疯子。”潘妮捧着露西湿淋淋的头扶她站了起来。“丝毫没有冒犯的意思，”潘妮又扶着露西的背让她把头低下去。“我是这所学校里唯一没有受过法庭训诫的学生。你可能想不到，但是从法律上讲，我是个心智健全的人，这还是有不少好处的。比方说，我是他们唯一信得过能够担任办公室助理的学生，所以我能够看到很多保密的东西。”

“但是如果你不是必须待在这里的话？那么……”

“如果你的父亲是这里的园丁，他们就会让你免费上学，所以……”潘妮的声音弱了下来。

潘妮的父亲是这里的园丁？从这个地方的外观看来，露西可没想到这里还有园丁。

“我知道你在想什么，”潘妮说道，帮露西洗去头发上最后一丝油腻，“校园养护得并不好。”

“不。”露西撒谎了，她急于想博得这个女孩的好感，而且她更想营造一种交朋友的气氛而不是去关心到底是谁多久修建一次草坪。“嗯，挺不错的。”

“爸爸两年前去世了，”潘妮静静地答道，“他们让乌德尔校长做我的法定监护人，但是他们从来没好好考虑雇个人替代我爸爸的位置。”

“对不起。”露西也降低了声音说道。说到底这里还有其他人明白遭遇人生中的重大损失是什么感觉。

“没关系，”潘妮说道，一边把护发素挤到手心，“其实这是所很好的学校，我挺喜欢这儿的。”

露西甩了甩头，头发上的水珠四处溅开。“你确定没疯吧？”她打趣道。

“开玩笑呢，我恨死这个地方了，太郁闷了。”

“但是你从没想过离开这里吗？”露西歪着头，一副好奇的样子。

潘妮咬着嘴唇说：“我知道这有些病态，但是即使我没有被托付给乌德尔，我也不能走。爸爸在这里。”她指着公墓，这里是看不见的，“他是我的一切。”

“我觉得你比学校的其他人拥有更多。”露西想起了阿伊莲。她的思绪回到了阿伊莲抓着她的手的样子，还有她让露西承诺今晚会去她寝室时眼中急切的神情。

“她会好的，”潘妮说道，“她发飙之后如果不被带到护士那儿去的话，不到周一就会好的。

“她不是发飙，是那个腕带。我看见了，那腕带对阿伊莲放电。”

“在这里发飙的定义是很宽泛的。你的新对头，莫莉？她就有过几次传奇般的发飙。他们一直说要更改对她白芍药物治疗。在他们这么做之前，希望你有幸目睹一次她发飙时的反应。”

潘妮简直无所不知，露西不由心生敬佩。她脑子里突然闪过一个念头，或许她可以向潘妮打听丹尼尔的事情。但她转念一想，自己对丹尼尔强烈的兴趣还是有所保留的好。至少她自己得先搞明白原因。

潘妮正在帮她拧干头发。

“最后一点儿了，”潘妮说道，“我觉得你身上现在没有荤腥了。”

露西看着镜中的自己，抚摸着头发。潘妮说得很对。除了精神上的伤痕和右脚上的疼痛，她身上已经看不出和莫莉在餐厅发生纠纷的痕迹了。

“幸亏你留的是短发，”潘妮说，“如果你的头发像你档案里的照片那样长的话麻烦就大了。”

露西看着她说：“看来我以后得多多提防你了，对不对？”

潘妮挽起露西的胳膊领着她走出了洗手间，“别和我作对，就不会有人受伤害。”

露西忧虑地看了潘妮一眼，但是潘妮的脸上丝毫看不出任何蹊跷。露西问道：“你开玩笑的，对吧？”

潘妮微笑着，突然变得很开心，说：“走吧，我们得去教室了。我们下午在同一间教室上课，你不高兴吗？”

露西笑了：“你什么时候才能停止打探我的一切？”

“在可见的未来是不可能的。”潘妮说道，拽着露西穿过大厅回到了教学楼，“你很快就会爱上我这个嗜好的，我保证。我可是个神通广大的朋友哦。”

FALLEN

3 · 黑暗侵袭

露西身后拖着断了带子的红色行李包沿着宿舍楼曲折的走廊走向自己的房间。

墙壁都像是灰蒙蒙的黑板的颜色，整个地方静得骇人，只有被漏水浸湿的天花板上悬着的黄色灯泡，发出昏暗的灯光。

最令露西奇怪的是那么多的门都紧闭着。以前在多佛，她总是盼着能有更多的隐私，宿舍楼里日夜不停的派对能够有个停歇。那时，去房间的路上总会遇见一两个穿着合体的牛仔裤，跷着二郎腿的女孩或是一对靠着墙壁亲吻的情侣。

但是在圣剑和十字架学院……唉，或许大家已经开始着手准备那篇三十页的论文了，要么就是这里的社交活动都是要关上门进行的。

说到这个，那些紧闭的房门本身就是一道景观。如果说这些学生在违反着装守则方面各显神通的话，那么他们在个性化个人空间方面更是天马行空了。

露西刚才已经走过了一扇装饰着珠帘的门，而另一扇门前竟然铺着一块装有行动探测仪的踏垫，露西经过的时候它向露西致以“亲切”的问候……“赶紧滚开！”

她在宿舍楼里唯一干净的一扇门前停下了脚步。63号房间……家，苦涩的家。她在书包前面的口袋里摸索着钥匙，深深吸了一口气，打开了寝室的门。

不算很糟糕，起码没有她想的那么糟糕。房间里有一扇打开的小小窗户，好让夜间户外的空气流进这窒闷的房间。

透过窗户上的铁栅栏向外望去，如果她不去多想操场之外有一片墓地的话，那月色下的广场还是颇为赏心悦目的。房间里有马桶和洗脸池，还有一张做功课的书桌。门后有一面全身的大镜子，露西从中瞥见了这房间里最伤感的东西……自己的身影。

她赶忙将视线移开，她很清楚会看见些什么……满脸倦容，黄褐色的眼中写满了压力，头发像是家里那只淋了暴雨后歇斯底里的狗身上的毛，潘妮的毛衣穿在她身上活像一口粗布麻袋。露西全身都在颤抖。下午的课比上午的好不了多少，因为她最担心的事情还是变成了现实：整个学校现在都开始叫她烘肉卷了。更不幸的是，就像那食物本身，那名字似乎注定要黏上她了。

她本想收拾东西，把这个普通的63号房间变成她自己的天地，变成一个她逃避现实的世外桃源。但她刚刚拉开行李包的拉链，就瘫倒在了床上。她觉得自己离家竟然如此遥远，可是从他们家的后门到圣剑和十字架学院那扇锈迹斑斑的大门只要22分钟，可现在竟然像是需要22年一样。

今天早上父母开车送她过来，一路上三个人都沉默不语，前半程的景色同往常一样：慵懒的南方中产阶级郊区。当道路沿着堤道向海岸延伸时，四周沼泽越来越多。一片红树林的出现标志着他们已经进入了湿地，但是很快这些景象也渐渐消失。通往圣剑和十字架学院的最后十英里路程显得十分阴郁……灰暗，平淡，荒凉。在桑德博尔特的家中，镇上的人们总会拿这种令人无法忘记的腐臭开玩笑：当你的车开始散发臭气的时候，你就到了沼泽地了。

尽管露西是在桑德博尔特长大的，但是她对东部却没那么熟悉。她还是个孩子的时候她就一直觉得自己不会来东部的，因为所有的商店、学校和她家熟识的人都在西部。东部比较落后，仅此而已。

她想念父母，他们在行李包最顶层的T恤上贴了一张纸条：*我们爱你。普莱斯家的人从不放弃*；她想念自己的卧室，从那里望出去可以看见爸爸的番茄园；她想念凯莉，她这会儿肯定已经给她发了十条自己永远也看不到的短信了。她也想念特雷佛……

其实并不是这样，她想念的只是那种感觉……第一次和特雷佛交谈时她对生活的新感觉。

如果夜里睡不着，她希望有一个人可以让她思念，可以在笔记本上傻傻地涂写那个人的名字。

事实上，露西和特雷佛根本没有得到深入了解彼此的机会。他们俩之间唯一的纪念物就是凯莉偷拍的一张照片，是抓拍他在足球场上的两个下蹲姿势之间的动作，当时他和露西正在讨论他的下蹲姿势，这次谈话也只持续了十五秒。他们唯一的一次约会甚至都算不上真正的约会，只是他们俩偷偷从派对上开溜了一个小时而已，却成了令她后悔终生的一小时。

他们出发时其实目的非常单纯，只是想沿着湖边散散步，但不久之后露西就发觉阴影已经开始在头顶逡巡，而后特雷佛的唇和她的唇轻轻相触，灼热顿时传遍了全身，他的眼睛因恐惧而变得空洞。转眼间，一个生命便化作了一团爆炸的火焰。

露西翻了个身把脸埋在臂弯里。几个月来她都在为特雷佛的死而哀痛，而现在躺在这个陌生的房间里，冰冷的铁条隔着薄薄的床垫似乎要勒进她的肌肤，一切都让她感觉束手无策，她和特雷佛根本不熟……凯姆也是。

一阵敲门声令露西惊得一下坐起身来。谁知道她在这儿？她踮着脚尖走到门前，轻轻拉开门，然后探出头去，却只见到空空如也的走廊。她甚至都没有听见门外有脚步声，也根本没有发现刚刚有人敲过门的迹象。

只有一架纸飞机用大头钉钉在门边的软木板上。露西看见机翼上写着她的名字，不由得会心一笑。她展开飞机却发现上面只有一个黑色的箭头，指向大厅的方向。

阿伊莲曾邀请她今晚去她房间，但那是在她和莫莉发生冲突之前。顺着空荡荡的走廊望去，露西思忖着是不是要跟随着那个神秘的箭头前往。她又回头看了看那个巨大的行李包，那堆东西还等着收拾呢。她耸了耸肩膀，带上门，把钥匙放进口袋，向前走去。

在大厅的另一侧，她停下脚步去看一扇门上贴着的巨大的索尼特里的海报。她是从父亲那些嘶嘶作响的唱片里认识这位盲人歌手的，他也是位了不起的布鲁斯口琴演奏家。她俯身向前去看板子上写的名字，这才惊异地发现她正站在罗兰德·斯帕克斯的门前。真是烦人！露西的脑子里立即开始计算此刻罗兰德正和丹尼尔在一起的概率，而他们俩和露西只有一墙之隔。

忽然，一声机器的蜂鸣把露西吓了一跳。她抬起头来正看到罗兰德房门上方的墙壁上装着一个摄像头。红色！它一直在监视着她的一举一动。她赶紧把头缩了回来，好在摄像头并无法窥探她此刻尴尬的理由。不管怎样，她是过来找阿伊莲的，而她刚刚发现阿伊莲的房间正好就在罗兰德房间的正对面。

在阿伊莲的房间门口，露西感觉些许暖意涌上心头。房门上粘满了保险杠上会出现的贴纸，有些是印刷的，有些则显然是动手做的。但这贴纸太多了，不少都叠在一起了，每条标语都被遮盖住了一半，有些还相互矛盾。

露西想象着阿伊莲毫无选择地收集这些贴纸，然后随意地却又十分认真地把它们拍到自己地盘上的样子，不由得心中隐隐发笑。

露西本可以看着阿伊莲的门就能自娱自乐上一个钟头，但是她很快意识到就这样站在门前也不是办法，因为她却还不确定这房间的主人是不是真的邀请了她，而这时她又发现了第二架纸飞机。她把纸飞机从告示板上拽下来，上面写着：

亲爱的露西：

如果你今晚真的准备过来的话，那就太棒了！我们肯定会玩得非常开心的。

如果你准备爽约……把爪子从我的纸条上拿开，罗兰德我到底得告诉你多少次？老天啊？

不论如何：我知道我说过今晚请你过来，但是我得直接从护士站去信天翁那儿补生物课，记得我今天接受的电击治疗吧？这就是说……我们先约好下次喽？

神精病阿伊莲

露西攥着那张纸条站在原地，不知道自己接下来该做什么。

知道阿伊莲现在有人照顾，露西悬着的心也放下了一些，但她还是希望能见到她本人，希望能够亲耳听见阿伊莲那漠不关心的声音，这样她才能知道该怎么样看待今天发生在餐厅的事情。但是呆站在走廊里，露西更不确定该如何面对今天的事情。当她终于了解，在圣剑与十字架的黑夜只有自己孤独一人时，无声的恐惧默默涌上心头。

她身后的门忽然开了，银白色的光线照亮了她脚下的地板。露西听见屋内的音乐。

“干吗呢这是？”是罗兰德，他穿着破烂的T恤和牛仔裤站在门口。辫子用黄色的橡皮筋绑在头顶，手中的口琴靠在唇边。

“我来找阿伊莲。”露西回答道，尽力克制着自己不要去窥探屋里是否还有其他人，“我们本来要……”

“没人在家。”罗兰德神神秘秘地说道。露西不知道他指的是阿伊莲，还是宿舍里的其他人，或是另有所指。他在口琴上吹了几个音符，眼睛一直盯着露西。随后他又把门打开了些，然后扬起了眉毛。她不确定这是不是在邀请她进去。

“嗯，我正要去图书馆。”她赶紧撒了个谎，转身想沿着来路回去，“有本书我想找找。”

“露西。”罗兰德冲她喊道。露西转过身来。他们还没有正式见过面，她并没指望他会知道自己的名字。他眼中带着一丝笑意，用口琴向相反的方向指了指，“去图书馆要向那边走。”他双手抱在胸前对露西说道，“记着一定去东区查看一下特别藏书，很不错。”

“谢谢。”露西转了方向，心中充满了感激。罗兰德此时看上去很友好，他一边挥手一边又吹了一段离别的音乐。早些时候罗兰德只会令她紧张，或许是因为她把罗兰德当做丹尼尔的朋友。在她看来，罗兰德真是一个非常和善的人。她沿着走廊一路向前，情绪也高涨了许多。首先阿伊莲的纸条活力四射而又充满嘲讽，她和罗兰德的见面也不算糟糕，再加之她确实想要去图书馆看看。一切都在向好的方向发展。

接近大厅的尽头，宿舍楼转向了图书馆的一翼，露西经过了宿舍楼里唯一敞着门的房间。

房门上没有什么修饰，被涂得漆黑。当她走得更近时，露西听见了屋内放着愤怒的重金属音乐。她甚至都不用去读那个软板子上的名牌，这铁定是莫莉的房间。

露西加快了步伐，清楚地听见她黑色的长筒靴每一次踏在地毯上发出的声音。直到推开图书馆那扇木头纹理的大门，她才深深吸了一口气，意识到自己刚才一直在屏着呼吸。

她四下望了一下图书馆，一种温暖的感觉在周身涌动。她一向喜欢满屋的图书散发出的这种淡淡的书香却又陈旧的气息，偶尔翻动书页那种柔软的声音总是令她感觉安逸。多佛的图书馆一直充当着露西的避难所，而当她意识到这个地方可能又会扮演同样的角色之时，心头几乎有种如释重负的感觉。她几乎不敢相信圣剑和十字架学院竟会有这样的地方。这几乎——也真的是太诱人了。

图书馆的墙壁是深红褐色的，天花板很高，一面墙上有一个砖砌的壁炉，长长的木桌上点着旧式的绿色灯，一排一排的书籍绵延到看不见的远处。露西信步走过入口通道，她的靴子踩在厚厚的波斯地毯上，几乎悄无声息。

有人正在学习，但没有一个是露西能叫得上名字的，甚至连那些朋克女孩在埋首书本时看上去都没那么凶恶了。露西慢慢走近房间正中央的借还书台。台子上到处散落着纸张和书籍，那种熟悉的凌乱感让她想起父母的屋子。那些书堆得实在太高，露西根本没有看见坐在书堆后面的管理员，她正在以淘金般的热情翻查着一摞文件。露西靠近时，她猛地抬起了头："你好啊。"那个女人对露西笑了，确实是笑了。她的头发不是灰色而是银色，在图书馆柔和的灯光下闪耀着光辉。她的面庞已经有些衰老却充满朝气。她的皮肤苍白，几乎是泛着白光，眼睛漆黑明亮，鼻子又小又尖。她一边和露西说话一边撸起了白色的开司米毛衫的袖子，露出两只手腕上一圈一圈的珍珠手镯。"我能帮你找点儿什么吗？"她欢快地轻声问道。

露西顿觉轻松，她看了一眼桌子上这个女人的名牌：索菲亚·布里斯。她希望她真的是来图书馆查阅书籍的。这个女人是她今天见到的第一位管理人员，她也真的想要向她寻求一些帮助。可惜她只是到这里来闲逛的，但这时她想起了罗兰德对她说过的话。

"我是新来的，"她解释道，"我叫露仙达·普莱斯，您能告诉我怎么去东厅吗？"

那女人冲着露西微笑了一下，似乎在说"你看起来像个读书的人"，露西这辈子遇到的图书管理员都这样。"朝那边走。"她指着屋子另一边一排巨大的窗户说道，"我是索菲亚老师，如果我的花名册没错的话，你应该在周二和周四上我的宗教课。我的课可非常精彩哦！"她眨了眨眼睛，"还有啊，你如果需要什么其他东西的话，我就在这儿。见到你很高兴，露西。"

露西笑了笑表示感谢，并高兴地和索菲亚老师道别，然后起身向窗户那边走去。当她告别图书管理员之后，露西才隐约觉得纳闷，不明白那位女士为什么会用如此亲昵的方式称呼她。

走过学习区和高耸优雅的书架时，露西忽然有种异样的感觉，那些黑暗骇人的东西正从她头顶掠过。她慌忙抬起头来。

不，不要在这个地方出现！求你了。把这一片净土留给我吧！

那些阴影依然在她上空逡巡。露西从来都不确定它们消失在何处，或者它们多久才会离去。

她不明白究竟发生了什么。事情有些不同以往。她吓坏了，没错，但是她却没有感到寒意。她甚至觉得脸颊有些微微泛红。图书馆里是挺暖和的，但也没有暖和到令她脸颊发烫的程度。就在这时，丹尼尔的身影映入了露西眼帘。

他正面对着窗户，背朝着露西，靠在一个写着白色的“特别收藏”字样的台子上。他还是穿着那件有些磨损的皮衣，袖子撸到了手肘上，金发在灯下闪着迷人的光泽。他微驼着肩膀，露西不禁再次涌起那种想被他拥入怀中的冲动。露西晃了晃脑袋，想要摆脱这种念头，她踮起脚尖想要看得更清楚些。虽然从她所站的位置看得不太真切，但他似乎是在画着什么。

露西静静地看着丹尼尔作画时身体细微的动作，她感觉内心仿佛被点燃了，像是刚刚咽下了滚烫的东西一样。她不明白这是为什么。毫无缘由，她却有一种疯狂的预感……丹尼尔正在画她。

她不应该去找他。毕竟她还不认识他，也从来没跟他说过一句话。迄今为止他们唯一的交流就是丹尼尔竖起的中指，还有他鄙夷的眼光。可是不知为什么，她觉得弄清楚画板上画的是什么对她至关重要。

露西的脑海中忽然闪现出昨晚的梦境，一瞬间那梦境又闪回在她眼前。

那是一个潮湿而又阴冷的深夜。她穿着飘逸的长袍，置身于一个陌生的房间，倚靠在挂着窗帘的窗户前。房间中的另一个人是一个男人，或者应该说是一个男孩。她没能看见他的脸。他正在一摞厚厚的画纸上描画她的样子。她的头发，她的颈项，她侧面完美的曲线。她站在那个男人身后，害怕他会察觉自己炙热的眼神，但是她沉迷其中，无可自拔。

露西的身子颤抖着向前一倾，同时感觉到有什么东西在她肩后捏了一下，旋即又挪到了她的头上。那阴影重新从地面浮起，像是一道黑暗厚重的窗帘。

她耳中全是自己心脏跳动的声音，而且那声音越来越大，甚至遮蔽了阴影的沙沙声，也掩盖了她的脚步声。

丹尼尔忽然从他手头的事情中回过神抬起了头，他的目光似乎正好落在阴影逡巡的地点，但他没像露西一样惊慌失措。

当然，他不可能看见那些东西。他只是平静地望向窗外。

她内心的炽热愈发强烈。她现在离丹尼尔如此之近，令她感觉那股炽热几乎要喷薄而出了。

露西竭尽全力想要悄无声息地窥探他画板上描画的东西。恍惚之间，她似乎看到那本子上描画的是她颈项的曲线。但是她眼睛一眨，再去看画板上的东西时，却不由得心头一凉。

画板上只是一幅风景画。丹尼尔正在描画窗外墓园的风景，细致入微，没放过每一个细节。露西见过的东西之中还从来没有什么能让她这般伤心。

她不知道为什么。即使对露西而言，这一切也太过疯狂了，她竟会期待自己怪诞的直觉成为现实？

丹尼尔有什么理由画她呢？她其实很清楚这一点，就像她很清楚那天早晨丹尼尔对她竖起中指也没有任何理由，可是他确实那么做了。

“你在那儿干什么呢？”他合上了画本，满脸肃穆地看着露西。他饱满的嘴唇形成了奇怪的线条，他的灰眼睛看上去也十分沉闷。他看上去不像是在生气，却有些筋疲力尽的样子。

“我想在特别收藏区找一本书。”她的声音有些颤抖，但她四下张望了一番才意识到自己犯了个大错误。特别收藏区并不是一个藏书区，而是一个展览南北战争时期艺术品的区域。她和丹尼尔此刻所站的地方是一个陈列战争英雄铜像、存放本票的玻璃柜和展示联邦地图的小画廊。这是整个图书馆唯一不能查阅图书的地方。

“祝你好运。”丹尼尔冷冷地说完又打开了他的画本……仿佛在说，**再见**。

露西瞠目结舌、无地自容，真想夹起尾巴逃跑，但她忽然发现尽管阴影仍在附近徘徊，但不知道什么原因，在丹尼尔身边，她似乎感觉好多了。这根本没什么道理，难道他可以保护她吗？

露西怔怔地站在原地。丹尼尔抬头看了她一眼，叹了口气。

“我问你，你喜不喜欢有人偷偷摸摸地接近你？”

露西正在琢磨那些阴影，以及它们想要做些什么，她未加思量，本能地摇了摇头。

“那好，我们俩的看法是一致的。”他清了清嗓子盯着她，想让露西明白她打扰了他的清静。

或许她可以解释说她只是有些头晕，想坐下休息一会儿而已。露西开口道：“你看，我能不能……”

但是丹尼尔拿起了画本，站起身来作势要走，还粗暴地打断了露西的话：“我到这里来就是图清静的。如果你不走，我走。”

他把素描本塞到了背包里迈步离去。当他从露西身边走过的时候，他俩的肩膀擦了一下。

尽管只是小小的接触，尽管隔着几层衣服，露西还是感觉到了一股电流。

那一刻，丹尼尔也停下了脚步。他们回过头来望着彼此，露西张了张嘴，但她还没来得及说些什么，丹尼尔就已转身快步走向了门口。露西看着那些阴影慢慢地攀上了他的头顶，像旋涡一样盘旋着，眨眼间冲出了窗户，消失在夜色之中。

露西在阴影留下的寒冷中战栗。她久久地站在特别收藏区，抚摸着肩膀上刚刚和丹尼尔碰触的地方，感受着那一丝正在冷去的温度。

FALLEN

4 · 墓园的夜班

啊，星期二……华夫饼日！在露西的记忆里，夏日的周二总会有新鲜的咖啡、满碗的覆盆子、发泡奶油，还有金黄松脆的华夫饼无限量供应。即便在这个夏天，即便爸爸妈妈都显得有些怕她，她仍然能指望上这个好日子。她可以在周二早上赖在床上打滚，虽然她脑子里一片空白，但她却本能地意识到那天是星期几。

露西吸了吸鼻子，慢慢地恢复了理智，随后又更热切地吸了吸鼻子。还是没有。没有乳酪面糊的香味，什么都没有，只有剥落的油漆酸兮兮的味道。她揉揉眼睛驱散了睡意，眼前只有狭窄的宿舍，它看起来就像是翻修节目中播出的“翻修前”的特写。噩梦般的周一发生的种种又一次在她脑海中浮现：上缴手机，烘肉卷事件，餐厅中莫莉凶狠的眼睛，还有丹尼尔在图书馆里弃她而去的情景。他为什么如此鄙夷自己呢？露西依旧不得而知。

她坐起身来看着窗外。天色依然漆黑，太阳还没爬出地平线，她从来没有醒得这么早。她甚至觉得自己从来就没见过日出。说实话，看日出之类的活动会让她觉得紧张。等待的时刻很难熬，在太阳跃出地平线前，她得坐在黑暗中守候着光明的到来。黎明前的黑暗。

露西叹了口气，这叹息声让她本来就满溢的思家之心和孤寂之感又增添了几分。从天亮到第一节课之间还有三个小时，她一个人该做些什么好呢？天亮……为什么这个词这么耳熟呢？哦，糟了！她现在应该去劳动的！

露西慌忙从床上爬了起来，刚一下地就被行李包绊了一跤。她顺手从一堆乏味的黑毛衣顶层拽出一件，套上了昨天的黑色牛仔裤。看着镜中的自己一头蓬乱的头发，露西不由皱了皱眉头，出门前她随便用手指理了理。

露西好不容易赶到墓地那扇只及腰间却雕刻精美的铁门前，此刻她早已上气不接下气了。腐臭白菜的味道铺天盖地，令她几乎窒息，她忽然发现自己形单影只。其他人都在哪儿呢？他们对天亮的理解难道和自己不一样？她看了一眼表，刚刚六点十五。

他们告诉她的只有"墓地见"这句话而已，而露西很确定这是墓地唯一的入口。露西横跨在门槛处，沥青铺就的停车场到了这里也变成了杂草丛生的野地。这时她忽然瞥见一株小小的蒲公英，儿时的情景又浮现在她的脑海。那时的她会扑上去，对着蒲公英许个愿再一口气把它吹掉。可惜露西的愿望对那株弱小的植物而言是不可承受之重。

一扇微不足道的门充当了墓地和停车场的分界线。对于一所到处都罩着铁丝网的学校而言，这里真算是个稀奇的处所。露西抚摸着铁门，指尖沿着铁门的精致华丽的装饰花纹游走。这扇门的历史肯定要追溯到南北战争时期了。阿伊莲说过这里曾是埋葬牺牲的战士的地方。那时候它旁边的学校还不是一个精神问题少年集中营，这地方也全然不似这般野草丛生、荒芜阴郁。

校园其他地方像纸面一样平整，但，不知怎地，这个墓园是呈陷落的碗状……这也太奇怪了。从这里望去，露西能看到她面前那一片宽广的山坡，坡上一排又一排的墓碑，仿若圆形剧院里的观众。

但是到了中间地带，也就是公墓的最凹处，道路忽然变成了曲折蜿蜒的迷宫，到处都是巨大的雕刻坟墓、大理石雕像和华丽的陵寝。这里埋葬的应该都是联邦军官或是有钱人家的子弟兵。近看可能很美。但从这里望去，似乎正是这些东西的重量将公墓压到了地里，令整个地方看上去就像是被旋涡吞没了。

身后有脚步声！露西猛地回转身来，只看见一个矮胖、黝黑的身影从一棵树后闪了出来。潘妮！露西真想冲上去一把抱住她，但她还是强压下了这股冲动。尽管露西不敢相信潘妮也会挨罚劳动，但她从不曾因见到谁而这么开心过。

“迟到了吧？”潘妮在离露西几步远的地方站住了，她一边说话一边摇了摇头，似乎是在说“你这个可怜的菜鸟啊！”

“我已经到了十分钟了，”露西说，“你才是迟到的那位吧！”

潘妮得意地笑了笑：“怎么可能呢，我不过是一只早起的鸟儿而已，而且本人从来不会被罚劳动。”她耸了耸肩膀，把紫色眼镜往上推了推，“可是你，还有其他五个倒霉的家伙就惨了。他们这会儿应该在巨石像那儿等你呢，估计快要发飙了。”她踮起脚尖，指着露西身后墓地最深处高耸的那座最庞大的石头建筑。露西眯上眼睛，隐约可以看见一群黑色的人影聚在那座建筑的底座周围。

“他们只是说在公墓见啊，”露西解释道，万分沮丧，“没人告诉我在哪儿碰头。”

“好了，我已经告诉过你了……巨石像。赶紧去吧！如果你继续放他们的鸽子，你铁定交不到朋友了。”

露西深吸了一口气，她其实挺想让潘妮带她过去的。从这里看过去，那边简直像是一座迷宫，露西可不想在墓地中迷路。突然间那种紧张的、远离家门的感觉又袭上心头，而且她知道去了巨石像那边这种感觉会更强烈。露西把指节捏得噼啪作响，却久久不愿动身。

“露西？”潘妮说着轻轻推了推露西的肩膀，“别光傻站着啊。”

露西本想给潘妮一个充满勇气的微笑，向她表示感谢，可她努力了半天，最后也只是面部肌肉僵硬地扭曲了一下。她匆匆走下山坡向墓地的腹地走去。

太阳依然没有升起，但似乎很快了，这黎明前的黑暗时刻最令露西毛骨悚然。她穿过一排排平淡无奇的墓碑。它们以前一定都是笔直地矗立着的，但是现在看起来十分陈旧，而且七扭八歪，整个地方像一副多米诺骨牌。

露西穿着黑色匡威跑鞋踩在一摊摊烂泥里、踏在一堆堆枯叶上。

她穿过那片单调的墓碑丛林，来到更华丽的陵寝区，这里的地面稍微平坦了些，而她也完全找不到北了。露西停下脚步想要喘口气。唉？有声音！她稳住呼吸静下心来，现在她能听见谈话的声音了。

“再等五分钟，再不见人我先闪了。”一个男孩说道。

“很遗憾你这个主意一点儿价值没有，斯帕克斯先生。”又响起了一个刁难的声音。露西立马辨别出这声音在昨天的课堂上听过……是“信天翁”——特罗斯老师！烘肉卷事件之后，露西上她的课迟到了，这位身材滚圆、不苟言笑的生物老师对她的印象肯定好不到哪里去。

“除非有人这周不想参加社交活动了，”墓地之中又传来一阵咆哮，“我们还得耐心地等着，就当我们没什么其他事情可做，一直等到普莱斯小姐大驾光临吧。”

“我在这儿呢！”露西气喘吁吁地说道，她终于从一尊小天使的雕像后绕了出来。

特罗斯老师双手叉腰，穿着和昨天那件宽松的黑袍款式相近的衣服，稀疏的浅棕色头发紧贴着头皮。看见露西来了，她棕色的眼睛里除了愠怒还是愠怒。生物向来是露西的弱科，迄今为止，露西还从未在特罗斯老师的课堂上有什么好的表现。

“信天翁”的背后站着阿伊莲、莫莉和罗兰德，他们围着一圈底座四散站着，底座中央是一尊巨大的天使雕像。相对于其他的雕像，这一尊似乎更新、更白、更雄伟，而她几乎没注意到倚靠在天使雕像腿上的那个人……丹尼尔！

他穿着黑色皮夹克，戴着昨天抓住了露西眼球的那条鲜艳的红围巾。同样令露西着迷的还有丹尼尔蓬乱的金发，不过似乎他起床后没打理过。这让露西浮想起丹尼尔睡觉时会是什么样子，想到这里露西的脸刷地红了，以至于当露西看到丹尼尔发线下的双眼时，她竟感觉有些羞赧。

这时，丹尼尔也正瞪着她。

“对不起，”露西吞吞吐吐地说道，“我不知道在哪儿碰头，我发誓……”

“省省吧，”特罗斯老师打断了她，“你已经浪费了大家不少时间了。好了，我相信你们大家都还记得你们做过的那些鲁莽的事情，就是因为这个你们才被罚来劳动的。下两个钟头工作的时候你们都好好反省反省。两人一组，你们都懂规矩的。”她看着露西，松了口气的样子。“好了，谁想要一个跟班的？”

令露西难堪的是，其他的人都盯着各自的脚。经历了一分钟的煎熬之后，第五个学生从陵墓后走了出来。

“我愿意。”

是凯姆。他穿着黑色的V领T恤，衣服紧贴着他宽阔的肩膀。他几乎要比罗兰德高出一英尺，罗兰德顺势往边上挪了挪，凯姆从他身边走过、朝露西走来。他的目光一直注视着露西，优雅而充满自信，即使是一身教养学校学生的装束却也气定神闲，不像露西那样浑身不自在。露西想要把目光移开，因为凯姆在众人面前那样盯着自己让她尴尬万分。但不知为什么，她对那目光是如此着迷，几乎无法自拔。这时，阿伊莲站到了他们两人之间。

“我的，”她说，“我说她是我的。”

“你没说。”凯姆答道。

“我说过，你刚才在那个鬼地方当然听不见了，我要她。”

“我……”凯姆刚想回答。

阿伊莲昂起了头，似乎在等着他的下文。露西吸了口气。他会不会也说“我要她”呢？

他们能不能不为这种事争吵？难道不能三人一组吗？

凯姆无奈地拍了拍露西的胳膊，“我等会儿再来找你，好吗？”

他说，仿佛是露西让他承诺做的。

其他人都从他们坐着的坟墓上跳了下来，向一个棚子走去。露西紧紧地抓着阿伊莲，跟在他们后面，默默从阿伊莲手里接过一把耙子。“喂，你想要复仇天使还是那些肉嘟嘟的小情人？”阿伊莲问。

露西想着现在最好不要给阿伊莲添堵，于是她没有提起昨天的事情，也没有提起阿伊莲留的纸条。她抬头看了一眼，发现自己的两侧各有一尊巨大的雕像。靠她近一些的那一尊看上去像是罗丹的作品……一对裸体男女相互拥抱着扭在一起。她在多佛的时候曾学习过法国雕塑，她一直认为罗丹的作品是最富浪漫气息的。但现在，看着这尊亲密爱人的雕像，她满脑子里却只有丹尼尔。可是丹尼尔讨厌她。经历了昨天晚上丹尼尔弃她而去这件事之后，如果还需要进一步的证据来证明这一点的话，只要回想今天早晨丹尼尔看她的眼神就足够了。

“复仇天使在哪儿呢？”她叹了口气，问阿伊莲。

“明智之选，在那边。”阿伊莲带露西来到一尊巨大的大理石雕像前，它描述的是一位天使将大地从雷霆闪电中拯救出来的情景。刚刚完成的时候它应该还算是一件不错的作品，但现在它被泥土和苔藓覆盖，它看上去陈旧而肮脏。

“我不明白，我们要干什么？”露西问。

“洗刷刷，洗刷刷。”阿伊莲有说有唱，“我喜欢把这活儿当做在给他们洗澡。”她一边说着一边爬到了雕像的上面，坐在那只挡开闪电的胳膊上，两腿悬在空中摇摆着，似乎整座雕像只是一棵老橡树而已。

阿伊莲的样子分明是想在特罗斯老师面前再惹点儿麻烦。露西被她吓得不轻，赶忙挥动着手中的耙子，开始清理雕像的底座。她努力地想要清除那些无穷无尽的枯叶。

三分钟后，她的胳膊就已经快不行了，她这身打扮完全不适合干这种脏兮兮的体力活。露西在多佛从未被罚劳动过，就她所听说的而言，多佛的惩罚劳动不外是把“我再也不在互联网上剽窃了”抄上几百遍。

这也太野蛮了。尤其是她只是在餐厅里不小心碰倒了莫莉。她不想过早对学校下结论，但是现在自己竟然在给这些已经死了一个多世纪的人扫墓？露西的心中充满了对生活的怨恨。

一缕阳光终于穿过树枝，洒在了地上，墓园里也忽然有了些许色彩。露西的身心顿时舒畅了不少，她终于可以看见十步以外的东西了，而且也能看见丹尼尔了……他正和莫莉肩并肩工作着。

露西心头一沉。那种轻松畅快的感觉顿时烟消云散。

她看了阿伊莲一眼，阿伊莲也充满同情地回看了她一眼，并没有停下手头的工作。

“嘿。”露西轻声地呼唤着阿伊莲。

阿伊莲把手指放在唇上让她别说话，示意露西爬到她身边。

露西抓着雕像的胳膊，笨拙地爬上了雕像的底座。在她确定自己不会从雕像上掉下去之后，她对阿伊莲说：“这么说来，丹尼尔和莫莉是朋友了？”

阿伊莲哼了一声，“才怪，他们俩痛恨对方还来不及呢。”她本来是脱口而出，可突然停了下来，“干吗问这个？”

露西指着那两个人，他们并没在打扫墓碑，而是亲密地站在一起，倚靠在各自的耙子上交谈着。露西心里真的很想知道他们在说些什么，“我看他们挺像朋友啊。”

“这是惩罚劳动，”阿伊莲直截了当地说，“你必须得有个搭档。你觉着罗兰德和切斯特，还有摩尔斯特是朋友吗？”阿伊莲指着罗兰德和凯姆，他们好像是在争论该怎么分配工作。“惩罚劳动时的伙伴不一定是现实中的伙伴。”

阿伊莲回头看了看露西，露西感觉得到自己的脸沉了下去，尽管她已经努力不要显出一脸苦相。

“我说，露西啊，我不是那个意思……”阿伊莲的声音小了下去。“好了，除了耽误了我早晨美好的二十分钟之外，你也没给我惹什么麻烦。事实上，我觉得你还是蛮有意思的，也很清新。我不知道你是不是还在指望这里有什么友谊之类的玩意儿，但我还得头一个告诉你，没那么容易。到这儿的人都是背着包袱的，我指的是很严重的那种。明白吗？”

露西耸了耸肩膀，觉得有些尴尬，“好吧，我是问了一个蠢问题。”

阿伊莲窃笑道：“你总是这么心存戒备吗？可是，你到底干了些什么才被送到这里来的？”

露西并不愿意谈论这个话题。或许阿伊莲是对的，她不应该奢望能在这里交到朋友。她跳下来，继续清理雕像底座上的苔藓。

不幸的是阿伊莲似乎已经谋划好了。她也跳了下来，用她的耙子把露西的耙子钉在了地上。

“哦，告诉我、告诉我、告诉我吧。”阿伊莲连珠炮似的一阵猛攻。

她的脸几乎贴到了露西的脸上，让露西想起了昨天阿伊莲那阵抽搐之后她俯在阿伊莲面前的情景。她们也曾患难与共，不是吗？露西心中燃起了想对别人倾诉的欲望。这个夏天真的是太难熬太压抑了。她叹了口气，把额头贴在了耙子柄上。

口中有一股微咸而又紧张的感觉，但是她没法就这样咽下去。她上一次讲述这些细节是在法庭的命令之下。她真希望能快点儿忘掉这些事情，但是阿伊莲越是那么望着她，她心中那些话就变得愈发清晰，几乎就在她的舌尖，想要脱口而出。

“有天夜里，我和一个朋友在一起，”露西深吸了一口气，终于开始倾诉，“发生了一些可怕的事情。”她闭上了眼睛，心中祈祷着那时的场景不要在她眼前再次闪现。“起了一场大火，我捡了条命……可他却没有。”

阿伊莲打了个哈欠，这个故事显然没能让她像露西那样恐惧。

“不管怎么样，”露西继续说道，“后来，我想不起那些细节了，想不起来事情是怎么发生的。我能想起来的……我跟法官讲的……不管怎么样吧，我想他们都认为我疯了。”她很想笑一笑，但确实有些勉强。

阿伊莲出乎意料地捏了捏露西的肩膀。那一刻，她的脸庞看上去非常真诚，但是随即又变回了那副玩世不恭的模样。

“我们都被人误会了，对吧？”阿伊莲拿手指戳了戳露西的肚子，“你瞧，我和罗兰德刚才还在讨论我们的朋友之中怎么没有纵火狂。罗兰德觉得或许另外一个新人陶德可能是，但我把宝押在你身上。我们时不时应该合作一把。”

露西吸了口气，她可不是纵火犯。但是她对过去的谈论也就到此为止了，而且她也不喜欢为自己辩护。

“哦，等我说给罗兰德听吧。”阿伊莲说着扔掉了她的耙子，“你的到来好像令我们梦想成真了。”

露西刚想开口抗议，但阿伊莲已经转身走掉了。

“好极了！”露西听着阿伊莲的鞋子踏在污泥里的声音，心想着她刚才那番话传到丹尼尔的耳朵里只是时间问题了。

又只剩她一个人了。露西抬起头看了看雕像，尽管她已经清除了一大堆的苔藓和树根，但天使看上去似乎比刚才更脏了。这差事根本就是徒劳无功，她甚至都怀疑会不会有人来这个地方，其他受罚的学生是不是还在干活。

她的目光恰好又落在了正在工作着的丹尼尔身上。他正拿着一把线刷努力地清扫着一座墓前青铜铭文上的霉菌。他卷起了毛衣的袖子，露西可以看见他每每用力时便随之紧绷的肌肉。她叹了口气，情不自禁地把手肘撑在天使石像上出神地看着他。

他向来都是个勤奋的人。

露西赶紧晃了晃脑袋。这念头是从哪里冒出来的？她不明白这到底是怎么回事，可是她脑海中确实闪过这个念头。每每在临睡之前，也会有这种和现实毫无关联的荒谬绝伦的念头在她的脑海里一闪而过，可她现在却是清醒得很啊！

她必须得好好考虑丹尼尔的事情了。这才刚刚认识他一天，露西却感觉自己已经陷入了一种诡异而陌生的境地。

"或许你还是离他远点儿的好。"身后忽然响起一个冷冰冰的声音。

露西转过身来看见了莫莉，还是昨天那副姿势：双手叉腰，鼻环闪闪发光。

圣剑和十字架学院出人意料地允许学生在面部打环。潘妮已经告诉过露西，主要是因为校长不愿意拿掉自己的钻石耳钉。

"谁？"她问莫莉。其实她知道自己这话问得很蠢。

莫莉眼珠一转，"反正我告诉你爱上丹尼尔不是件好事，你相信我就是了。"

露西还没来得及答话，莫莉便转身走开了。此时丹尼尔却在盯着露西，似乎他听见了自己的名字，随后他径直走了过来。

她知道此时乌云已经遮蔽了太阳，如果她能够避开他的目光，她自己也能抬头看见那副景象。但是她没法抬头，也没法看向别处。不知为什么，她只能眯起眼睛看他，似乎丹尼尔正放出耀眼的光芒。露西忽然觉得有些耳鸣，膝盖也在微微颤抖。

她本想捡起耙子假装没看见他过来。但是为时已晚，她的举动太过仓促，看起来一点儿也不自然。

“她刚才对你说了些什么？”他问道。

“嗯。”她犹豫了，搜肠刮肚想找一条像样的谎言，但是全无所得，只好把指节捏得噼啪作响。

丹尼尔握住了她的手：“我不喜欢你这样。”

露西本能地把手抽了回来，丹尼尔的手只在她的手上停留了一瞬间，可是露西的脸刷地红了。他的意思难道是说他无法忍受别人捏指节？那种声音会令他莫名地烦躁？他说他讨厌她这样，这是不是暗示说他曾经见过她这样做呢？这是不可能的，他们俩几乎都不认识彼此。

可是为什么露西会感觉他们以前就曾因此而争吵过呢？

“莫莉告诉我，要离你远点儿。”她终于说了出来。

丹尼尔扭了扭脖子，好像在考虑这句话，然后说：“她或许是对的。”

露西一阵战栗……一团阴影正向他们袭来！天使的面孔都变得阴郁了，阴影逗留的时间之长让露西开始有些忧虑。她闭上眼睛想要呼吸，祈祷丹尼尔不要觉察到事情有些不太对劲，但是恐慌开始在她的心中蔓延。她真想逃走，却又不能这样做。如果在公墓中迷路了该怎么办？

丹尼尔顺着露西的目光望向天空，“怎么回事？”

“没什么。”

“所以你是不是准备那么做呢？”他双手抱在胸前，挑衅似的问道。

“做什么？”难道是指逃跑？

丹尼尔又向前迈了一步。他们俩现在的距离不到一英尺。露西屏住了呼吸，身体一动不动，静静地等待着。

“你是不是要准备离我远点儿呢？”

丹尼尔这话听起来像是在挑逗她。

此时的露西已经完全丧失了抵抗力，眉心渗出了汗珠。她揉了揉太阳穴，试图恢复清醒，不让丹尼尔控制了自己的心神。如果丹尼尔真的是在挑逗她的话，露西对此可是毫无思想准备。

她往后退了一步说：“我想是的。”

“我没听清。”他扬起一道眉毛轻声说道，同时又向前逼近了一步。

露西只得随之后退，这一步退得更大，她几乎撞上了雕像的底座，露西感觉天使雕像坚硬的脚抓到了自己的背。

眨眼间，他们头顶上出现了更黑暗、更阴冷的阴影。她敢发誓，她看到丹尼尔和自己同时打了个寒战。

随之而来的阵阵低沉的吼叫更是让他俩都吃了一惊。露西倒抽了一口凉气，大理石雕像的顶部开始在他们头顶晃动，像是微风袭过的树枝一般摇晃着。有一瞬间它似乎就悬浮在了空气中。

露西和丹尼尔站在原地盯着那尊天使雕像。他们都清楚它就要倒下来了！天使的头部缓缓向他们俯下，仿佛正在祈祷——然后整座雕像旋即以迅雷不及掩耳之势砸了下来！丹尼尔的手一瞬间紧紧地搂住了露西的腰，就像他确切知道该怎么做一样。在雕像倒下的一刹那，他用另一只手护住她的头，一把将她按倒在地。雕像不偏不倚地砸在他们刚刚站着的地方，伴着一声巨响轰然倒地。雕像的头部陷入了泥沼里，腿部却依然留在底座上。露西和丹尼尔就匍匐在雕像和底座之间的这个三角地带。

他们鼻尖相对，气喘吁吁。丹尼尔的眼中充满了恐惧……他们的身体和雕像之间只有几英寸的距离。

“露西。”他轻声唤着她的名字。

露西此时能做的只有点头。他眯起了眼睛问道："你看见了什么？"

这时一只手伸到了露西面前，将她从雕像下狭小的空间中拉了出来。露西背上被擦了一下，然后她感觉到了空气的涌动，看见了阳光在闪耀。受罚的一群人目瞪口呆地站在他们周围，而特罗斯老师却在一旁观望，最后还是凯姆扶着露西站了起来。

"你还好吗？"凯姆关切地问道，他拍掉露西肩膀上的尘土，双眼不停地扫视着露西浑身上下是否有擦伤和淤血。

"我看到雕像倒下来了。我本想赶过来阻止，但是它已经……你是不是吓坏了？"

露西没有回答。惊吓并不能概括她此刻复杂的感受。

丹尼尔这时也已经站起身来，但他甚至没有转身来看着露西是否平安无事。他径自转身走开了。

露西眼看着丹尼尔无动于衷，惊得目瞪口呆，同样令她吃惊的是其他人对丹尼尔的安危也似乎毫不在意。

"你做了些什么？"特罗斯老师问道。

"我不知道。刚刚我们还站在那里，"露西看了特罗斯老师一眼，赶紧补充道，"嗯，在那里工作。一眨眼，雕像就突然倒下来了。"

"信天翁"俯下身来查看摔得粉碎的天使雕像。雕像的头部从中间裂开了。她开始嘀咕着关于自然的力量和古老的石头之类的东西。

其他人都各自离开，继续工作了，但是露西耳边又响起了一个人的声音……莫莉！她就站在露西的肩后，对着她窃窃私语："某些人似乎该听听我的建议了。"

FALLEN

5 · 打入圈内

“不要再这样吓唬我了。”星期三的晚上，凯莉正在教训着露西。

正值日落之前，露西蜷缩在圣剑和十字架学院狭小的电话亭里给凯莉打电话。说它是个电话亭，其实只是一个小小的米色长匣，而且还在办公区的正前方。这里根本没什么隐私可言，但好在四周也没什么人闲逛。

昨天清晨在墓地的劳动让她的胳膊到现在都还有些发酸，而他们刚从雕像下被拉出来，丹尼尔就一言不发地径自离去，更是大大刺伤了她的自尊心。但现在露西要尽量忘掉这些事情，在这宝贵的十五分钟里，从自己最好的朋友那里多听一些能让她忘掉忧伤、找回幸福感觉的话语。

听着凯莉高声大嗓地吆喝，感觉真好，露西其实根本不在乎凯莉到底在吆喝些什么。

“我们当初可是讲好了每个小时都要通话的，”凯莉继续发着牢骚，“我还以为有人把你活吃了呢！要不就是他们把你塞进了绑疯子用的紧身囚衣里，你得咬破袖子才能挠到脸。我甚至都想过你是不是被打入了十八层……”

“行了，老妈。”露西一边笑着，一边帮着凯莉调节一下呼吸，“放松。”说到这里，露西心中忽然充满了负罪感，因为她没有把这宝贵的十五分钟留给真正的妈妈。但是露西知道，如果凯莉发现露西没有抓住每个机会第一时间联系她的话，她一定会抓狂的。奇怪的是凯莉歇斯底里的声音却让露西感觉无限宽慰。或许这也算是她们俩如此要好的诸多原因之一：她最好朋友过分的偏执却最能让露西感觉平静。

露西甚至能想象得出此时电话另一端的场景：凯莉正在多佛的宿舍里，在她那张亮橙色的小毯子上踱着步，T区涂满了吸油面霜，修指甲的海绵夹在尚未干透、涂着桃红色指甲油的脚趾间。

“别叫我老妈，”凯莉气哄哄地说道，“赶紧说话。那里的人怎么样？是不是像电影里那样可怕？还有你的课上得怎么样，伙食怎么样？”

露西听见电话另一端凯莉的小电视正在放《罗马假日》。露西最喜欢的场景就是奥黛丽 · 赫本在格利高里 · 派克房中醒来，却依然觉得昨晚的一切只是个梦。露西闭上了眼睛回想着那个片段。她模仿着奥黛丽 · 赫本慵懒的呢喃声，念出了那句凯莉应该知晓的台词：“有个男人，他对我可坏了。真是太棒了。”

“好了，公主，我现在想听的是你过得怎么样。”凯莉取笑道。

不幸的是在圣剑和十字架学院发生的这些事情没有一件能称得上好。这是她今天第十八次，好像是第十八次，想到丹尼尔了。她意识到她的生活和《罗马假日》有一处惊人地相似，那就是她和奥黛丽 · 赫本身边都有一个对她们非常粗鲁而且又对她们毫无兴趣的男人。露西把头靠在电话间米色的墙纸上，有人已经在墙上刻下了“时不我待”的金句，在通常情况下，露西应该早已把丹尼尔的事情一股脑儿倒给凯莉了。

可不知为什么，今天她却没有这样做。

她和丹尼尔之间基本上没有发生过什么事情，露西真的觉得关于丹尼尔她无话可说。凯莉喜欢男孩子努力去证明自己配得上心仪的女孩。她想听的是他曾多少次为露西开门，他有没有留心到露西的法语口音有多么纯正。凯莉觉得男孩给女孩写酸溜溜的情诗没什么不妥，而露西绝不会把这些事情放在心上。所以要在凯莉面前谈论丹尼尔，露西的谈资实在是捉襟见肘。凯莉应该会更有兴趣听到像凯姆这样的男孩。

“嗯，有个男孩。”露西对着话筒咕哝着。

“我知道了！”凯莉尖叫着，“告诉我他的名字！”

露西心中念着丹尼尔、丹尼尔、丹尼尔，可是她清了清嗓子，说出了另一个名字："凯姆。"

"直接点儿，别拐弯抹角啦。我能闻到八卦的味道了。给我从头说起。"

"嗯，其实什么也没有了。"

"他觉得你光彩照人什么什么的。我就跟你说嘛，你那个犬牙交错的发型挺像奥黛丽·赫本的。"

"嗯……"露西打断了她，因为大厅里传来了脚步声，露西赶紧安静了下来。她把头伸出电话亭外去看是谁要打扰她这三天之内最美妙的十五分钟。她看见凯姆正朝这边走来……真是说曹操曹操就到。

她本想跟凯莉说凯姆曾经送给她一个吉他拨片，她现在还把它装在口袋里。但此刻露西只好把这已经到嘴边的话又生生咽了下去。

凯姆一副悠闲的样子，似乎他没有听到露西刚才说的话。凯姆好像是圣剑和十字架学院唯一一个在下课后不换下学校制服的人。但是一身黑色的装束却能突显凯姆的气质，相比而言，露西的一袭黑衣只让她看起来像个杂货店收银员。

凯姆转着一只金色的怀表，长长的表链绕在他的中指上。露西入迷般地盯着那闪烁的弧线出神，直到凯姆一把将表攥在了手中。他低头看了一眼表，然后抬起头看着露西。

"不好意思，"他困惑地说道，"我想我应该是七点钟过来打电话的。"他耸了耸肩，"不过我肯定是记错了。"

露西看了一眼表，不由心头一沉。她和凯莉还没说上十五个字呢，十五分钟怎么会过得这么快?

"露西，嘿！"电话另一头的凯莉好像已经很不耐烦了，"你真是诡异啊，你是不是有什么没告诉我？你是不是要用教养学校的家伙来替代我啊，那个男孩到底怎么样？”

“嘘，”露西对着话筒说道，“凯姆，等一下。”她把话筒从嘴边拿开，对着外面喊了一声。凯姆已经快走到门边了，“等一会儿，我很快就好。”

凯姆把怀表塞进黑色的外衣口袋里走了回来。他扬起眉毛，听着凯莉在电话里的咆哮不由得笑了。“你竟敢挂我电话！”凯莉抗议道，“你什么都没跟我说呢，一点儿都没有！”

“我可不想惹毛任何人。”凯姆开玩笑地对着电话中的咆哮声说，“我的时间也让给你了，有机会再还给我。”

“不必了。”露西赶忙说。尽管她打心眼儿里想继续和凯莉聊一会儿，但她想着凯姆此时也和她是同样的心情……急切地想要给一个人打电话。跟这里大部分的人都不一样，凯姆一直对她很好，露西不想让他放弃打电话的机会。而且此刻她心情太紧张，没法继续再跟凯莉闲聊。

“凯莉，”她叹了口气对着电话说道，“我得走了，我会尽快再打给你的。”可是电话里只传出了拨号音的蜂鸣声。电话竟然已经被设置成每十五分钟自动挂断了！话机屏幕上剩余时间“0：00”正在闪烁。她们甚至都没来得及道别，而现在她又得再等一周才能再打给凯莉了。时间像一道无尽的沟壑，在露西的脑海中绵延。

“闺中密友吗？”凯姆靠在电话亭上问露西，又黑又浓的眉毛仍然拧成一道弧线，“我有三个妹妹，我能闻得到电话那头好朋友的气息。”他俯过身来像是要嗅嗅露西的气息，露西被他的举动逗笑了，但随即又有些怔住了。露西没有料到他会靠得这么近，近得让她心跳加速。

“让我猜猜。”凯姆直起身来，扬起下巴，“她想知道教养学校的坏小子什么样，对吧？”

“不是。”露西摇了摇头，坚决否认她脑子里想的是男孩子。但她很快意识到凯姆只是在开玩笑。露西脸一红，很快反应过来并回敬他一个玩笑，“我跟她说这里还有硕果仅存的一个好男孩。”

凯姆眨了眨眼睛说：“所以你才那么激动，不是吗？”凯姆站得稳如泰山，露西也静静地站着，他外衣口袋里怀表的滴答声在此刻显得愈发响亮。

露西呆呆地站在凯姆身边，忽然她浑身一阵战栗，那些阴暗的东西又出现了，而且直扑向大厅。阴影轻盈地越过天花板上的玻璃，将它们一片一片染成漆黑。该死！和其他人独处总归不是件好事，尤其是像凯姆这样关心她的人。黑影舞蹈般地在天花板的风扇边盘旋着，露西感觉自己正在瑟瑟发抖，但她还是力图显得沉稳。露西不知道自己还能忍受多久，可是阴影还在制造着最骇人的噪音，那声音就像露西曾经听见的小猫头鹰从棕榈树上跌下来，窒息而死时的哀鸣。她希望凯姆不要再看着她；她希望能有其他事情来转移他的注意力；她希望……丹尼尔·格利高里能走进来。

而他竟然真的出现在她眼前！

他穿着满是孔洞的牛仔裤，和一件洞更多的T恤。但他看起来一点儿也不像是个救命的天使……他无精打采地捧着一堆图书馆借来的书籍，灰色的眼睛下眼袋深重，看上去似乎有些操劳过度。他的金发萎靡地遮住了眼睛，当他的目光落在露西和凯姆身上时，露西注意到丹尼尔眯起了眼睛。

露西不明白这一次她又做错了什么惹恼了他，她如此烦恼，以至于几乎忽略了一件更重要的事情：在丹尼尔身后，大厅的门被关上的瞬间，阴影就从缝隙间蹿了出去，消失在夜色中。就像是有人拿吸尘器将大厅中的灰尘吸了个干净。

丹尼尔向他们接连点了点头，并没有放慢脚步，径直走了过去。

露西看着凯姆，而他却盯着丹尼尔。凯姆转过身来，忽然提高了嗓门高声喊道：“我差点儿忘了告诉你，今晚社交活动后在我房间有个小派对。你如果能来我将不胜荣幸。”

丹尼尔现在仍然能够听见他们的谈话。露西不知道大家谈论的社交活动到底是什么，但是她应该先去和潘妮碰头，她们已经约好一起去了。

露西望着丹尼尔的背影，她知道得答复凯姆关于派对的事情，而且这个问题并不难于回答。但是此时丹尼尔回过头来看了露西一眼，她可以发誓，丹尼尔的眼中满是幽怨。这时电话铃响了，凯姆抓起电话对露西说：“我得接电话了，露西，你会去吗？”

丹尼尔似乎点了点头。

“好的，我会去的。”露西也给出了她的答复。

“我就不明白了，干吗非要跑啊。”二十分钟之后，露西气喘吁吁地问道，她一路小跑才跟得上潘妮的步伐。她们正穿过广场去往学校礼堂，参加周三晚上神秘的社交活动，但潘妮至今还没跟露西讲清楚到底要做什么。露西不知道要参加的是不是那种正式的社交活动。以防万一，她匆忙奔回了宿舍，涂了点儿润唇膏，又套上了一条像样点儿的牛仔裤，时间差点儿不够用。

刚才夹在凯姆和丹尼尔之间让露西有些身心疲惫，她还没来得及喘上一口气，潘妮就冲进了宿舍，把她拽了出来。

“那些磨磨叽叽的人不会明白的，他们总是在糟蹋守时重约的正常人的时间，搅乱人家的计划。”她们匆忙穿过草坪最湿滑的地带，而潘妮此刻还不忘把露西教训一番。

“哈！”身后爆发出一声大笑！

露西回头一看，不由喜上眉梢……阿伊莲娇小瘦削的身影蹦蹦跳跳地朝她们赶了过来。“哪个赤脚大夫说你是正常人来着，潘妮？”阿伊莲拉了露西一把，指着地面说，“小心流沙”。

露西赶忙停住了脚步，她差点儿踏进草坪上那块可怕的泥沼中。“哪位好心人能告诉我，这到底是要去哪儿？”

“星期三晚上，”潘妮直截了当，“社交之夜。”

“是不是舞会之类的？”露西问道，脑海中浮现出丹尼尔和凯姆在舞池中翩翩起舞的样子。

阿伊莲冷笑了一声：“百无聊赖地和死神跳舞。社交不过是圣剑和十字架学院的又一堆幌子罢了。上面命令他们给我们安排一些社交活动，但是他们又害怕给我们安排真正的社交活动。”

“所以，”潘妮补充道，“他们就整出了这些电影之夜，加上电影讲座这样的玩意儿，来糊弄我们。天啊，你记不记得上个学期？”

“那场动物标本制作的专题报告会？”

“实在是，实在是太恶心了。”潘妮摇了摇头。

“今天晚上，亲爱的露西，”阿伊莲慢吞吞地说道，“我们会很容易脱身的。今晚还是按老规矩，先要看一部让你昏昏欲睡的电影——反正这里一共也就只有三张影碟。今天晚上是哪一部来着？《外星恋》，《火山代表我的心》，还是《老板度假去》？”

“《外星恋》。”潘妮哀怨地说道。

阿伊莲沮丧地看了露西一眼：“她无所不知。”

“等等，”露西在流沙附近踮起脚尖站着，她们已经快走到学校前的办公区了，她压低了声音问道，“既然你们都已经看了那么多次了，干吗还那么着急赶过去。”

潘妮推开了礼堂那扇沉重的铁门，露西走进门去，才发现礼堂不过是一间方方正正的旧屋子。屋子的天花板很低，一排排椅子正对着索然乏味的白色墙壁摆放着。

“因为不想坐在科尔老师旁边那个烫屁股的座位上。”阿伊莲指着那位老师解释道。他的鼻子深深地埋在一本厚厚的书里，他四周是屋里仅剩的几张空椅子。

三个女孩穿过门口的金属探测器之后，潘妮又说道：“坐在他旁边那个位子上的人，肯定得帮他发每周的心理健康调查问卷。”

“那还不算什么。”阿伊莲插了一句。“最糟糕的是那个人还会在活动结束后被留下来帮他分析问卷。”潘妮继续把话说完。

“那样的话你就会错过……”阿伊莲拽着露西坐到了第二排，然后轻声对她说，“随后的派对。”

她们终于进入正题了，露西咯咯地笑出了声。

“我听说了，”她对那个派对的感觉稍稍改变了，“在凯姆的房间，对不对？”

阿伊莲盯着露西看了一会儿，用舌尖舔了舔牙齿。随后她的目光越过了露西，准确地说应该是穿过了露西的身体。

“嘿，陶德。”她朝陶德摇了摇指尖，冲着他喊道。她把露西按到座位上，自己又占了旁边的那个安全的座位（和科尔老师还隔着两个座位），然后拍了拍那个烫屁股的座位。“过来和我们坐一起吧，帅哥。”

陶德本来还在门口磨蹭着，听到阿伊莲的招呼，他如释重负……终于有人告诉他该怎么做了！他走了过来。他刚摸索到座位上坐下，科尔老师便从书本中抬起头来，拿手帕擦了擦眼镜对他说：“陶德，很高兴你在这儿，电影结束后你能不能帮我个小忙。你也知道维恩图表是种很有用的工具……”

“恶毒鬼！”潘妮坐在阿伊莲和露西之间，扬起脸来恨恨地来了一句。

阿伊莲耸了耸肩膀，从手提包里掏出一大包爆米花。“我只能照顾这么多新学生了。”说完扔给露西一块点心，“你是个幸运的家伙。”

屋里的灯光渐渐暗了下来，露西四下张望着，直到她发现了凯姆的身影。她想到了和凯莉没煲完的电话粥，还有她的好朋友总是说了解一个男孩最好的方式就是和他一起看场电影，这样可以了解到一些他平常谈话时不会流露出的东西。此刻她看着凯姆，似乎明白了凯莉的意思。想着要窥视凯姆会觉得电影哪里好笑并和他一起开怀大笑，这种事情有点儿令她觉得刺激。

当他们目光相遇时，露西觉得有些尴尬，本能地想避开他的目光。不过她还没来得及那么做，凯姆的脸上便显出了欣喜的笑容。自己在盯着他看却又被他逮住，这让露西有些难为情。可是凯姆热情地举起手向她挥了挥，露西不禁想起那几次丹尼尔发现自己在看他时的表现……真是天壤之别！

这时丹尼尔和罗兰德一起走了进来，这时候已经够晚了，兰迪已经开始点人数了，而唯一剩下的座位只有屋子最前面的地板了。他从投影仪的光束中穿了过去。露西这才头一次注意到他脖子上那条银项链，还有一枚塞在T恤里的徽章模样的饰物。然后他弯腰，完全消失在她的视线之外，她这次甚至没办法看见他的轮廓。因此也不会被发现她又在盯着他。

事实证明，《外星恋》没什么意思，倒是其他学生不停地模仿杰夫 · 布里奇斯颇为令人捧腹。露西没法专注于电影情节，而且颈后阵阵的寒意令露西如坐针毡。有些事情将要发生了。

这一次，阴影的出现在露西的意料之中。露西一面思考一面掰着手指计算着它们出现的次数。她惊觉阴影出现的频率越来越高，露西搞不清楚是不是因为她在圣剑和十字架学院太紧张……还是意味着其他的什么事情，以前从未如此糟糕过……

它们先是在礼堂顶上缓缓地游移，继而又沿着电影屏幕的边沿滑动着，最后顺着地板的缝隙像滴入水中的墨汁一样扩散开来。

四肢传来的阵阵剧痛令露西紧紧地抓住了椅子的底部。她紧绷着浑身的肌肉却仍然无法抑制身体的颤抖。有人在露西的左膝上捏了一把，露西猛然抬起头看着阿伊莲。

“你还好吗？”阿伊莲没有出声，但是露西能读懂她的唇语。

露西点点头抱住了肩膀，装作只是觉得有点冷而已。她希望真是如此，但是这种彻骨的寒意和圣剑和十字架学院的空调没有丝毫关系。

露西感觉阴影正在椅子下拉拽她的脚，整个电影播放期间它们始终没有停止。每一分钟对露西来说都像永恒一样漫长。

一个小时之后，阿伊莲把眼睛贴在凯姆青铜色房门的猫眼上。“哟嗬，”她边唱边笑，“狂欢就在这里。”

她从那个装着爆米花的魔法手袋里掏出一条亮粉色的羽毛围巾。“推我一把。”她向上跳着扑腾着两只脚向露西求助。

露西把十指交叉在一起，托住阿伊莲的黑色靴子，把她托了起来。她看着阿伊莲把围巾盖在了走廊的监视器上，然后把手伸到机器后面把它关掉了。

“这样做不会让人起疑吗？”潘妮问道。

“你到底是忠于我们的派对还是摄影头？”阿伊莲回头看了她一眼。

“我只是说会不会有更好的办法。”阿伊莲跳下来的时候，潘妮又朝她嘀咕了一句。阿伊莲把围巾绕到露西的肩上，露西笑着开始跟着屋内传出的音乐节奏舞动了起来。可是当她把围巾传给潘妮时，潘妮看起来仍然紧张兮兮。她咬着指甲，眉心汗津津的。此时正是南方潮湿闷热的九月，潘妮竟然穿着六件毛衣……她根本不知热为何物。

“怎么了？”露西凑过去轻声问她。潘妮拽着袖子角，耸了耸肩膀。

潘妮刚露出想要回答问题的神色，她们身后的门忽然开了。一阵烟气伴着强劲的音乐扑面袭来，随后迎上来的是凯姆张开的双臂。

“你真的来了。”凯姆微笑着对露西说。即使在如此昏暗的灯光下，他的双唇仍然显得红润动人。当他一把把露西拥入怀中的时候，她感觉自己忽然变得渺小，却十分安全。短暂的拥抱之后，凯姆点头向另外两个女孩致意。露西心中有些小小的得意，因为只有她得到了凯姆的拥抱。

凯姆身后黑暗狭小的房间里挤满了人。罗兰德在角落的唱机边举着唱片对着黑暗的灯光；露西在几天前操场上看见的那一对情侣正在窗户边亲昵；那群预科生模样的学生穿着白色的牛津衬衫挤成一团，时不时地抬头看女孩们一眼。阿伊莲争分夺秒般冲到了兼做吧台的凯姆的书桌旁。眨眼间，她两腿之间就夹了一瓶香槟，一边笑着一边拔着酒瓶塞子。

露西有些失意。以前在多佛的时候，虽然那所学校不像圣剑和十字架学院这样戒备森严、与世隔绝，但她甚至都不知道去哪儿弄酒。而凯姆刚刚回到圣剑和十字架学院几天，就已经知道了怎么能把他需要的东西弄来，举办一场能吸引全校学生加入的盛宴。更不可思议的是所有人都觉得这再正常不过。

她还站在门槛上，她听见酒瓶开启的响声，紧接着便是大家举杯庆贺的欢呼。阿伊莲高声叫道：“露仙达，赶紧进来，我要和你干一个。”

露西已经感受到了派对的激情，但是潘妮似乎还没有作好思想准备。

“你先去吧。”她摇了摇手，对露西说道。

“怎么了？你不想进去吗？”其实露西自己也还有些紧张。她不知道事情会如何发展，因为她不确定阿伊莲到底有多可靠。有潘妮陪在身边她会感觉踏实些。

可是潘妮依然紧皱眉头，“我……这……这可不是我的风格。我在图书馆研究怎么用PPT，如果你想整理档案的话，你找我就找对人了。但是这个……”她踮着脚尖朝屋里张望着，“我想里边的人都觉得我是个书呆子。”

露西使出了看家本领，她皱了皱眉头，脸上的表情分明在说“得了吧。”

“他们还觉得我是一块烘肉卷呢！我们还觉得他们都是疯子呢！”露西笑着说，“难道我们就不能好好相处吗？”

潘妮缓缓地撇了撇嘴，把围巾披到了肩膀上。“走！”她把露西抛在身后，径自冲了进去。

露西眨了眨眼睛，适应了一下屋里的光线。屋内一片嘈杂，但她还是能听见阿伊莲的笑声。凯姆关上了门，拉起了露西的手。

“你能来我太高兴了。”凯姆用手扶着露西的背，低头让露西能听见他。他的双唇令人垂涎，尤其是他的唇间说出的是“我每次听见敲门就会跳起来，心里盼着是你来了”这样的情话。

露西不明白凯姆为什么快就对她有了感觉，但她绝对不想做出破坏这种感觉的事情。他那么受欢迎，出人意料的体贴，他对露西的关注大大满足了她小小的虚荣心。这一切都让她在这个陌生的学校感觉舒服多了。她知道如果她试图回应凯姆的恭维，她的回答肯定也会结巴，于是她只是报以一笑，凯姆也露出了笑容，又把她搂在了怀里。

露西忽然觉得没有地方来安置自己的双手，她只能环住凯姆的脖子。凯姆紧紧地搂着她，将她稍稍抱离地面让她感觉有些飘飘然。

当凯姆将她放下来时，露西第一眼就看见了丹尼尔。但是她觉得丹尼尔并不喜欢凯姆。丹尼尔还是跷着腿坐在床边，雪白的T恤在黑色的灯光下闪耀着紫罗兰色的光芒。她的目光一落在丹尼尔身上就再也难以移开了。露西觉得自己简直不可理喻。一个英俊而友好的男孩正站在她右后方，柔声询问她要喝些什么；另一个英俊却冷漠的男孩坐在她的对面，可是她的目光却无法离开他。丹尼尔也正直直地盯着她。他的眼神如此深邃如此神秘，即使再让露西看上几万次她也无力解读。

她只知道那眼神在她身上产生的效应。屋里其他的人仿佛都消失了，就连她自己也融化在那眼神之中。这时阿伊莲举着杯子，爬到了桌上大叫着露西的名字，如果不是阿伊莲的这番举动，恐怕露西会整晚都盯着丹尼尔不放。

“敬露西。”阿伊莲对露西笑着，举杯说道，“她刚才显然心不在焉，错过了我的欢迎致辞，可惜她永远都不会知道我说得有多棒。”她说完俯身去问罗兰德，“是不是很棒？”

罗兰德拍了拍阿伊莲的脚踝表示赞同。凯姆把一个装满香槟的塑料杯子塞到了露西的手里。露西有些难为情，但还是努力想挤出一丝笑容，这时屋里人都在回应阿伊莲的敬酒：“敬露西，敬烘肉卷！”

站在她身边的莫莉悄悄凑了上来对露西耳语道：“敬露西，她永远都不会知道真相。”

要在几天之前，露西可能会转身逃开。但是今晚露西只瞥了她一眼，转过身去留给她一个背影。这女孩说的每一句话几乎都让露西感觉像被某种动物给咬了一口，但如果她表现出来，只会让莫莉更加有恃无恐。

露西跑到潘妮的身边，和她一起挤着坐在书桌边的椅子上，潘妮给了露西一根黑色的甘草。

“你信吗？我觉得现在玩得挺开心的！”潘妮一边开心地咀嚼着

食物，一边对露西说道。

露西咬了一口甘草，又咂了一口满是泡泡的香槟……这可不是合理的搭配，就像她和莫莉一样。“莫莉是不是对每个人都这样，或者只有我享受这种优待？”

潘妮愣了一下，她似乎是想给出一个不同的答案，但犹豫了一下，还是拍了拍露西的背说：“她向来如此，亲爱的。”

露西四下看了看，满屋都是香槟，吧台上摆满了葡萄酒，头顶上迪斯科灯球在旋转，每个人的脸上都映着星星的图案。

“他们在哪儿搞到这些玩意儿的？”露西大声问道。

“他们说罗兰德能把任何东西弄进圣剑和十字架学院。”潘妮说道，“但是我从来没有问过他。”

或许阿伊莲说罗兰德没什么弄不到的东西就是这个意思。

但罗兰德唯一弄不到而露西又最想要的东西，大概就是手机了。但是，凯姆曾经告诉过她不要听阿伊莲胡诌学校里的事情。一切都很不错，只可惜凯姆的派对大部分却要归功于罗兰德。露西越是想找到问题的答案，事情却越是纠结不清。或许她该先专心学会和大家和睦相处才行。

“好了！你们这群社会的弃儿。”罗兰德一声大叫，好让大家集中注意力。现在正是两首歌之间的停顿，唱机暂时静了下来。“今晚的麦克风开放时间到了，请诸位点歌。”

“丹尼尔 · 格利高里！”阿伊莲双手卷成喇叭状举在嘴上喊道。

“不！”丹尼尔用同样的姿势回答道，一点儿都没有犹豫。

“唔？沉默的格利高里又要这样坐冷板凳了吗？”罗兰德对着麦克风说道，“你确定你不想唱你那个版本的《追逐我的地狱猎犬》吗？”

“我觉得那是属于你的歌，罗兰德。”丹尼尔回敬道，脸上浮现出浅浅的微笑，但是露西觉得那是尴尬的微笑，好像是在说“还是让其他人到聚光灯下吧。”

“他说得有道理，同志们。”罗兰德笑道，“但是唱罗伯特·约翰逊的歌会把整个屋子掀起来的。”他把一张R·B·伯恩塞德的唱片塞到了唱机里，“我们还是来点儿南方音乐吧。”

电吉他的低音响起，罗兰德走到了舞台中央，说是舞台，实际上只是屋子中央一片被月光照亮的巴掌大的空地。其他人都在跟着音乐鼓掌或者跺脚，但是丹尼尔却低下头看了看表。她脑海中总是浮现出那天晚上凯姆邀请她去派对时，丹尼尔对她点头的样子。似乎丹尼尔想让她来是出于一些不为她所知的目的。当然，现在她来了，但是他却没做出任何举动承认她的存在。

如果自己能和他单独相处的话……

罗兰德独占了所有客人的目光，只有露西注意到歌曲刚刚唱到一半时，丹尼尔站起身来从莫莉和凯姆身边挤过去，悄悄地离去了。

她的机会来了！当她身边其他的人都在鼓掌时，露西悄悄地站了起来。

“再来一个！”阿伊莲叫道。突然，她注意到了露西从椅子上站了起来，她又是一声大叫，“哦，等等，难道我的女孩要献唱了吗？”

“不！”露西可不想在众人面前唱歌，更不想让人知道她站起来的真正原因。但是她此时确实正站在她在圣剑和十字架学院的第一次的派对上，而罗兰德也不失时机地把麦克送到了她的嘴边。现在怎么办才好？

“我，我只是为……啊……陶德，感到很难过，他没能来。”露西的声音通过麦克风在自己的耳畔回响。她此时已经开始后悔讲了这个糟糕的谎话，但是已经没有退路了。“我想我该去看看他在科尔老师那边完事没有。”

其他人似乎都不知道该如何应对露西这番话，只有潘妮怯生生地说了一句：“快点儿回来。”

莫莉嘲笑道：“奇妙的爱情，真浪漫啊！”

打住！他们该不会是认为自己喜欢陶德吧？算了，谁在乎这个，露西真正挂念的那个人现在已经不知所踪了，得赶紧追上去。

露西撇开莫莉匆忙溜到了门边，凯姆正抱着胳膊站在那里：“要不要个伴啊？”他满怀希望地问道。

露西摇了摇头。如果是其他差事的话，她可能会想要凯姆陪着她，但是现在显然不是时候。

“我很快回来。”她轻快地说道。她顾不上看清凯姆脸上的失望之情，夺门而出冲到了大厅。远离了派对的喧闹，此刻她的耳边只有一片寂静。她过了一会儿才辨出角落里有一个刻意压低的声音。

是丹尼尔！不管在哪里，露西都能听出他的声音。她不确定丹尼尔是在和谁讲话。

但是她听得出那是一个女孩。

“我很抱歉。”那女孩有着浓重的南方口音。

嘉碧？丹尼尔溜出来是为了见那个金发小妞？

“以后不会再发生这种事情，我发誓。”嘉碧说道。

“这种事情以后不可能再发生了。” 丹尼尔轻声说着，但是那口气就像是情侣间的争执。“你向我保证你会出现的，但你却没有。”

哪里？什么时候？露西心中燃起一股无名的怒火。她沿着走廊一步一步小心翼翼地挪了过去，尽量不发出声音。

但是他们两个突然静了下来。露西脑海里浮现出丹尼尔牵着嘉碧的手，还有丹尼尔俯下面庞深深地亲吻嘉碧的情景。

露西胸中的妒火熊熊燃烧。角落里他们中的一个叹了口气。

“你得相信我，亲爱的，你只有我一个人了。”嘉碧的声音甜得发腻。

露西当即决定从现在开始讨厌这个女人！

FALLEN

6 · 无可救赎

周四一早，露西门外走廊的大喇叭突然爆发。“圣剑和十字架学院的全体学员请注意！”露西呻吟着翻了个身，使劲用枕头捂住了耳朵，但还是没能阻挡兰迪刺耳的咆哮。

“你们现在还有九分钟的时间，快到体育馆报到，参加年度体检。你们很清楚，我们不喜欢拖沓的人，所以赶紧行动、作好体检准备。”

体检？在清晨六点半？露西开始后悔昨天熬夜到那么晚，还在床上瞪着眼睛辗转到了后半夜才睡着。

每当她想到丹尼尔和嘉碧接吻的时候，她就感到阵阵恶心，因为她明白自己一直在出自己的洋相。昨晚她没有回到派对去，而是沿着墙悄悄走回到宿舍。她反省了自己对丹尼尔的那种奇怪的感觉，可悲的是她还一直傻傻地觉得她和丹尼尔冥冥之中有些缘分。醒来时，嘴里又酸又麻，想必是昨晚派对的恶果。现在她最不愿考虑的就是健康问题了。

露西翻身下床，一脚踩在冰冷的塑料地板上。她一边刷着牙一边想着圣剑和十字架学院的体检会是什么样子。她脑海里浮现出了一些同学的样子：莫莉龇牙咧嘴地做着引体向上，嘉碧奋力地抓着一根离地三十英尺的绳子徒劳地向上爬着……想想都让人胆寒。她不能再让自己看起来像个傻瓜了，她必须要把凯姆和丹尼尔从脑子里清除出去。

她穿过校园南边来到了体育馆。这是一座庞大的哥特式建筑，飞檐和天然石块砌成的角楼令它看上去更像是一座教堂而不是供人锻炼的场所。露西慢慢地走近了这座建筑，它的表面覆盖着一层野葛，在清晨的微风中瑟瑟作响。

“潘妮！”露西看见了她那位穿着运动服的朋友正在凳子上系鞋带。露西看着潘妮一贯的黑衣黑鞋，忽然意识到自己似乎忘记了着装守则。其他的学生这时也都在门外磨蹭着，他们看起来和露西并没有什么不同。

潘妮的眼中还带着一丝醉意。“好累啊！”她呻吟着说，“昨天晚上唱歌唱得有点儿过火。但是还得弥补一下，至少得让自己看上去像是去运动的样子。”露西看着潘妮打双环结时笨拙的样子不由得一阵窃笑。

“你昨天晚上怎么回事？”潘妮问道，“你走后就没回来了。”

“哦，”露西顿了顿，“我决定……”

“啊！”潘妮捂上了耳朵，“我现在不管听什么声音，都觉得像是脑袋里有台钻孔机一样。回头再告诉我吧。”

“好吧，没问题。”露西答道。这时体育馆的双层大门被推开了。兰迪夹着她从不离身的记录本，穿着沉重的胶鞋走了出来。她挥手示意学生向前走，然后逐一给他们分配体检项目。

“陶德 · 哈蒙德。”兰迪叫道，那个双腿发颤的可怜孩子走上前去。陶德的双肩像一对括号一样向前倾着，露西看见他脖子后面还残留着暴晒的痕迹。

“健身房。”兰迪命令道，顺手把陶德推了进去。

“潘妮薇瑟 · 凡 · 西克尔-洛克伍德。”她吼出了下一个名字，潘妮吓了一跳又把双手贴在了耳朵上。

“游泳池。”兰迪说完伸手从身后的一个纸板箱里，拿出一件红色的连体泳衣丢给潘妮。

“露仙达 · 普莱斯。”兰迪看了一眼名单继续点名。露西走上前去，“也是游泳池。”露西听了这话顿时感觉轻松了不少。露西伸手在空中接住了那件连体泳衣。露西把泳衣展开一摸，感觉薄得像是一张羊皮纸，但至少闻起来还算干净。

“嘉碧 · 吉文斯。”兰迪又叫道，露西转过身来看见了那个最让她讨厌的人，她穿着黑色短裙和黑色的圆领背心摇摆着走上前来。她只不过刚来三天而已，怎么就能钓上了丹尼尔呢？

“嘿，兰迪。”嘉碧浓重的鼻音听得露西想学潘妮的样子捂上耳朵。

“千万别是游泳，”露西心里念叨着，“除了游泳什么都行。”

“游泳池。”兰迪的话让露西失望极了。

露西和潘妮并肩走向女生更衣室，克制着自己不要回头去看嘉碧。嘉碧把唯一一件看上去时尚一点儿的泳衣套在中指上转动着。露西把注意力集中在灰暗的墙壁，还有挂满墙壁的古老的宗教饰品上面。她走过雕刻着耶稣受难浮雕的精美木质十字架，还有一系列挂得和视线持平的三联幅，但其中只有人像头顶的光环还闪着光。露西俯身过去想看清楚封在玻璃柜子里的拉丁文卷轴。

“令人振奋的装饰，不是吗？”潘妮问道，从包里拿出一瓶水，喝了一大口来吞下几片阿司匹林。

“这都是些什么东西啊？”露西问道。

“古老的历史，在南北战争的时候这里还是做周日弥撒的地方，现在这些都是硕果仅存的遗迹了。”

露西这才明白为什么这里看上去那么像教堂。

露西停在一幅米开朗基罗的圣母像的复制品前。

“圣剑和十字架学院所有的工作都是虎头蛇尾，这里的修复工作也是半途而废。谁会在一座古老教堂的正中间修一座游泳池呢？”

“不是开玩笑吧？”

“我倒是想呢。”潘妮转了转眼球说道，“每年夏天，校长都会惦记起这件事，还想把重新装修的差事塞给我。他不愿意承认，但是和上帝有关的差事会让他心惊肉跳。问题是，即使我愿意投身这项工作，我也不知道该怎么料理这个烂摊子。我可不知道怎么做才能把这个鬼地方清理干净，同时又不冒犯上帝和所有人。”

露西回想着多佛体育馆洁白无瑕的墙壁，一排又一排的大学代表队夺冠的照片，每一张下面都衬着海军蓝的纸板，还配着金色的相框。多佛唯一稍微空旷一些的走廊，就是入口处的通道，那是成就卓越的议员校友、古根海姆奖金①，获得者和富豪们展示自己照片的地方。

“你可以把所有校友的犯罪照挂在上面。”嘉碧在她们身后提议道。

露西笑了……确实很搞笑。很奇怪，嘉碧像是读懂了她的心思。但是这时她记起昨晚这个女孩的声音，她告诉丹尼尔“你只有我一个人了”。露西立刻打消了和她扯上任何关系的念头。

“你们还在磨蹭。”一个露西不认识的教练不知从哪里冒了出来，对着她们吼道。她，至少露西觉得是个“她”，棕色的鬈发梳到脑后结成一束马尾辫，小腿像小马驹一样粗壮，上排牙齿戴着已经有些发黄的牙箍。她火气十足地催促着女孩们进了更衣室，然后给每人发了一个小锁和钥匙，再把她们推到了空柜子前。“没人敢在迪安特教练的眼皮下磨蹭。”

露西和潘妮换上了退色肥大的泳衣。露西看着镜中的自己不由打了个寒战，她赶忙用浴巾把自己包起来。

来到潮湿的泳池边上，露西立刻明白了潘妮刚才那番话的含义。这个泳池十分大，够得上奥运标准，也算得上是目前露西在校园里见到的少有的富有艺术特色的东西，但这些并不是这座游泳池令人惊叹之处。真正令人咋舌的是这座游泳池建在一座巨大的教堂的正中央！

一排精美的彩色玻璃窗户沿着墙壁铺排而去，几块破旧的镶板连着高耸的弧形穹顶。墙壁上的石头壁龛里点着蜡烛，原来祭坛的所在

① 美国国会议员西蒙 · 古根海姆和他妻子在1925年设立的，用于纪念他们于1922年4月26日逝去的儿子。——编者注

现在改装成了跳水板。好在露西是在不可知论的环境中长大的，如果她跟小学的朋友们一样，是一个敬畏上帝的基督徒的话，她可能会觉得这个地方亵渎了神明。

有些学生已经在水里了，他们游完之后正在喘息着，呼吸新鲜空气。吸引露西目光的却是还没有下水的那些人。莫莉、罗兰德和阿伊莲坐在靠墙的看台上，正在窃窃私语。罗兰德弯着腰，阿伊莲正在擦泪水。他们穿的泳衣都比露西的好看，但是没有一个人看上去想要下水。

露西拉了一下自己肥大的泳衣。她想去找阿伊莲，但是正当她权衡利弊（利：或许能步入精英社团；弊：迪安特教练会斥责她故意违反命令）之时，嘉碧已经溜到了她们身边。她在阿伊莲身边坐下，然后立即爆发出一阵笑声，就像是不管他们讲了什么笑话，她都已经听懂了似的。

“他们总能够拿到假条。”潘妮看了一眼看台上那群特权团体，对露西解释道，“别问我为什么，我不知道。”

露西来到游泳池边，她徘徊着，无心遵照迪安特教练的指示行事。看着嘉碧和其他人摆出一副耍酷的样子围在看台上，露西真希望凯姆此刻在这里。她想象着凯姆身着黑色泳衣肯定非常健美。他会面带微笑在人群中向她挥手，这会让她立刻觉得自己很受欢迎，甚至是很受重视。

露西忽然觉得自己应该为昨天早早离开他的派对而向他道歉。奇怪！他们并没有在一起，露西似乎没有义务向凯姆解释自己的行踪去向，但她喜欢凯姆关注自己。她喜欢他身上的味道……自由和开放的味道，那感觉就像深夜敞着车窗飙车。她喜欢自己讲话时他全神贯注地倾听，一动不动，仿佛眼中、耳中只能容得下她的样子和她的声音。她甚至迷上了在派对上在丹尼尔面前被他抱起来，双脚离地的感觉。

她可不想做出任何事情，去让凯姆重新考虑该如何对待她。

教练的哨子突然响了，惊呆的露西直挺挺地站在原地，当她回过神来却只能眼睁睁地看着潘妮和她身边的其他学生跳进了池中。露西看着迪安特教练，希望能得到些指示。

“你就是露仙达 · 普莱斯吧，总是迟到还不肯听话？”教练叹了口气，“兰迪已经跟我说过你了。八圈，选自己最擅长的泳姿。”

露西点了点头，踮起脚尖站在游泳池边上。其实她过去很喜欢游泳。爸爸曾在桑德博尔特的社区游泳馆教过她游泳，那时候她还作为年龄最小的不用救生圈在深水区游泳的孩子获得过奖励。但那毕竟是多年以前了，露西甚至都不记得上次游泳是什么时候了。多佛火爆的户外泳池对她一直是个很大的诱惑，但是那却不对游泳队员之外的人开放。迪安特教练清了清嗓子说道：“或许你还没搞明白，这是场比赛。你已经落后很多了。”

这可真是露西见过的最凄惨最荒唐的比赛了，但她的好胜天性还是霎时升起。

“你还在落后。”教练含着哨子说道。

“很快就不会了。”露西说道。

她看了一下目前的赛况。她左边的那个男孩选择了自由泳，但是动作很拙劣，不停地从口中往外喷着水；右边是潘妮，她戴着鼻夹，肚子下面垫着一块粉色的泡沫踢水板，悠闲地向前划着。露西匆匆瞥了一眼看台上那群人……莫莉和罗兰德正在观望，阿伊莲和嘉碧倒在一起笑个不停，笑声让露西有些心烦意乱。

但露西可不在乎他们到底为何发笑，一点儿都不在乎。

她把双手举过头顶，纵身一跃。她感觉自己的脊背在入水时弯成了一道弧线。爸爸在泳池里曾经对八岁的露西解释过，能把这个动作做好的人可不多。但是你一旦掌握了蝶泳的泳姿，那么在水中就能所向披靡。

露西将愤怒当做了奋勇向前的动力，她的上身跃出了水面。她瞬间又记起了在泳池中的感觉，开始像挥动翅膀一样挥动自己的双臂。很久以来，她都没有这么努力地做过一件事情了。很快，她第一次超越了其他对手，并继续一路领先。

第八圈，就要接近终点了！这时，露西把头露出了水面，可就在这短短的一瞬间，她听见嘉碧慢悠悠地说出了那个名字……丹尼尔。

露西的劲头就像被吹熄的蜡烛一样瞬间消散了。她停止了击水，愣在原地等着听嘉碧下面会说些什么。不幸的是，除了击打水面的声音，她什么都没听见。转眼之后，哨子响了。

“胜利者是，”迪安特教练满面惊诧地说，“乔尔 · 布兰德。”那个旁边泳道的戴着牙箍、瘦皮猴样的男孩从池中一跃而出，开始欢庆胜利，声音几乎要把房顶掀起来。

在另一侧泳道的潘妮刚刚到达，“怎么回事？”她问道，“你刚才差点儿就把他做掉了。”

露西无言以对，只好耸了耸肩膀。嘉碧就是原因！但当她再向看台望去的时候，嘉碧已经不见了，阿伊莲和莫莉也和她一起走了，只剩下罗兰德坐在那里，埋头在一本书中。

游泳时露西劲头十足，但是现在她已经精疲力竭了，还得潘妮把她扶出泳池。

罗兰德从看台上跳了下来，扔给露西一条毛巾和她刚丢掉的更衣室的钥匙，“你刚才表现得相当不错啊！不过只有那么一会儿。”

露西伸手到空中接住钥匙，用毛巾把自己裹了起来。她本想说些客套的话，比方“谢谢你的毛巾”，或者“只是发挥失常”之类的。但是她头脑一热脱口问道：“嘉碧是不是和丹尼尔在一起？”

错了！大错特错！从罗兰德的表情，露西可以看得出丹尼尔很快就会从他口中得知她问的这个问题。

“哦，我明白了。”罗兰德笑着说，“可是，我真的不能……”

他看着露西，摸了摸鼻子，对她报以同情的一笑。他指着敞开的走廊门，顺着罗兰德手指的方向，露西看见了丹尼尔的身影。“你干吗不自己问他呢？”

露西一个人在健身房门外徘徊，她光着两脚，头发也还在滴水。她本想直接去更衣室擦干身子换上衣服。她不知道为什么如此在意嘉碧的事情。丹尼尔可以和任何他喜欢的人在一起，不是吗？或许嘉碧就是喜欢丹尼尔向她竖中指呢。

但更可能的是，丹尼尔从未如此对待过嘉碧。

当露西再一次瞥见丹尼尔时，她的感觉战胜了理智。丹尼尔背对露西站着，在角落那堆拧成一团的跳绳里挑选着。他选了一根细细的木手柄海军绳，走到了屋子中央的开阔地带。他金色的皮肤闪闪发光，他的一举一动……不论是扭动颀长的脖颈还是俯身揉搓膝盖……一切都让露西入迷。她就这样靠着门站着，丝毫没有意识到自己冷得牙齿发颤，身上的毛巾也已经浸透了。

他把跳绳放到脚踝后面作好了准备，露西猛然觉得这一幕似曾相识。露西以前并未看过丹尼尔跳绳，可是他的姿势看上去是那么熟悉。他双脚分开与胯同宽，膝盖并紧，双肩下沉，深吸了一口气聚在胸中。这幅画面似乎就储存在露西的脑海中。

直到丹尼尔开始挥动跳绳，露西才从恍惚之中回过神来，却又立刻陷入了另一种恍惚。

她从来没有见过像丹尼尔这般的迅捷……他简直像在飞一样。绳子绕着他高大的身躯飞速地旋转着，像是消失了一般。还有他的双脚，如此优雅、如此轻盈。它们可曾触及地面？他的动作如此之快，而且他根本就没有计数。

这时，从健身房另一端传来了一声呻吟，和重物落地的声音，打断了露西的思绪。只见陶德跌坐在那些打着结的攀岩绳下方的垫子上。陶德忙着查看自己磨出了水泡的手，露西看着陶德，真觉得他很是凄惨。她刚想回过头去看丹尼尔是否注意到了她，一团冰凉的黑影掠过她的皮肤，让她不由得打了个寒战。冰冷黑暗的阴影起初只是缓缓地缠绕着她，似乎永无止境。忽然阴影变得粗暴起来，它们冲撞着露西的身体迫使她后退。健身房的门在她面前呯地摔上，只剩露西一个人站在空荡荡的走廊里。

"呀！"露西一声惊叫。这并不是因为她受了伤，而是因为她以前还从没被阴影碰触过。露西低头查看了一下裸露在外的胳膊，刚才的感觉就像是被人拽着胳膊拖出了体育馆。

这不可能啊！或许她刚才只是碰巧站在了一个奇怪的地方，而碰巧又有一股强劲的气流吹进了体育馆。她惴惴不安地走向已经关上的门，把脸贴在门上那块狭小的长方形玻璃上。

丹尼尔正在四处张望着，似乎他听见了什么声音。她确定丹尼尔不知道门外是她，因为他没有生气皱眉。

她想起了罗兰德的建议，让她去问丹尼尔到底发生了什么，但是很快她就打消了这个想法。她不可能去向丹尼尔打听，她可不想惹丹尼尔发火。

而且就算去问也必定是一无所获。昨天晚上她已经听到了她想听的。如果再去问他是不是和嘉碧在一起，自己就显得像个自虐狂了。她正想转身去更衣室，却发现钥匙不见了。

肯定是刚才在门外的一个趔趄，钥匙从手中滑落了。她踮起脚尖透过那块玻璃往下看去。果然，钥匙就躺在蓝色的地毯上。它怎么会掉到那么远的地方，而且掉得离丹尼尔那么近呢？露西叹了口气把门推开，她必须得进去，而且得麻利点儿。

她捡起钥匙，又偷偷看了他最后一眼。丹尼尔放慢了步调，但是他的双脚几乎还是没有着地。最后，伴着轻巧的一跃，他停了下来，转身面对着露西。

片刻间，他什么都没说。可露西感觉自己又脸红了，她真希望自己没有穿着这身蹩脚的泳装。

“嘿。”露西现在能想到的话只有这个了。

“嘿。”丹尼尔用同样的方式回应，但语气显得镇定多了。他指着她的泳衣问道，“你赢了吗？”

露西伤感而又谦卑地笑了，摇了摇头说：“差得远呢。”

丹尼尔撇了一下嘴唇，“但你向来都……”

“我向来怎样？”

“我的意思是你看上去像是个游泳健将，仅此而已。”

露西朝他迈近了一步，他们俩此时仅一步之遥。水顺着她的发丝滑落，像雨滴一样坠落在地毯上。“这不是你想说的吧？”露西咄咄逼问，“你说我向来……”

丹尼尔忙着把跳绳缠在手腕上。“是的，但我不是特别指你。我只是说个大概，他们总是会让你赢得在这里的第一场比赛。这是我们这些老学生之间约定俗成的规矩。”

“但是嘉碧也没有赢啊，”露西说着把胳膊抱在了胸前，“她也是新来的，但她连水都没下。”

“她其实不算新来的，只是离开一段时间后……又回来了。”丹尼尔耸耸肩膀，没有流露出一丝一毫对嘉碧的感情。他明显是在装作对此毫不在乎，这让露西胸中的妒火燃得愈加炽烈。她看着他把绳子绕成了一卷，他手上的动作之快毫不逊色于他的双脚。相比之下，露西却如此笨拙、如此孤独、如此寒冷，被所有人抛在脑后。她的嘴唇颤抖着。

“哦，露仙达。”他低语着，沉重地叹了一口气。

那一声轻唤，让露西的周身瞬间温暖了起来，他的声音听起来那么亲密，那么熟悉。

她想听他再一次呼唤自己的名字，但是他已经转过了身去。他把跳绳挂到墙上，“我该换衣服去上课了。”

她抓住了他的胳膊，“等等。”

他触电似的把胳膊缩了回去，露西也有同样的感觉。这种触电的感觉真的太棒了。

“你有没有过这种感觉……”她抬起眼睛凝视着他的双眸，那双眼睛是那样的不同寻常。

从远处看去他的双眸似乎是灰色，但在近距离的仰视下，却反射出紫罗兰色的光芒。她隐约记得她认识的某人也拥有这种颜色的眸子。

“我发誓我们曾经见过，”她说，“我是不是疯了？”

“疯了？你不就是因为这个才被弄到这里来的吗？”他的话让露西面红耳赤。

“我是认真的。”

“我也是。”丹尼尔面无表情地说，“还是坦白和你说吧，”他抬手指了指天花板上闪烁的摄像头，“红色肯定会记录下跟踪者的。”

“我没有跟踪你。”她身子僵住了，很清楚他们之间的距离。“你真敢说我刚才的话你一点儿都不明白吗？”

丹尼尔耸了耸肩膀。

“我不信。”露西坚持道，“看着我的眼睛，告诉我我错了；告诉我这周以前我从来没有见过你。”

丹尼尔走到她跟前，把双手轻柔地放在她的肩膀上，露西的心一阵狂跳。他的拇指正好放在她锁骨的侧沟里，露西真想闭上眼睛享受他的抚摸带来的温暖。但是她没有，因为她看着丹尼尔慢慢低下头，直到他们俩的鼻尖几乎相触。露西感觉到他的呼吸融化在自己的脸上，闻到他皮肤香甜的气息。他回答了她的问题。他注视着她的眼睛，缓慢地、清晰地、一字一顿地说道：

“你这辈子，在这周之前，从没见过我。”

FALLEN

7 · 倾泻之光

“你这是要去哪里？”凯姆把红色的太阳镜往下推了推问道。

他突然出现在奥古斯汀堂外的入口处，露西差点儿撞到他怀里。或许他已经在那儿待了有一会儿了，只是她行色匆匆没有注意而已。不论如何，她的心突突地跳着，掌心也开始渗出汗水。“嗯，去上课。”露西回答道。她怀里抱了两本厚厚的几何书，还有完成了一半的宗教课作业……这副样子像是去哪儿呢?

这本该是为昨天晚上匆匆离去而向他道歉的好时机。但是她办不到，她已经迟到很久了。更衣室已经没有热水了，所以她只得回宿舍洗澡。不论如何，派对后发生的事情看起来已经不那么重要了。她不想再把更多的目光吸引到自己离开派对这件事情上，尤其是现在，因为丹尼尔刚刚让她觉得自己像个可怜虫；她也不想让凯姆觉得自己很粗鲁。她只想赶紧从他身边逃走，然后自己一个人好好调整，这样她才能忘记今早的尴尬。

只是凯姆愈是看着她，她愈觉得离开不是那么重要，她更觉得丹尼尔的冷漠不再那么刺伤她的骄傲了。

凯姆干净苍白的皮肤映衬着他乌黑的头发，他和露西认识的其他男孩迥然不同。他浑身散发着自信，不仅仅是因为他认识所有人，而是他在露西还没弄清楚在哪里上课的时候就已经能弄到任何东西了。此刻，凯姆站在单调灰暗的主楼外，看上去就像一张黑白的艺术照，而那副红色的太阳镜则像是用电脑画出来的。

“哦，去上课？”凯姆打了个大哈欠。他堵着入口，一副被逗乐的模样，让露西觉得他是不是又有什么疯狂的计划。他肩上搭着一个帆布包，手里捧着一杯咖啡。他按下了ipod的停止键，但是耳机还挂在脖子上。她很想知道他在听什么歌，还有他是在哪儿走私进那杯特浓咖啡的。他绿色眼睛中流露出的笑意让露西壮起了胆子。

凯姆呷了一口咖啡，举起食指说道：“请允许我和你分享我在圣剑和十字架学院的座右铭：迟到不如不到。”

露西被这话逗笑了，凯姆又把太阳镜推回到鼻梁上，深红色的镜片令露西无法看清他的眼神。

“还有，”凯姆露出洁白的牙齿，微笑着说，“快到午餐时间了，我准备去野餐。”

午餐时间？露西还没吃早饭呢！但是她的肚子确实是在抗议，而且她和凯姆一起站得越久，错过早上最后二十分钟的课而被科尔老师罚的景象就越不吸引她。

她对着他背着的包点点头：“你带的东西够两个人吃吗？”

凯姆伸出一只大手，扶在露西瘦小的背上，领着她穿过了操场，经过图书馆和宿舍楼，在通往公墓的那扇铁门前，他停住了脚步。

“我知道这个地方对野餐来说是诡异了些，”他解释道，“但就我所知，要想暂时躲开众人的视线，这个地方再好不过了。”他指着那座建筑说道，“在校园里，有时候我简直不能呼吸。”

露西当然能够理解他的话。在这个地方她时时刻刻都感到窒息，而且没有丝毫安全感而言。但凯姆看上去可不像是也会患上“新生综合征”的人。他是如此的镇定。昨晚刚刚开过派对，现在他又手持校方禁止的咖啡，她永远都猜不到他也会感到压抑，或是会和露西来分享这些私密的感受。

越过凯姆的头顶，露西还能看见衰败的校园景象。从这里看，公墓大门的两侧并没有什么太大区别。

她决定进去，不过她对凯姆提出要求：“你得保证如果有雕像倒下来，你会救我。”

“不，”凯姆严肃地说，“再也不会发生那种事情了。”

她的目光落在前几天她和丹尼尔差点儿丧命的地方。那座倒塌的雕像已经不见了，只剩下光秃秃的底座。

“来吧。”凯姆说着拽上露西，跟他一起走进了公墓大门。他们跨过茂密的草丛，凯姆不时地转身帮着她爬过那个土堆，至于这土堆如何而来两人都心知肚明。

有那么一次，露西差点儿失去了平衡，还好她抓住了一座墓碑才没有摔倒。那是一块巨大的光滑石板，一面还没完工，有些粗糙。

“我一直很喜欢这块墓碑。”凯姆指着露西扶着的那块粉色的墓碑说道。露西绕到墓碑正面，大声读着墓碑上的铭文：“约瑟夫 · 米利，1821年至1865年。他在北方的入侵战争中英勇服役。他曾五次落马，三次中弹都幸免于难。他已在此地永久安息。”

露西把指节捏得噼啪作响。凯姆如此中意这块墓碑，或许是因为这块光亮的粉色石碑在一排排灰头土脸的墓碑中鹤立鸡群，也或许是因为墓碑顶上精致复杂的螺旋花纹。她抬眼看了看他。

“是啊，”凯姆耸了耸肩膀，“我只是喜欢这块碑文解释他死亡的方式。很诚实，对吧？人们通常都不愿意这样写。”

露西看着别处。看过了特雷佛墓碑上不可理喻的铭文之后，她很认同凯姆的话。“想想看，如果每个人的死因都写得这么实在的话，这个地方就会有意思得多了。”凯姆指着距离约瑟夫 · 米利的坟墓几步之外的一座小小的坟墓说，“你觉得她是怎么死的？”

“嗯，猩红热？” 露西猜测道，她四下踱着步子。

她掰着手指计算着日期……葬在这里的女孩离世时比露西的年纪还小。露西并不是真的想知道这样的悲剧是如何发生的。

凯姆歪着头思考着。“或许吧？”他说道，“要么就是年轻的贝茨和邻居男孩在谷仓里一起‘打盹’的时候发生了离奇的火灾。”

露西原本想装出一副受了冒犯的样子，但是看着凯姆满怀期待的面容她不由得笑了。她好久都没有这么悠然地和男孩在一起消闲了。当然，这一幕和她熟悉的影院停车场调情相比，可怪异了不少，但是圣剑和十字架学院的学生们就是与众不同。不论如何，露西已经是他们的一员了。

露西跟着凯姆来到了公墓的中央，这里就像一个巨大的碗底一样，还有更精美的坟墓和陵寝。上方山坡上的那些墓碑，似乎都在俯视着他们俩，像是一群观众在观看露西和凯姆两位演员的表演。正午的太阳发出的橘色光芒穿过巨大橡树的枝叶，洒落在公墓里。露西双手遮住了双眼。这是本周以来最热的一天了。

“眼前这个家伙，”凯姆指着一处由柯林斯式[①]的柱子支撑的巨大陵墓说，“是个逃兵。他躲在地下室，然后柱子塌了他被活活闷死了。前车之鉴告诉我们永远不要躲避联邦的搜捕。”

“是这样吗？”露西问道，“我想知道你怎么会成了这方面的专家？”即使当她打趣凯姆的时候，露西也感觉和凯姆在一起是一种特权。凯姆一直注视着露西，确保她时时刻刻都面带微笑。“只是第六感而已。”他无辜地笑了，“如果你喜欢的话还有第七感、第八感、第九感。”

“说得好！”她笑了，“我现在想停下来满足一下味觉，我饿了。”

“乐意为您效劳。”凯姆从手提袋里掏出一张毯子在一片橡树的阴影下铺开。他拧开一个保温瓶，一股浓烈的咖啡味扑面而来。她不会喝不加糖不加奶的咖啡，她看着凯姆往一个杯子里加了些冰，把咖啡倒了进去，然后又倒进牛奶。凯姆说：“我忘记带糖了。”

“我不需要加糖。”她轻轻咂了一口冰拿铁。在圣剑和十字架学院，咖啡因是违禁品，过了整整一周，她才品尝到第一口久违的咖啡。

“真幸运啊！”凯姆说着掏出了其他的野餐食品。凯姆把食物一字排开，露西不禁眼前一亮……深棕色的法国长面包，一小块奶酪，

---

① 古希腊建筑的第三个系统，于公元前5世纪发明于哥从多。——编者注

一小碗橄榄，一碗芥末鸡蛋还有两个翠绿的青苹果。要把这些都装进他包里看上去不太可能，或者，他应该没有计划独自吃光这些食物。“你从哪儿搞来这些东西的？”露西一边装作专心地切面包，一边问道，“在碰到我之前你打算和谁一起吃这些东西？”

“在遇见你之前？”凯姆笑道，“遇见你之前，我的生活黯淡无光，我都已经记不得了。”

露西给了他一个“少骗我”的表情，好让他知道这番情话说得太蹩脚了……不过还是挺中听的。她把身子往后一仰，手肘撑在毯子上，脚踝交叉在一起。凯姆盘着腿坐在她面前，当他伸手到她身边去拿奶酪刀的时候，他的胳膊擦到了她，然后放到了……她的膝盖上。凯姆抬头看着露西，似乎是在问“这样可以吗？”

露西并未把腿缩回去，于是凯姆也没把手拿开。他另一只手从她手里接过面包，把她的腿当做桌面，把三角形的奶酪放到面包上。她喜欢他放在她身上的重量。在这么热的天气下，这姿态似乎别有用意。

“我还是从简单的事情说起吧。”他终于坐直了身子说道，“我每周在学校厨房里帮几天忙。算是圣剑和十字架学院允许我重新入学的协议的一部分：我应该对学校有所回报。”他转了转眼珠继续说道，“但是我并不介意，我想我喜欢热的地方。如果你不去计较烫伤次数的话。”

他伸出胳膊，露出前臂上几处小小的伤疤。“职业危险。”他轻松地说，“但是我确实能随意进出储藏室。”

露西情不自禁地伸出手指抚摸着它们，那微小的苍白的凸起的伤痕和他更加苍白的皮肤融为一体。露西突然为自己的唐突感到羞赧，但她还没来得及缩回手来，就被凯姆一把抓住，紧紧地握着。

露西凝视着被他握住的手指。她以前还没意识到他们皮肤的颜色是多么般配。在流行把皮肤晒成小麦色的南方，露西的肤色却那么苍白，她也经常为此感到羞愧，但是凯姆几乎呈现出金属颜色的苍白皮肤更加令人侧目。而她也意识到在凯姆眼中她也是一样。她的肩膀微微颤抖，感觉到一丝晕眩。

“你冷吗？”他柔声问道。

当他们的目光相遇时，她知道，其实他明白她并不觉得寒冷。

他盘着腿又往露西身边挪了挪，说话的声音低得像呢喃一样：“我想你是想让我承认我透过厨房，看见你穿过广场，然后打包了这堆东西，希望能说服你跟我一起逃课，对吗？”

露西这会儿正想趁着冰块还没在九月的热天里融化，赶紧把它吃掉。

“你已经计划好了这次浪漫野餐吧？在这风景如画的公墓里？”

“嘿。”他伸出一根手指抚摸着她的下唇，“你才是带来浪漫的那个人。”

露西往后一缩。他说得对，她太冒失了……而且今天已经是第二次了。她力图不要再想丹尼尔，但感觉胸口像是在燃烧一样。

“我开玩笑的，”他看着她吃惊的表情摇了摇头，“这还不够明显吗？”

他抬起头来盯着天上一只在巨大的白色雕像上方盘旋的秃鹫，“我知道这里当然不是伊甸园，”他说着扔给露西一个苹果，“但我们不妨假装这里是乐园。相信我，这学校要改善的地方多着呢。”

那还只是客气的说法。

“以我看来，地方其实无所谓。”凯姆说着躺倒在毯子上。

她疑惑地看了凯姆一眼。她希望他没有挪开，但当他侧身躺下时，露西害羞得不敢跟着再靠过去。

“我长大的地方，”他顿了一顿，“生活与圣剑和十字架学院这种监狱般的日子没什么两样，结果是我对周围的一切都有免疫功能。”

“才不会呢，”露西摇头说道，“如果我现在给你一张去加州的机票，你一定会因为能摆脱这里而高兴得要命？”

“嗯，基本上无所谓了。”凯姆说着把一块鸡蛋扔进嘴里。

“我不信。”露西推了他一把。

“那么你的童年肯定很快乐了。”

露西轻轻咬了一口翠绿的苹果，舔了舔顺着手指流下来的汁液。她脑中回想着父母紧皱的眉头、医生的造访、频繁的转校，还有那些阴魂不散的黑影始终像尸布一样遮蔽着她身边的一切。不，她可不会说自己的童年有多么快乐。但是如果凯姆的视野无法超出圣剑和十字架学院，对外界也没有怀着更多的梦想，那么他的童年也许更糟。

忽然他们脚下传来窸窣的声音，定睛一看，原来是一条很粗的绿黄相间的蛇从他们身边爬过，露西吓得缩成一团。她抱着膝盖直盯着那条蛇，力图不要靠近它。这还不是一条普通的蛇，而是一条正在蜕皮的蛇，它的尾部已经开始出现透明的蛇皮。佐治亚其实到处都是蛇，但是她还从来没有见过蛇蜕皮。

“不要尖叫。”凯姆说着把手搭在露西的膝盖上。他的抚摸顿时让露西有了安全感。“你不惹它，它就会自己乖乖爬走的。”

但是这还需要一段时间。露西其实真的很想尖叫，她向来讨厌和害怕蛇。它们浑身滑滑腻腻却又长满了鳞片，而且……“嗯。”她浑身战栗，一直目送那条蛇消失在草丛中才如释重负。

凯姆笑着从地上拾起蛇皮，放到了露西手里。它看上去似乎仍然充满了生机，就像爸爸刚从园子里拔出的新鲜大蒜球茎湿滑的表皮一样。但是这东西是刚从蛇的身上蜕下的。真恶心！她把那东西扔到地上，在牛仔裤上不停地擦拭双手。

“得了，你不觉得它很有趣吗？”

“我抖得很厉害吗？”露西发觉自己刚才的举动太过孩子气了，不由得有些尴尬。

“你相信不相信蜕变的力量？”凯姆拿手指拨弄着地上的蛇皮问道，“毕竟我们到这里来就是为了改变自己。”

凯姆取下了太阳镜。绿宝石般的双眸中写满了自信，此时他又摆出了那副冷酷的完全静止的姿势，等待着她的答案。

“我开始觉得你有些奇怪了。”她终于开口说道，脸上挤出一抹浅浅的微笑。

“哦，想想吧，关于我你还有很多需要了解的事情呢。”他回答道，俯身离她更近，比她期待的还要近。他伸出手缓缓地将手指伸进她的发间。露西瞬间紧张起来。

凯姆真的非常英俊非常有魅力。她不明白，当她应该紧张万分的时候——比如现在——她反而觉得很自在。她就想待在这儿。她的视线无法离开他的双唇，他的唇是那么饱满、那么红润，而且正慢慢地靠近，露西更加飘飘然了。他的肩膀摩挲着她的耳际，她的身体感受着奇妙的颤抖。她看着凯姆的双唇缓缓张开。她随即闭上了双眼。

“你们在这儿呢！”一个气喘吁吁的声音将露西从沉醉中生生拉了回来。

露西愤懑地长叹一声，把注意力转移到了嘉碧身上。她站在他们俩面前，梳着高高的马尾辫，脸上带着冷笑。

“我到处找你们呢。”

“你这到底是在干什么？”凯姆怒气冲冲地瞪着她，这让他博得了露西更多的好感。

“我最后才想到的公墓。”嘉碧自顾自地摆着手指喋喋不休，“我去了你们的寝室，还去了露天看台下面，然后还……”

“你到底想干什么，嘉碧？”凯姆打断了她，像一位兄长一样，像是他们已经认识了很久。

嘉碧眨眨眼睛，咬了下嘴唇。“是索菲亚老师，”她打了个响指说道，“就是这样。露西没去上她的课，她发飙了。一直不停地说你是个多么有前途的学生之类的话。”

露西真的搞不懂这个女孩。她这么做到底是出于真心还是仅仅是服从命令呢？她是不是为了讨好老师而挖苦露西呢？她把丹尼尔玩弄于股掌还不够，难道还要把魔爪伸向凯姆吗？

嘉碧显然感到她坏了别人的好事，但她只是站在原地，扑闪着一双大眼睛，手指绕着一缕金发。

“好了，走吧。”她说着伸出双手把露西和凯姆拉了起来，“我们赶紧回去上课。”

当露西、凯姆和嘉碧走进图书馆时，索菲亚老师只是低头看了一眼手中的一张纸，然后说道：“露仙达，你可以用三号机器。”不问他们俩去哪儿了？不因为迟到而扣分？索菲亚老师还心不在焉地把露西在图书馆计算机实验室的位置分到了潘妮的旁边。似乎她没有注意到露西不在。

露西责备地看了嘉碧一眼，但她只是耸耸肩膀，动了动嘴唇，无声地说道：“怎么了？”

“你去哪儿了？”露西刚坐下，潘妮就凑过来问道，她应该是唯一注意到露西没来的人。

露西看到了丹尼尔，他正埋头在七号电脑前。从露西的位置看去只能看见他的金发，但这足够让她满面绯红了。她把身子往椅子里缩了缩，再一次因为体育馆的那场对话而感到屈辱。

即使刚刚和凯姆一起开怀大笑，还几乎要接吻，但她还是无法抗拒看见丹尼尔时的奇妙感觉。

但他们永远不会在一起。

他在体育馆说的话无非就是要传达这个信息，而且这番话是在她几乎拼命地讨好他之后说的。

他的拒绝深深地伤害了她，真切地刺痛了她的心。她猜想周围的人只要看上她一眼就能明白到底发生了什么。

潘妮不耐烦地拿铅笔敲着露西的课桌。但露西真的不知道该怎么解释。露西自己还没搞清楚到底发生了什么，或者将要发生什么，她和凯姆的野餐就被嘉碧给搅和了。但是很奇怪的，也是她没有搞清楚的一点是，她为什么觉得这一切都不如她和丹尼尔在体育馆发生的事情重要。

索菲亚老师站在计算机室的正中央，手指在空中挥舞着，胳膊上那堆银手镯像铃铛一样叮叮作响，样子活像是一位想吸引学生注意力的预备学校老师。

她高声喊着想要压过学生们的喧哗声："如果各位追查你们的族谱，会发现你们的家族历史中埋藏着多么珍贵的宝藏。"

"天啊，让这个比喻去死吧，要么就把我宰了。"潘妮嘀咕着，"要么它死，要么我亡。"

"你们现在有二十分钟上网搜索你们各自的族谱。"索菲亚老师敲着一只秒表说道。

"一代人大概是二十到二十五年，至少要往上回溯六代人。"

一阵抱怨声。

七号机器传来了一声哀叹……是丹尼尔。索菲亚老师转身问道："丹尼尔，你对这功课有什么问题吗？"

他又叹了口气，耸耸肩膀，"不，没有。没问题。我的族谱……应该蛮有意思的。"

索菲亚老师疑惑地歪了一下头，“我把你的话当做是热情的支持。”她又向全班说道，“我相信你们会找到一条你们认为有价值的线索，写成一篇十五页的论文。”

露西现在心中有很多其他事情要想，根本没法专心听讲。她和凯姆在墓地里，或许这并不符合浪漫的标准，但是露西却似乎更喜欢这种方式。

这和她以前做过的事情都大不相同。逃课去墓地闲逛；一起野餐，喝着他精心调制的拿铁咖啡；拿她对蛇的恐惧开玩笑。如果没有那条蛇恐怕事情不会那么发展下去，但凯姆在这件事情上表现出了相当的体贴，比丹尼尔这一周来都要体贴。

她不想承认这一点，但这是不可否认的事实。丹尼尔对她不感兴趣……

而凯姆恰恰相反。

她隔着几台机器细细打量着他。他对露西眨了眨眼睛，然后开始敲击键盘。他应该是喜欢她的。要是凯莉看到这一切，她肯定会滔滔不绝地对她讲他对她的喜爱是多么明显。

她现在真想把族谱作业什么的抛在脑后，逃出图书馆去给凯莉打电话。和凯莉聊聊另一个男孩或许是最好的、甚至也是唯一可以让她忘掉丹尼尔的方法。圣剑和十字架学院的电话政策真是让人头疼，她身边那些勤奋的学生也让她心烦意乱。索菲亚老师的小眼睛也在扫视着全班，搜寻那些拖拉迟延的学生。

露西沮丧地叹了口气，打开了搜索引擎。她又呆坐了二十分钟，因为没有一个脑细胞愿意投身于这项作业。她最不愿意做的事情恐怕就是了解自己无聊的家族。相反，她倦怠的手指不由自主地在地址栏敲出了以下几个字：

丹尼尔·格利高里……搜索！

FALLEN

8 · 湖边的约会

星期六早上，露西闻声起身去开门。门刚打开，潘妮一下子倒进了她怀里。

“你是不是在想我有一天会明白门是朝里开的？”潘妮一边道歉一边把眼镜扶正。“我以后还得记着不要把脸贴在猫眼上。顺便说一句，你这地方不错。”她又补了一句，然后穿过房间走到床边的窗户前，“风景不错，要是没有这些栅栏的话就更好了。”

露西站在潘妮身后，放眼朝公墓的方向望去，她看见了和凯姆野餐的那棵生机勃勃的橡树。还有丹尼尔曾紧紧搂着她的地方，从这里虽然看不见，但当时的情形却是那么鲜活。而在那场事故后，那尊复仇天使的雕像就神秘地消失了。

她记起丹尼尔呼唤她的名字时忧虑的眼神，他们鼻尖的轻触，还有他的指尖掠过她的颈项的感觉……这些都让她感到周身灼热。

当然也有一丝凄凉。她叹了口气转过身来，却发现潘妮早已从窗户边走开了。

她正把露西书桌上的物件一样样拿起来细细查看。那个自由女神像的纸镇是爸爸从纽约大学的会议上带回来送给她的；那张照片是露西的妈妈在露西这个年纪照的，头发烫得出奇地糟糕；还有凯莉送给她做离别礼物的露仙达·威廉姆斯的同名专辑，但是露西到圣剑和十字架学院之前还从来没听说过这个人。

“你的书呢？”露西问道，不想再让记忆的野马脱缰，“你不是说过来学习吗？”

而这时候潘妮已经开始翻检她的衣橱了，但她很快就对那些中规中矩的黑衣黑衫失去了兴趣。潘妮正想要打开梳妆台的抽屉，露西上前阻止了她。

“行了！差不多了，你这个窥私狂。我们不是还要研究族谱吗？”

“说起窥探隐私这事，”潘妮眨巴着眼说，“不错，我们是要研究族谱，但不是像你想的那样去研究。”

露西面无表情地盯着她：“嗯哼？”

“你瞧，”潘妮把手搭在露西肩上，“如果你真的想了解丹尼尔 · 格利高里的话……”

“嘘！”露西作势让潘妮住口。她跳到门边探出头到走廊上观察了一下……走廊里空无一人，但这并不意味着什么，学校里的人随时都会不知从哪里冒出来。尤其是凯姆，如果让他或者其他人知道她对丹尼尔那样痴迷的话，露西真连死的心都有。或说，在此刻，她希望连潘妮都不知道。

露西满意地关了门，上了锁，转身面对着自己的朋友。潘妮跷着腿坐在床边，看上去是被露西的举动逗乐了。露西把双手背在身后，在门后红色的小圆毯上蹭着自己的脚尖，然后问：“你为什么觉得我想了解他？”

“得了吧。”潘妮笑了，“第一，你一直盯着他看，这是明摆着的。”

“嘘。”露西不得不再次提醒潘妮小声说话。

“第二，”潘妮的音量却丝毫不减，“前些天我看你一整节课都在网上搜索他，告我去吧……你还真是不害臊呢；第三，别害怕。你觉得除了你之外，我会对其他人乱嚼舌头吗？”

潘妮的话确实很有道理。

她继续说道：“我只是说，假如你确实想更多地了解某个不知名的人，你应该寻找更丰富的资料来源。”潘妮耸起一侧的肩膀，补了一句，“如果有人帮你忙的话。”

“我听着呢。”露西说完躺倒在了床上。她前两天的网上搜索不过是不断地打字再不停地删除，然后一次又一次地把丹尼尔的名字输入搜索栏。

“我就想听你这么说。我今天之所以没带书来，”她傻傻地瞪大了眼睛，“是因为我要带你去一个圣剑和十字架学院档案室严禁出入的地下仓库。”

露西做了个鬼脸说：“这我可不知道。难道是去偷看丹尼尔的档案？我不确定我是不是还需要其他的理由让自己觉得像个疯狂的跟踪者。”

“哈！”潘妮窃笑着，“不错，不过你刚才的声音也不小啊。行了，露西。会很有意思的，而且在这样一个阳光明媚的周六早晨你还能做些什么呢？”

今天的天气太好了，这么好的天气如果不做些户外运动、寻些开心肯定会非常孤独的。在深夜里，透过打开的窗户露西还能感觉凉爽的微风，当她今早醒来的时候，闷热和潮湿都已荡然无存。

过去，在这样的金秋时节里，露西会和朋友们一起骑车去附近游玩。可后来其他女孩们都看不见的阴影闯进了她的生活，她开始刻意回避林间的小道。一天课间休息，她的朋友们对她说，他们的父母要他们以后不要再叫露西一起玩了，因为他们害怕会出事。

事实上，露西也不知道该如何度过她在圣剑和十字架学院的第一个周末，甚至有些不知所措。不用上课，没有可怕的体检，没有社交活动，只有漫长的像永恒一样的四十八小时自由时间。潘妮来到宿舍之前，她整个早晨都沉溺在对家的思念之中。

“好吧，”露西强忍着笑意说道，“带我去你的秘密仓库吧。”

潘妮一路蹦蹦跳跳带露西穿过操场上被践踏过的草坪，来到了学校大门边上的大厅。

“你不知道我一直想带一个同伙到这儿来，我等这一天都等了很久了。”

露西笑了，她很高兴潘妮对找个朋友来探索的专注大于自己对丹尼尔的痴迷。

在操场边上，他们碰见几个在看台边闲逛的孩子。看见校园里有了色彩，看着那些平常总是一身黑衣的学生们身上多了几分颜色，真是有些奇怪。罗兰德穿着一条绿色的足球短裤正在颠球。嘉碧穿了件紫条纹的棉布衬衫。那对穿了舌环的情侣朱尔斯和菲利普正在彼此的牛仔裤上作画。陶德坐在看台上离其他人远远的，他穿了件迷彩T恤，正在看漫画，甚至连露西穿的这件灰色背心也比她整周以来穿过的所有衣服都更有活力。

迪安特教练和“信天翁”正在草坪上值班，她们搬了两把塑料躺椅和一把遮阳伞坐在操场边上。她们都戴着深色的太阳镜，如果不是她俩不时在草坪上弹弹烟灰，别人可能会认为她俩睡着了。她们看上去无聊至极，这工作就像坐牢一般。

很多人都在操场上活动，露西紧紧地跟在潘妮的身后，心中暗喜大厅附近根本没有人。没有人跟露西说过有些区域禁止入内，甚至都没有人说过有这样的区域。但露西相信如果有的话，迪安特肯定会乐意为她们找到合适的惩罚措施的。

“摄像头怎么办？”露西忽然想起那些无处不在的摄像头。

“我刚才去你寝室的路上给有些摄像头换上了废电池。”潘妮说话时语气极为平淡，就像别人说“我刚给汽车加了油”一般。

潘妮迅速扫视了一下周围的环境，然后领着露西绕到了主楼背后的入口。她们往下走了三级楼梯，到了一扇从地面看不见的橄榄色的门前。

“这个地下室也是南北战争时期建的吗？”露西问道，因为这扇门看上去像是通往关押战俘的地方。

潘妮嗅着潮湿的空气使劲吸了吸鼻子。“这股腐烂的气息还没有回答你的问题？这里还有战前生的霉呢。”她咧着嘴对露西笑道，“不少学生挤破了头，想要呼吸这些具有历史价值的空气呢！”

潘妮掏出一大串系在绳子上的钥匙，露西则尽力抑制着鼻息。“如果他们做一把万能钥匙的话，你我的日子就好过多了。”潘妮一边说话，一边在一堆钥匙里搜寻着，最后拽出一把小小的银色钥匙。

潘妮把钥匙插进锁孔转动着，露西忽然感到一阵莫名的兴奋，身体也随之有些颤抖。潘妮说得对，这个比研究她的族谱强多了。

他们走了一段不算太长的距离，穿过温暖潮湿的走廊，天花板距离他们的头顶只有几英寸。空气中一股腐败的气息就像是有什么东西死在了这里，露西很庆幸这个地方一片黑黢黢。就当露西觉得自己快要患上幽闭症的时候，潘妮又掏出了另一把钥匙打开了一扇看上去更加现代的门。她们走了进去，终于站在了另一边。

档案室里散发出一股霉味，但是空气感觉清凉干爽了很多。除了他们头顶上的出口标志发出微弱的红光，室内一片漆黑。露西只能看见潘妮健壮的轮廓，她的手在黑暗中摸索着，“灯绳在哪儿？”她咕哝着，“在这儿。”

潘妮轻轻一拉，天花板上铁链悬着的一盏灯泡就亮了。虽然屋里仍然很昏暗，但是露西已经能够看清水泥墙壁也被涂成了橄榄绿色，屋内摆放着一排排的铁架和档案柜。架子上塞了十几个装档案的纸板箱，档案柜之间的过道幽暗深长，看不见伸向何方。所有的东西上都蒙着厚厚的灰尘。

刚才屋外的阳光，现在感觉如此遥远。尽管露西心里清楚她们只不过在地下几级楼梯而已，但是身处其境时却感觉像是地下一英里。露西摩挲着裸露的胳膊。如果她是阴影的话，它一定会选择出现在这个地方。这里虽然没有阴影的迹象，但是露西知道她根本没有理由感到安全。

潘妮丝毫没有受到阴郁地下室的影响，她从角落里拖出一个踏脚架子。

“唔。”潘妮拖着架子往前走着，“有点儿一样了，档案过去就在这里的。可能我上次来过之后他们做了些整理工作。”

“那是多久以前的事情啊？”

“一周以前吧。”潘妮消失在一个高高的档案柜后，她的声音听起来小了不少。

露西想不出圣剑和十字架学院怎么会需要这么多盒子。她打开一个盒盖，拽出一摞厚厚的文件，文件的标签上写着“治疗方案”。露西吸了口凉气，她最好还是不要知道这些。

“这是按学生姓名的首字母顺序排列的，”潘妮对她喊道。 她的声音听起来像是嘴被捂住了，又像是来自遥远的地方，“E、F、G……这儿呢，格利高里。”

露西顺着纸张翻动的窸窣声沿着狭窄的过道走了一段，很快就找到了潘妮。她抱着一个大盒子，重量压得摇摇晃晃，下巴还夹着丹尼尔的档案。

“太薄了。”她轻轻抬起下巴，让露西把档案拿出来。“一般的档案应该比这个多得多……”她抬头看了看露西，咬了咬嘴唇。“好了，现在倒是我像个疯狂的跟踪者了，我们还是看看有些什么内容吧。”

丹尼尔的档案只有薄薄的一张纸。粘在右上角的那张黑白照片很显然是从学生证上扫描下来的。他直视着照相机，此时也看着露西，嘴角带着浅浅的微笑。露西无法抑制地对着照片笑了一下。他看上去和那天晚上一模一样，至于是哪天她已经想不起来了。他的表情深深地印刻在她的脑海里，但是她无法确定究竟是在什么地方见过他这样的表情。

“天啊，他的样子竟然没有一点儿变化？”潘妮打断了露西的思绪，“看看这日期。这张照片还是三年前他第一次来圣剑和十字架学院的时候拍的呢！”

露西现在心中想的也是同一件事情，丹尼尔现在看上去简直和那时候一模一样。但是她感觉自己想的，或者正准备去想的是其他的事情，只是她现在又想不起来是什么事情了。

“双亲不详，”潘妮读着丹尼尔的档案，露西趴在她的肩膀上看着，“监护人：洛杉矶孤儿院。”

“孤儿院？”露西把手按在心房上，惊异地问道。

“背景资料只有这些，其他的都是他的……”

“犯罪记录。”露西接过潘妮的话继续往下读，“半夜在公共海滩游荡，蓄意损坏购物车，违规穿越马路。”

潘妮瞪大了眼睛看着露西，拼命地忍着笑，“美男子格利高里因为乱穿马路被抓？你承认吗，实在太搞笑了。”

不管是因为什么，露西可不喜欢丹尼尔被捕。更令她难受的是丹尼尔之前的生活累积起来，也只是一串微不足道的违法行为。这里有这么多箱的文件，而关于丹尼尔的却只有这些。

“应该还有更多的。”露西说道。

这时头顶上忽然传来了脚步声，露西和潘妮同时抬起头看着天花板。

“是综合办公室。”潘妮从袖子里掏出一块纸巾，擦了擦鼻子，“不管是什么人，都不会到这儿来的。”

过了一会儿，屋子深处的一扇门嘎吱一声开了。大厅的灯光照亮了楼梯。鞋子踏在地上的声音从上面传来。露西感觉潘妮从背后抓住了她的T恤，把她拉到一个书架后面紧贴着墙站着。她们等待着，屏住呼吸，手中紧紧攥着偷来的丹尼尔的档案。她们俩真是太失败了。

露西闭上了眼睛，准备面对最惨的结局，这时屋子里忽然响起了动人心弦、旋律优美的哼唱声……有人在唱歌。

“嘟哒哒哒嘟……”一个女性的声音在轻柔地哼唱着。露西伸长了脖子，从两个档案盒子的缝隙间瞥见了一个瘦削的小老太太，她把手电绑在了额头上，模样像个矿工。索菲亚老师！她手中抱着两个摞在一起的纸箱子挡住了她的面庞，只剩下额头露在外面闪闪发光。她脚步轻盈，看上去那两个盒子里装的不是文件而是羽毛。

潘妮抓着露西的手，他们俩一起看着索菲亚老师把两个盒子放在了空架子上。她掏出一支笔在笔记本上记了些东西。

“还有好几个呢。”露西听见索菲亚老师说道，她随后低声的自言自语露西就听不见了。过了一会儿索菲亚老师又顺着楼梯原路返回了。真是来也匆匆，去也匆匆，但她的哼唱声仍然萦绕在耳畔。

门咔嗒一声关上了，潘妮长长地舒了一口气说：“她说了还会有几个，所以她可能还会回来的。”

“我们怎么办？”

“你顺着楼梯偷偷地溜回去。”潘妮指着楼梯说道，“上去之后向左拐就到综合办公室了。如果有人看见你，你就说在找洗手间。”

“那你怎么办？”

“我把丹尼尔的档案放回去，然后我们在露天看台见。如果索菲亚老师只是看见我，不会怀疑的。我经常来这儿，这里就像是我的第二寝室。”

露西看了一眼丹尼尔的档案，心中有些小小的遗憾。她还没准备离开呢。她刚刚看完丹尼尔的档案时，就忽然想到应该也看看凯姆的。丹尼尔实在太神秘了，不幸的是，他的档案也一样神秘。而凯姆则不同，他看上去更加开放，更加容易读懂，这更让露西的好奇心蠢蠢欲动。露西想知道她是不是能发掘到一些凯姆不愿意和自己分享的秘密。但是她看了一眼潘妮严肃的表情，她就明白她们已经没有时间了。

“如果有更多丹尼尔的资料，我们会找到的。”潘妮向露西保证道，“我们会继续找的。”她轻轻把露西朝门边推了推，“现在赶紧走吧。”

露西迅速沿着走廊走到了门边，她推开门走上了楼梯。楼梯底部的空气仍然十分潮湿，而她每上一级楼梯都感觉空气变得清新一分。当她终于拐了个弯，走到楼梯顶部时，她眨了眨眼睛，又揉了揉，这才适应了大厅里耀眼的阳光。她跌跌撞撞地走过角落，穿过刷白的门，进入了大厅。然后她突然怔在了原地。

一双黑色的高跟靴子交叉着脚踝伸出了电话亭外，看上去真像《绿野仙踪》里的南方邪恶女巫。露西快步穿过前门，希望不要被发现。这时候她才发现靴子上面是蛇纹的丝袜，绑腿的主人是冰冷的莫莉。她手中还握着那个小小的银色相机。她抬眼看了看露西，挂了电话，在地板上踢了踢脚。

"你怎么看上去贼头贼脑的，烘肉卷？"她双手叉腰神气地问道，"让我猜猜，你是不是准备不听我的建议——远离丹尼尔？"

这种事情肯定是演戏吧？莫莉不可能知道露西刚才去了哪里。

如果她对露西刚才的行踪一无所知，而露西也没有理由慌乱。自从第一天来到学校，除了对莫莉敬而远之，露西从来没有招惹过莫莉。

"你是不是忘了你上次纠缠一个对你没兴趣的男孩时发生的灾难？"莫莉的话像利刃般刺痛了露西的心，"他叫什么名字来着？泰勒？杜鲁门？"

特雷佛！她怎么会知道特雷佛的事情？这是露西隐藏最深，最为阴暗的秘密。这件事情她想要掩藏，也必须掩藏起来。可现在眼前这个魔鬼的化身不仅知道了这件事情，更站在学校办公室的中央无耻地、残忍地、傲慢地将这件事抖了出来。

难道是潘妮对她说谎了，难道她不仅仅只对露西讲过她在办公室里窥探到的秘密。除此之外，还有什么其他合理的解释呢？露西双手抱在胸前，每当想起那天晚上的大火，她心中便涌起无以言表的负罪感。

莫莉昂着头说道："总之，有东西会教训你的。"她的声音听起来像是很欣慰的样子，说完她转身推开前门径自走了。刚要走出门去的时候，她忽然又转过头来对露西说，"所以请你不要再对老丹尼尔下手了，就好像你对那个叫什么特雷佛的家伙做的一样，明白吗？"

露西怒火中烧，紧追莫莉，但刚迈出几步，她就意识到如果现在和莫莉摊牌的话自己恐怕就要崩溃了。那个女孩太狠毒了。此时嘉碧的出现更是在露西的伤口上撒了一把盐！嘉碧从看台上跑了下来，和莫莉在操场中间撞上了。她们两人同时回过头来看着露西，但是距离太远，露西无法看清她们的表情。一个金色的马尾辫，一个黑色的精灵头，两人凑在一起的亲密样竟也如此邪恶。

露西把一对汗津津的拳头紧紧地握着，想着莫莉正把她知道的特雷佛的事情一股脑儿倒给嘉碧，而嘉碧又会立即把这些新闻报告给丹尼尔。一想到这些，一阵疼痛就从指尖涌上胳膊直达胸口。丹尼尔因为乱穿马路被抓过，那又如何？这和露西所做的事情相比又算得了什么呢？

"小心！"忽然有一个声音朝她喊道。这是露西最不愿听见的话了。五花八门的体育器材总会以最滑稽的方式袭击她。她皱了皱眉头，抬头直视着太阳。她什么都还没看到，甚至还没来得及捂住脸，便感到头上重重挨了一下，耳中也嗡嗡作响。哎呀！

罗兰德的足球正中露西的脸。

"漂亮！"足球像长了眼睛一样又弹回到罗兰德的脚下，就像是露西有意要将球回传给他。她揉着额头跌跌撞撞退了几步。

这时一只手扶住了她的腰，一阵热量令露西呼吸急促。她低头一看，只见几根棕色的手指抓着自己的胳膊，她再抬起头，目光正好遇见丹尼尔深邃的灰眼睛。

"你还好吧？"他问道。

露西点了点头。丹尼尔扬起眉毛说："如果你想踢足球就直说嘛。我很乐意为你解释一下这项运动的精妙之处，比如说大部分人都会用身体不太灵巧的部位来回传球。"

丹尼尔松开了露西的腰，她感觉他会伸手抚摸着她脸上滚烫刺痛的部位。

她怔怔地站着，屏住了呼吸，但丹尼尔抽回手去撩开了遮住他眼睛的一绺头发。露西胸中憋了许久的一口气终于舒了出来。

这时她才意识到丹尼尔只是在开她的玩笑而已。

他何乐而不为呢？她的脸上可能还留着一个清晰的球印呢。

莫莉和嘉碧双手抱在胸前，仍然在注视着她——丹尼尔现在也加入其中了。

"你的女朋友该吃醋了。"露西指着那两个人说道。

"哪个？"

"我没想到她们俩都是你的女朋友。"

"两个都不是。"他的回答简洁明了，"我没有女朋友，你觉得哪个是我女朋友？"

这下轮到露西惊呆了。那天他和嘉碧的窃窃私语又是怎么回事呢？那两个女孩现在这么看着他们的样子又作何解释？丹尼尔是在撒谎吗？

他看着她滑稽的样子说："可能你的头被砸得比我想的要严重。来吧，我们去走走，呼吸点儿新鲜空气。"

露西琢磨着丹尼尔刚才提出的建议中包含的讽刺和挖苦。他是不是说自己是个大脑缺氧所以需要空气的笨蛋？不是，这没有道理可言。她看了丹尼尔一眼。他的神情怎么那样诚恳呢？她刚刚才习惯了格利高里式的冷漠。

"去哪儿？"露西小心翼翼地问道。得知丹尼尔并没有女朋友，而且他还邀请自己去散步，这实在是太令她欢欣鼓舞了。肯定有陷阱！

丹尼尔瞥了一眼操场上的两个女孩说："去别人看不到我们的地方。"

露西告诉潘妮她会在看台等着她，但事后应该有时间向她解释的，而且潘妮也一定会理解她的。丹尼尔领着露西绕过那两个女孩狐疑的目光，穿过有些腐烂的桃树林，绕到了破旧的体育馆后面。眼前是一片橡树林，露西从来没想到这里竟然藏着这样一个地方。丹尼尔回头看了一眼，确定露西还跟在他身后。她对他一笑，似乎跟着他并不是什么大事。但当她在粗糙的树根间寻觅路径时，她不禁想到那些黑影会不会出现。

她此时就要走进灌木丛生的树林了。不时会有一束阳光穿过茂密的枝叶，刺穿黑暗。空气中弥漫着潮湿泥土的气味，露西突然意识到附近应该有一片水域。

如果她是一个会祈祷的人，这会儿她肯定会祈祷那些黑影千万不要出现，只要她和丹尼尔独处的这一段宝贵的时间内不要出现就好。这样丹尼尔才不会知道她有时候会有多疯狂。但是露西从未祈祷过。她不知该如何祈祷，只好把十指交叉在一起。

"森林到了，这里变得很开阔了。"丹尼尔说道。他们已经到了一片林中的空地，露西不由得发出了感叹。

她和丹尼尔穿过森林时，周围的景色已经发生了改变，这当然不仅仅是指他们离圣剑和十字架学院的距离远了而已。因为当他们从树林中走出来，站在这块高耸的红色岩石上时，他们似乎置身于一张明信片之中，就是那种挂在小镇药店的铁架子上的明信片。呈现在他们面前的是今日已经非常罕见的南方田园的梦幻美景。露西目光所及之处全都是斑斓的色彩，似乎比前一刻还要来得明亮、强烈。他们脚下水晶般湛蓝的湖面四周环绕翠绿森林，湛蓝的天空斜飞过两只海鸥。露西只要踮起脚尖，就能眺望到茶色的海岸盐沼，她知道这片盐沼会在某处目光无法企及的地平线和海的波涛相接。

她抬头看了看丹尼尔，他看上去也美极了。

他的皮肤在阳光下泛着金色的光泽；他的双眼明亮水润，如雨水一般。

“你觉得怎么样？”他问道，远离人群的他此时看上去十分放松。

“我从来没见过这般美妙的景色。”她看着一尘不染的湖面，有种想要一跃而入的冲动。水面五十英尺开外有一块巨大、光滑、被苔藓覆盖的大石头，“那是什么？”

“我来告诉你。”丹尼尔说着，踢掉了脚上的鞋子。随后他又脱下了T恤，露出健美的肌肉，露西本想回避，却没有管住自己的眼睛。

“来吧，”丹尼尔的话让她意识到自己刚才肯定是怔在了原地，“你穿着这个也可以游的。”他指着她的灰色背心和短裤补了一句，“这次我可以让你赢的。”

露西笑着说：“这次？难道我以前总是让你赢吗？”

丹尼尔下意识地点了点头，突然又停了下来，说：“不，因为前两天你输了。”

露西真有想告诉他自己为什么会输的冲动。或许他会笑话自己误会嘉碧是丹尼尔的女朋友。但是这时候丹尼尔已经把手举过了头顶，一跃而起，他的身体在空中画出一道优美的弧线，入水时几乎没有溅起水花。

这是露西见过的最美妙的场景之一了。露西从未在别人身上见过如此的优雅，他入水时的声音还萦绕在她耳畔。

她想和他一起潜到水底。

她脱下鞋子，把它们拿到木兰树下和丹尼尔的鞋子放在一起，站到了岩石的边缘。离水面大概有二十英尺，这种高度总是会让露西怦然心动。

过了一会儿，丹尼尔跃出了水面。他踢着水，对露西灿烂地笑着。“我是想让你赢的，你再磨蹭我就要改变主意了。”他对露西喊着。露西深深地吸了一口气，把手指对准了丹尼尔的方向，身子向前一倾，一跃而起……完美的燕式跳水！她只在空中停留了一刹那，但那种感觉真是令人迷醉，在阳光中穿梭，下落，下落，下落。

水花四溅！起初，湖水彻骨地冰凉，但水温很快变得十分理想。露西浮出水面呼吸，看了一眼丹尼尔。露西还是选择了拿手的蝶泳，她游得如此卖力以至于都忘了跟丹尼尔说话。

她心里明白自己是在炫耀，她也希望他能看在眼里。她离终点越来越近、越来越近。终于她一把拍在了那块岩石上……只比丹尼尔早了那么一刹那。

他们气喘吁吁地攀上那块平坦、温暖的岩石。岩石边缘长满苔藓、十分光滑，露西好不容易才抓住了岩石。丹尼尔却轻而易举地爬了上去。他回过身来伸手拉了她一把，让她蹬着岩石的边缘爬了上来。

露西从水中出来的时候，丹尼尔已经仰面躺在了岩石上，身体也几乎晒干了。只有短裤上的水渍暴露了他刚从水中出来。而露西的湿衣服此时都粘在了身上，头发也到处都在滴水。

面对一个浑身湿淋淋的女孩，大部分男孩都不会放过一饱眼福的机会。可是丹尼尔躺在岩石上，双眼紧闭，似乎是在给她时间把自己擦干……不知是出于风度还是根本不感兴趣。

“应该是他很有风度。”明知这种浪漫是无望的，但露西还是这样认为。丹尼尔似乎能够理解她，他心中肯定多少明白露西在想些什么。身边的其他人都告诉她要远离这个人，但她不仅仍被丹尼尔吸引、仍想接近他，而且更有一种真切的感觉……他们曾在某处相识，而且对彼此非常熟悉。

丹尼尔睁开眼睛对她微笑着，就和档案上照片里的微笑一模一样。

一种似曾相识的感觉彻底吞没了露西，令她不得不躺下了身子。

“怎么了？”他的声音有些紧张。

“没什么？”

“露西？”

“我没法打消那些念头，”她侧过身子面朝着丹尼尔，因为她觉得自己还没恢复到可以坐起来的程度，“那种认识你的感觉，我总感觉早就认识你了。”

湖面的涟漪触到岩石，掀起小小的波澜拍打着露西的脚尖，冰冷的湖水让露西小腿上泛起了一层鸡皮疙瘩。丹尼尔终于开口了。

“我们以前难道没谈过这个话题吗？”他的语气变了，像是要把这个话题一笑而过。此刻的他听上去像个多佛学生，表面自鸣得意，内心却是无尽的空虚。“你觉得我们相逢何必曾相识，这种恭维我很受用，真的。但是你也不必编造一些被遗忘的过去来引起男孩对你的关注吧。”

不！他竟然觉得她心头那种挥之不去的感觉是为了接近他而编出的谎言。她咬紧了牙关，觉得自己受了莫大的屈辱。

“我干吗要编造这一切？”她问道，眯着眼睛看着阳光。

“你来告诉我吧。”丹尼尔说，“不，还是不要的好，这样没什么好处。”他叹了口气，“你看，我应该早些说，在看到苗头时就说。”

露西猛然坐起身来，她的心一阵狂跳。丹尼尔也看出苗头来了。

“我知道在体育馆没有理你。”他缓慢地说着，露西把身子往前倾了倾，似乎这样能让丹尼尔说得更快，“我应该早点儿告诉你事实。”

露西静静地等待着。

“我曾被一个女孩伤得很深。”他把一只手伸到水里，拔起一片睡莲的叶子，双手把它揉碎。

“那是一个我真正爱着的人，这就是不久之前的事。我不是针对谁，我也不想让你蒙在鼓里。”

他抬头看着露西，阳光照着他头发上的一滴水珠闪闪发亮。“但是我也不想你抱有希望。我现在不会想着和谁在一起，未来的一段时间也是。”

“哦！”

她看向别处，看着远处湛蓝的湖水。几分钟前他们还在水中嬉戏、欢笑，可现在的湖面又恢复了平静，甚至没有留下他们欢乐的丝毫迹象，丹尼尔的脸上也没有。

好吧，露西也受过伤。假如露西早些告诉他关于特雷佛和其他那些糟糕的事情，丹尼尔也会更早地向她吐露心声。但是她现在可受不了听他讲他和另一个人的过去。一想到他和另一个女孩在一起，想到嘉碧、莫莉，那些带着笑容的面孔，大大的眼睛，长长的头发，这些都足够让露西抓狂了。

他伤心欲绝的分手故事本该解释他古怪的态度，却又并非如此。丹尼尔从一开始就对她很奇怪。在有人为他们正式介绍前，他就对她竖中指，可后来他在公墓里又保护了她。现在，他又单独带她到这湖边。他的举止太高深莫测、反复无常了。

丹尼尔垂下了头，但是仍然在看着她。“这个答案还不够好吗？”他似乎知道露西在想些什么。

“我还是觉得你有些事情没有告诉我。”她说。

为爱心碎解释不了这一切。露西很清楚，因为她也有同样的经历。

他背对着露西看着来路的方向。过了一会儿，他苦笑了一声，“我当然有些事情没有告诉你。我不知道凭什么我得把所有的事情都告诉你。”他说完站起身来。

“你要去哪儿？”

“我得回去了。”

“别走。”她的声音很小，而他似乎也没有听见。

她胸口起伏着，眼看丹尼尔纵身一跃，跳入水中。

他从远处的水面探出头来向湖岸游去。中途他也回头看过她一眼，决绝地向她挥手再见。

他的胳膊挥舞着，完美的蝶泳姿势令她心中汹涌澎湃。尽管她心中空空如也，但她还是禁不住欣赏着他的泳姿。如此干净，如此轻松，几乎都不像是在游泳。

转眼间他已经到了岸边，这让露西觉得他们之间的距离似乎并没有那么遥远。他游泳时那么悠闲，但是他怎么可能那么快就到了对岸呢？除非他是从水面掠过的。

他到底有多着急要离开她？

丹尼尔上了岸，露西看着他，心中满怀着羞赧，还交杂着深深的尴尬和诱惑。

一缕阳光穿过树丛，洒在他身上，他浑身上下发出光芒。露西不得不眯起眼睛看着眼前的一切。

不知道是那个足球砸到脑袋影响了她的视觉，让她看到这一番海市蜃楼，还是她看到的景象只是傍晚的阳光造成的幻觉？

她立在岩石上，想看得清楚一些。

他正在甩掉头上的水珠，但是在他胳膊的两侧似乎还悬浮着一串水珠，似乎无视地球的引力。

那些水珠在阳光下熠熠生辉的样子，就像是丹尼尔生了一双翅膀。

FALLEN

9 · 烂漫天真

周一晚上，索菲亚老师站在奥古斯汀大教室前方的讲台上表演手影。第二天就是宗教课的期中考试了，索菲亚老师特意安排了最后时刻的冲刺课程。露西缺席了整整一个月的课程，她知道自己还有很多东西要补。

因此她是教室里唯一一个还在装着记笔记的人。其他学生甚至都没注意到夕阳的余晖已经从西面狭窄的窗户射进了教室，大大削弱了索菲亚老师手影的效果。露西也懒得去拉上蒙着灰尘的百叶窗，这样做会让其他学生都注意到她还在听讲。

当太阳照到露西的颈后时，她才意识到自己已经在这个教室里坐了太久了。

早晨历史课的时候，露西看着东面的阳光照着科尔老师稀疏的头发就像是给他添了一圈鬃毛。下午上“信天翁”的生物课，她经受了午后酷热阳光的考验。此时已经快到傍晚了，太阳已经绕着学校走了一圈，可露西几乎都没离开过这张课桌。她感觉身体已经和自己坐的这张椅子一样僵硬了，她的思维也已经和手中那支许久未曾写字的铅笔一样迟钝了。

为什么要演手影呢？难道露西和在座的学生都是三岁小孩吗？

同时她心中又涌出一丝负罪感。迄今为止，在所有的教职员工里，索菲亚老师是最和善的了，有一天她还把露西叫到一边，和她讨论她的族谱论文落后的事情。当索菲亚老师再次来到她身边对如何使用数据库进行了一个小时的指导后，露西不得不装出万般惊异的样子向她表达谢意。

她不由得有些惭愧，但是装聋作哑总好过承认自己是因为迷上了一个男孩而耽误了上课。

索菲亚老师穿着黑色的绉纱长衫站在讲台上，拇指交叉双手举在空中，已经为下一个动作作好了准备。窗外的一片云彩遮蔽了太阳，露西回过神来将注意力拉回课堂上，却突然发现索菲亚老师身后的墙上竟然真的有一片阴影。

“你们应该都还记得，我们去年读过《失乐园》，当上帝赋予天使们自由意志之后，”索菲亚老师对着别在她衣领上的小麦克风讲着话，纤细的手指挥动着，真像天使的双翼。“有一位天使僭越了雷池。”索菲亚老师的声音忽而低了下来，露西看着她把食指扭曲起来，天使的翅膀瞬间变成了魔鬼的角。

露西身后有人嘟囔了一句：“很了不起吗？都是书上的老生常谈。”

自从索菲亚老师开始讲课以来，看来至少还有一位仁兄对她的话不敢苟同。或许是露西不像其他人是在宗教环境中长大的，抑或是她为索菲亚老师感到很遗憾，但她顿时有一种想转过身让那个抗议者闭嘴的冲动。

她感觉自己有些摇晃、困乏、饥饿。上索菲亚老师宗教课的二十个学生没有在放学后和其他学生一起去吃晚饭，因为他们被告知如果他们要参加这次的选修课，他们就得在教室里吃晚饭，这样可以节省时间。

这顿饭算不上正餐，甚至都算不上午餐，只能权当是下午的加餐。这样的经历对露西来说确实不同寻常。那么短的时间里，在满是荤菜的餐厅她真的没找到什么可以吃的东西。兰迪刚刚推进来一车令人了无胃口的三明治和几罐半冷不热的水。

三明治是冰冷的面包切片，上面抹着同样冰冷的蛋黄酱和奶酪。露西满心嫉妒地看着潘妮一个又一个地往嘴里塞着三明治，在面包上留下一圈圈牙印。正当露西被逼无奈想要拿起一个三明治时，凯姆挤到了她身边。他伸出手来，掌心里是一小堆新鲜的无花果，深紫色的表皮让它们看起来更像是珠宝。

“这是什么？”她微笑着问道。

“你不能光指着面包活啊，对吗？”凯姆答道。

“别吃那些东西。”嘉碧突然冲了过来，一把夺过露西手中的无花果扔进了垃圾桶。

她又一次打扰了露西和凯姆的亲密交谈。她往露西手里塞了一把花生味的美眉豆，显然是从售货机里买的。露西真想一把拽下嘉碧头上的七彩发带扔到垃圾桶去。

“她说得对，露西。”阿伊莲也过来了，气哼哼地瞪着凯姆，“谁知道他是不是下了什么毒药了。”

露西笑了，阿伊莲当然是在说笑了。可是其他人丝毫没有笑意，露西也赶忙收敛了笑容，把美眉豆塞到了口袋里，而这时候索菲亚老师也叫他们各自回到座位了。

他们困在教室里似乎已经过去了好几个小时，可索菲亚老师刚从创世之初讲到天堂战争，甚至还没谈起亚当和夏娃。露西的肚子已经开始咕咕地抗议了。“我们应该都知道那位对抗上帝的天使的名字吧？”索菲亚老师问道，语气活像是在对图书馆的一群孩子读图画书。露西期待着全班一起用孩子般稚嫩的声音一起回答：“是的，索菲亚老师。”

“有人知道吗？”索菲亚老师又问了一次。

“罗兰德！”阿伊莲压低了嗓音说道。

“不错。”索菲亚老师满意地轻轻点着头。

“我们现在叫他撒旦。但是长久以来他一直在很多伪装下活动着……靡菲斯特、贝利亚，当然还有人叫他路西法。”

莫莉坐在露西的前面，过去的几个小时里她一直晃着自己的椅子背，让它砸着露西的桌子，明摆着不把露西整疯誓不罢休。听完索菲亚老师的一番解说，她不失时机地丢给露西一张纸条。

露西……路西法……有何联系？

莫莉的字里行间渗着阴沉、愤怒和疯狂。露西看见莫莉本就不低的颧骨耸得更高了，显然是面带讥讽之色。露西被饥饿冲昏了头脑，抓起笔来就在莫莉的纸条背后一阵狂写。她的名字来自露仙达·威廉姆斯……依然在世的最伟大的女歌手和创作者。她的父母就是在那场几乎要因下雨而取消的演唱会上相遇的。她的妈妈踩到了一只塑料杯滑倒，碰巧就倒在了爸爸的怀抱里，此后的二十年间她再也没有离开那怀抱。她的名字是浪漫的象征，乌鸦嘴的莫莉知道什么？不管怎么说，如果这所学校里真有那么个和撒旦相似的人物，那绝对不是收到这张纸条的人，而是扔过纸条的人。

露西的眼睛紧紧盯着莫莉新染的红色精灵头。她正想把纸条折好扔给莫莉，就算惹她生气也无所谓。这时露西的注意力被索菲亚老师的手影吸引了。

索菲亚老师把两手举过头顶，手心向上，对着空气拱成杯形。她把手放低之后，手指映在墙上的影子看上去就像是被锁链束缚的手脚，又像是一个从桥上或是从高楼上跌落下来的人。这景象太奇怪了，这景象如此古怪、阴暗，但又如此似曾相识，露西不禁紧张起来。她此刻已经心无旁骛。

“撒旦和他的堕落天使们从天堂坠落，整整花了九天九夜。他们离天堂越来越远。”

她的话似乎触到了露西的记忆。她看着和她隔了两排的丹尼尔，他回头看了露西一眼，旋即又回过身把脸埋进了笔记本。但是那一刹那的目光相遇便已足够，一切豁然开朗。她想起来了昨晚做的那场梦。

那是对她和丹尼尔在湖边景象的修正版。梦中，丹尼尔说完再见跳进湖中，露西鼓起勇气去追他。湖水非常温暖、非常舒适，露西几乎感觉不到身体被水打湿。一群紫红色的小鱼在她的周围游弋着。她奋力地游着。起初她觉得那群小鱼是在推着她前进，但很快那群鱼的颜色变得越来越阴暗，直至遮挡了她的视线，她已经看不到丹尼尔了。那群鱼儿变得愈发阴暗和邪恶，它们越逼越近，露西已经看不见任何东西了，而且她感觉自己的身躯在往下沉，向满是淤泥的湖底滑落。她现在不仅不能呼吸而且再也不能浮上水面了，她会永远失去丹尼尔。

正在这时，丹尼尔出现了在她身下。他的胳膊像帆一样伸展着，拨开那群鱼，紧紧地把露西抱在怀里，他们两人一起向水面游去。他们冲出水面，向上，向上……掠过那块岩石，掠过木兰树。转眼间，他们已经飞到了高空，已经看不见地面了。

“他们终于落地了。”索菲亚老师把手放到讲台上说道，“落到了地狱的熊熊烈火之中。”

露西闭上眼睛长吁了一口气。只是个梦而已，而不幸的是现实就摆在眼前。

她又叹了口气，把下巴枕在了手上，忽然想起她还没有回复莫莉的纸条。纸条还捏在她手中，现在再给莫莉就显得过于愚蠢和鲁莽了。最好还是别回了，这样莫莉还会觉得她的话丝毫没有影响到露西。

这时一架纸飞机落在了她的左手边。她看了看教室左边远端，阿伊莲正摆出一副夸张的愁眉苦脸的样子。

我想你该不是大白天梦见撒旦了吧？你和丹尼尔周六下午溜到哪里去了？

露西一整天还没逮到机会和阿伊莲单独讲话，但是她怎么会知道自己和丹尼尔一起出去了呢？索菲亚老师还在忙着用手影演示九层地狱，露西看着阿伊莲又精准地朝她的课桌扔过来一架飞机。

莫莉也看到了。

她伸出两根涂着黑指甲的手指一下夹住了飞机，但是露西这次可不准备纵容她。她一把从莫莉的手指间把飞机夺了回来，机翼在这一争夺下从中间被撕断了，发出了不小的声音。露西刚刚把揉皱的纸条揣进兜里，索菲亚老师便转过了头来。

“露仙达，还有莫莉。”她撇了撇嘴撑着讲台说道，“我觉得你们既然想讨论问题，为什么非要用传纸条这种不礼貌的方式呢？可以在全班同学面前一起讨论嘛。”

露西的大脑高速运转，不赶紧想点儿对策就会被莫莉抢了先机，如果那样的话自己真得找个地缝钻进去了。

“莫莉只是在说，”露西吞吞吐吐地说道，“她不同意您关于地狱划分的说法。她有自己的意见。”

“好吧，莫莉，如果你对地狱的架构有其他观点，我很乐意听取。”

“搞什么？”莫莉小声地嘀咕着。她清了清嗓子还是站了起来。“嗯，您刚才描述了路西法之口是地狱的最底层，所以那是所有背叛者最终的归宿。但是就我看来，”她说这话时仿佛是在排练台词，“我觉得地狱中最恐怖最折磨人的地方，”她回过头意味深长地看了露西一眼，“不应该留给背叛者，而是留给懦弱胆小的人，那些最软弱、最没骨气的失败者。因为就我看来，那些背叛者，至少他们做出了自己的选择。而胆小鬼呢？他们只会咬着指甲四处逃窜，什么事情都不敢做。这在我看来再糟糕不过了。”她咳嗽了一声，顺带喊了一声，“露仙达！”然后她又清了清嗓子说，“不过这只是个人观点。”说完她坐下了。

“谢谢你，莫莉。”索菲亚老师谨慎地说道，“我相信大家都很受启发。”

露西可没有。莫莉的鬼话说到一半她就没有再听下去了，她感到腹中有奇怪的感觉，有些恶心。

是那些阴影。她虽然还没看见，但已经感觉到了。它们像沸腾的沥青一样从地面冒了出来。黑暗的触角绕着她的手腕，露西恐惧地低头看着它们。它正试图钻进露西的口袋，是冲着阿伊莲的纸飞机去的。她还没来得及看呢！她握紧了拳头使劲伸到口袋里，然后伸出两根手指，使出浑身的力气，借着自己的意志要把阴影从口袋里拽出来。

奇妙的事情发生了：阴影退缩了，像落水狗一般落荒而逃。这是露西第一次成功地对抗这些怪物。

她看见了屋子另一边的阿伊莲正在看着她。阿伊莲的头朝一边歪着，大张着嘴。

纸条……她肯定在等着露西读她的纸条。

索菲亚老师关掉了灯箱。“我的关节炎已经让我在地狱里度过了整整一夜了。”她笑着，鼓励着大脑已经麻木的学生和她一起轻松一下，“如果你们已经读过我给你们的七篇《失乐园》的评论文章，明天的考试肯定没问题。”

当其他学生忙活着收拾书包冲出教室的时候，露西打开了阿伊莲的纸条：

告诉我，他没跟你讲那个蹩脚的曾被女孩伤害的故事。

天啊！她一定得和阿伊莲谈谈，搞清楚她究竟是怎么知道这些关于丹尼尔的事情的。但是……他就站在她的面前，银色的衣扣在她的眼前闪闪发亮。她深深吸了口气，抬起头来看着他。

丹尼尔灰色的眼睛闪着紫色的光芒，看上去很安详。自从上次在湖边他弃她而去后，她已经两天没跟他说话了。似乎在离开她的这几天里他又恢复了精力。

露西忽然想到阿伊莲的纸条还在桌子上。她艰难地咽了一口唾沫，把纸条塞回了口袋。

“那天我突然离开了，为此向你道歉。”丹尼尔说得相当正式，露西不知道自己是不是应该接受他的道歉，而且他也没给她时间回答。“我想你后来自己安全上岸了吧？”

她本想笑一笑。但脑中忽然闪过一个念头，想把昨天她做的那个梦告诉他，但是她还是及时意识到这个想法太诡异了。

“你觉得今天的复习课怎么样？”丹尼尔看上去有些沉闷而拘谨，好像他们以前从未交谈过一样。或许他只是在开玩笑。

“就像上刑似的。”露西答道。有些女孩总是自作聪明，对什么事情都是一副没有兴趣的样子，其实她们只是觉得男孩喜欢听到这样的回答，这种人总是很惹露西心烦。当然，露西可不是装出来的，这节课真的是如同上刑一般。

“不错。”丹尼尔看上去很开心的样子。

“你也讨厌这节课吗？”

“不。”他神秘地说道。丹尼尔的回答倒让露西希望刚才能表现出对这节课更多的兴趣。

“这么说，你喜欢了？”她问道。她想说些什么，只要是能把丹尼尔留在身边继续和她说话就行。“那你到底喜欢这节课什么呢？”

“或许喜欢这个词不太恰当，”过了好一会儿他才开口，“我的家人就是研究这些东西的。我想我是情不自禁地觉得和索菲亚老师讲课的内容有一种天然的联系。”

露西好一会儿才弄明白丹尼尔的话。她的心思忽然回到了那个散发着霉味的地下室，她在那里看着丹尼尔那份只有一页的档案。

档案上明明记载着丹尼尔大部分的时间都是在洛杉矶的孤儿院度过的。

“我不知道你还有家人。”

“你怎么会知道？”丹尼尔似乎在讥笑她。

“我不知道……这么说，你有？”

“问题是你凭什么认为你知道关于我的家人或我的事情。”

露西觉得心头猛然一沉，她发觉丹尼尔的眼神顿时变得警觉了，他的目光中似乎闪着警惕跟踪狂的信号。露西心中明白她又把事情搞砸了。

这时候罗兰德走到他们俩身后，把手搭在丹尼尔肩上说：“你是要在这儿等着看还有没有下一节课，还是要赶紧离开这儿？”

“哦。”丹尼尔轻声应了一句，最后又看了露西一眼，“我们走吧。”

当然——显然——她该在几分钟前早说闭嘴，比如说别无意间向他透露一些他档案上的信息。一个正常的人、一个稍微聪明些的人都知道应该回避这种对话，或者换个话题，或者，至少闭上嘴吧？

可是，露西用自己的行动一次又一次地证明了她做的事情根本无法归到正常人或者聪明人所做的事情的范畴内，尤其是当她面对丹尼尔的时候。

她看着丹尼尔和罗兰德走出门去，他甚至都没有回一下头。他每走远一步，露西心中的孤寂便又多出一分。

FALLEN

10 · 狼烟四起

“你在等什么呢？”丹尼尔刚刚离开，潘妮就走了过来拽起了露西的手，“我们走吧。”

“去哪儿？”她心中还在惦记刚才和丹尼尔的对话，还在惦记着他的离去。

潘妮轻轻地敲了敲她的头。“嘿！去图书馆。我在纸条里说过了……”潘妮看着露西一脸的茫然，似乎明白了点儿什么，“你没收到我给你的纸条吗？”潘妮拍着大腿，十分沮丧，“我把纸条给了陶德，让陶德给凯姆，再让凯姆送给你啊。”

“小马快递到了。”凯姆窜到了潘妮的面前，食指和中指间夹着两张折叠的纸片递给了露西。

“得了吧，你的马是不是半路上累死了？”潘妮一把夺过了纸条，气呼呼地质问道，“我一个小时之前就给你了，怎么会拖了这么久？你是不是自己先看了？”

“当然没有！”凯姆把手按在胸前，一副被冒犯了的样子。他的中指上带着一个很宽的黑色戒指。“你记得吧，露西和莫莉传纸条时遇到麻烦了。”

“我才没和莫莉传纸条呢！”

“无所谓了。”凯姆说，他从潘妮手中拿回了纸条并终于传到了露西手里。“我只是在为你等待最佳时机！”

“谢谢了。”露西把纸条塞进口袋，对着潘妮耸了耸肩，似乎是在问她“你准备做什么？”

“说到时机合适的话，我前两天出门看见了这个。”他掏出了一个红色的丝绒首饰盒，打开来送到露西面前。

潘妮趴着露西的肩膀去看盒子里的东西。

盒子里是一条纤细的金链子，下面吊着一个圆形的坠子，坠子中央雕着一个小小的蛇头。

露西抬起头看着凯姆。他这是在嘲笑她吗?

他轻轻触了一下坠子。“那天之后，我想帮你克服一下你的恐惧。”他说话时听起来还有些紧张，像是害怕露西不会接受他的礼物。她应该接受吗? “开玩笑了，我只是很喜欢它，很别致，会让我想起你来。”

确实很别致，也非常漂亮。露西都觉得自己配不上这样的礼物。

“你购物去了” 她听见自己在问，因为讨论凯姆怎么离开校园，远比问**为什么是我**? 来得容易。“我觉得教养学校的目的就是要把我们困在这里。”

凯姆轻轻抬起下巴，眼中带着笑意，“总会有办法的。”他轻声地说道，“有机会我会告诉你怎么做的，要不今晚行不行? ”

“凯姆，亲爱的。”他身后忽然响起一个声音。嘉碧不知从哪里冒了出来，拍着凯姆的肩膀。她前额的一缕头发结了一束法式的小辫子别在耳后，看上去像是一束完美的发带。露西满心嫉妒地看着她。

“我需要你去帮我布置一下。”嘉碧说道。

露西四下看了一看，这才发现教室里就剩下他们四个人了。

“一会儿我房间里有个小派对。”嘉碧把下巴贴在凯姆的肩膀上对露西和潘妮说，“你们都会来的，对吧? ”

嘉碧的嘴看上去总是黏糊糊的，大概是唇膏涂多了的缘故。露西刚和一个男孩谈不上几句，嘉碧就会甩着她的一头金发插到中间。尽管丹尼尔说过他和嘉碧没有什么，露西还是明白她和嘉碧永远不会成为朋友。

但一个人不必非要喜欢对方才去她的派对吧，尤其是确定自己喜欢的人会去的时候。

她要不要接受凯姆的邀请呢? 他是不是提议今晚两个人偷偷地溜出去呢? 昨天班上就有传言说朱尔斯和菲利普，就是那对穿了舌环的情侣，昨天没来上索菲亚老师的课。很显然，他们俩想要在夜里逃出校园，但这次秘密约会出了点儿岔子。现在他们应该是在被单独禁闭，地点连潘妮都不知道。

最奇怪的还是索菲亚老师，她通常不会容忍上课的时候有人交头接耳，可她没有在课堂上制止学生们对这件事情飞短流长。似乎学校的老师都想让学生自己想象违反他们的独裁规定可能遭受到的最严厉的惩罚。

露西吸了口气，抬头看了一眼凯姆。他完全无视嘉碧和潘妮的存在，把臂弯伸了过来。“怎么样？小家伙。”他问话的语气很像经典的好莱坞腔调，露西几乎都要忘记发生在朱尔斯和菲利普身上的事情了。

“对不起。”潘妮插了一句回答了他们两人的问题，“但是我们有其他打算。”说完拉起了露西的胳膊催她快走。

凯姆看着潘妮，似乎是想弄明白她是怎么突然冒了出来。他总能让露西感觉更好也能让她更冷静。在丹尼尔令她沮丧之时她总能邂逅凯姆。嘉碧还趴在凯姆身上，但是潘妮更使劲地拉了露西一把。露西攥着凯姆的礼物冲他们挥了挥手，“嗯，还是下次吧，谢谢你的项链。”

她们撇下了摸不着头脑的凯姆和嘉碧，跑出了奥古斯汀堂。这么晚了独自待在这座漆黑的建筑里真是让人不寒而栗。潘妮在露西前面快步地走着，从潘妮的凉鞋敲击地板的频率来看，她也有同样的感觉。

门外凉风习习，一只猫头鹰正蹲在蒲葵树上。她们从奥古斯汀堂边的橡树下经过，蔓延的树枝像一缕缕纠结的头发摩挲着她们的身体。

“‘还是下次吧？’”潘妮学着露西的声音，“下次去做什么事情？”

“没什么……我也不知道。”露西想赶紧换个话题。

“你这话说得我们像是有什么高雅的要事要做一样，潘妮。”她们一面沿着操场前行一面咯咯地笑着。

“其他打算……我以为你在上周的派对上玩得很开心呢。”

“如果你读了我刚给你的纸条，你就明白我们手头现在有更要紧的活儿了。”

露西把口袋掏了个空，又发现了五颗美眉豆，顺手分给了潘妮几颗。潘妮对此显然很敏感，她希望这几颗美眉豆是从更干净的地方掏出来的，但她还是吃掉了。

露西打开了潘妮给她的第一张纸条，看上去像是从那个地下档案室找出来的复印件：

嘉碧 · 吉文斯

卡梅隆 · 布里尔

露仙达 · 普莱斯

先前住所：全部为东北部地区，陶德 · 哈蒙德除外（奥兰多，佛罗里达）

阿伊莲 · 艾尔特

丹尼尔 · 格利高里

玛丽 · 玛格丽特 · 赞恩

先前住所：加州，洛杉矶

露西那一组入读圣剑和十字架学院的时间是今年的9月15日；第二组是三年前的3月15日。

“谁是玛丽 · 玛格丽特 · 赞恩？”露西指着那个姓名问道。

“正是可恶的莫莉。”

莫莉的全名叫玛丽 · 玛格丽特？“怪不得她这么愤世嫉俗，你从哪儿搞到这个的？”

“从索菲亚老师那天搬进来的箱子里刨出来的。这是索菲亚老师的笔迹。”潘妮回答道。

露西抬头看了看潘妮，迷惑不解地问：“这是什么意思呢？为什么她要记录这些？我们各自的档案上都写着入校日期呢。”

“确实如此。我也不明白。就算你和那些人是同一天到的，但是你和他们可没有什么相似之处。”

“一点儿相似的地方都没有。”露西说着，脑海中浮现出嘉碧总是挂在脸上的那种忸怩作态的表情。

潘妮挠了挠下巴说：“但是阿伊莲、莫莉和丹尼尔来校的时候，他们彼此都已经认识了。我想他们都是从洛杉矶的同一家中途疗养院过来的。”

哪里一定暗藏着打开丹尼尔身世的钥匙。他的故事肯定不仅仅是洛杉矶的一家中途疗养院。但是想想他以前的反应，当露西想要了解他的一切时，他有多么恐惧，这更让她觉得她和潘妮正在做的事情是多么徒劳和幼稚。

“我们这么做有什么用呢？”露西突然觉得很烦恼。

“为什么索菲亚老师要整理这些信息呢？我不明白。虽然说索菲亚老师是和阿伊莲、丹尼尔，还有莫莉同一天到圣剑和十字架学院的。”潘妮的声音越来越小，“谁知道呢？也许这根本就没什么。档案中很少提起丹尼尔，我觉得我应该把我发现的都告诉你，所以我们还有二号展品。”

她说完指着露西手中的第二张纸条。

露西叹了口气。她心中真的有些想放弃现在的调查，不要再为了丹尼尔而颜面扫地。但是她心中仍有一丝渴望想要了解他多一点儿，而现在他也不在自己的面前，不会再给她什么新的理由让她感觉尴尬，这样的话事情就变得容易多了。

她看了看纸条，那是一张很古旧的图书馆目录卡片的复印件，上面写着：

D · 格利高里，《守望者：中古欧洲神话》，塞拉菲姆出版社，罗马，1775年。

图书编号：R999318，GRI

“貌似丹尼尔的祖先是一位学者。”潘妮趴着露西的肩膀读着纸片。

“原来他是这个意思。”露西小声地嘀咕着，她看了看潘妮，“他告诉过我他的家人就是研究宗教的，他指的就是这个了。”

“我以为他是个孤儿呢。”

“不要问了，”露西对潘妮摇了摇手，“这对他来说是个敏感话题。”她用手指抚摸着书的标题，“什么是守望者？”

“只有一个方法可找到答案，但我们可能会后悔的，这书名一听就无聊至极。”她拍了拍T恤上的灰尘补充道，“但我还是去图书馆查过了，这本书应该还在架子上。你回头再谢我也不迟。”

“你真棒。”露西笑着说。她现在已经等不及要去图书馆了。如果这本书真的是丹尼尔的家人写的，那么它一定不会是一本无聊的书，至少对露西来说不会。但是她低下头来又看到了手中的另一样东西……凯姆送给她的那个首饰盒。

“你觉得这个是什么意思？”她们走在马赛克瓷砖铺就的楼梯上时，露西问潘妮，潘妮耸耸肩，“你对蛇什么感觉？”

“厌恨，反感，恶心。”露西一一列举。

“或许这就像是……嗯……我过去很害怕仙人掌，都不敢接近它们——别笑，难道就没有什么东西令你如此反感吗？它刺进皮肤会在里面待上好几天。后来有一年，我爸爸送给我十一盆仙人掌做生日礼物。起初我真想把它们全砸到他身上。可是后来，我就习惯了，以后靠近仙人掌时也不再抓狂了。总而言之，这招管用。”

“那你是说凯姆的礼物其实非常体贴喽？”

“我想是的，但是如果我知道他对你那么钟情，我就不会把我们的私人信函交给他了。不好意思。”

“他哪有对我钟情。”露西用手指抚摸着盒中的项链，想象着它贴在自己皮肤上的样子。不知道为什么，她没有告诉潘妮她和凯姆一起野餐的事情。当然这肯定和丹尼尔有关，但露西至今也没弄清楚自己该如何处理和这两个人的关系，或是自己想如何处理。

“哈。”潘妮忽然笑了起来，“这么说你是有点儿喜欢他了。你有丹尼尔了，还劈腿。我跟不上你和你的男人们了。”

“好像每件事情都和他们中的一个有关系。”露西怏怏不乐地说道，“你觉得凯姆有没有读你的纸条？”

“就算他读了，他还是把这条项链送给你了，那么他可真是喜欢上你了。”

他们走进了图书馆，身后厚重的双层大门砰然关上，声音在空荡荡的房间里回响着。总借书台上亮着灯，索菲亚老师从一堆遮住了书桌的文件中抬起头来。

“你们好，姑娘们。”她脸上的喜悦之情让露西心中不由得又生出一份愧疚，因为露西又在她的课上走神了。

“我希望你们喜欢今天的简要复习课程。”她说起话来还是像在歌唱。

“非常喜欢。”尽管她的课程跟“简要”这个词搭不上边，露西还是点了点头。“我们想在考前再复习一些东西。”

“不错，”潘妮赶紧接上话，“您的课程给了我们很多启发。”

“太好了！”索菲亚老师翻找着她的文件，“我这儿还有些阅读材料的清单。我很乐意给你们复印一份。”

“太棒了！”潘妮撒谎道，同时轻轻地把露西往书架那边推了推，“如果需要的话我们会回来找您的。”

她们走过索菲亚老师的书桌，图书馆里异常安静。露西和潘妮走过了宗教书籍区一排又一排的书架，寻找着她们想要的书号。图书馆的节能灯装着行动探测器，本来露西和潘妮穿过过道时灯就应该亮了，但这些灯好像只有一半还算正常。露西发觉潘妮还拉着自己的胳膊，而她自己也不想让潘妮放开。

她们来到了通常人满为患的学习区，可是现在只有一盏灯亮着。其他人可能都去参加嘉碧的派对了。只有陶德除外。他把脚跷在对面的椅子上，好像是在读一本咖啡桌那么大的世界地图册。

当她们从陶德身边走过时，陶德抬起头看了她们一眼，表情似乎十分孤独，又像是因为被人打扰而有些烦躁。

“你们来得够晚的。”他平淡地说道。

“你也一样啊。”潘妮不甘示弱，冲着陶德夸张地吐了吐舌头。

当他们已经离陶德隔开了几个书架之后，露西扬起眉毛问潘妮说：“刚才你那样子算是什么？”

“什么啊？”潘妮看上去很生气，“他竟然敢挑逗我。”她双臂往胸前一抱，把挡在眼前的一缕头发吹了上去，“好像是。”

“你是三岁小孩吗？”露西取笑道。

潘妮竖起中指使劲地戳了露西一下，好在露西这会儿正在咯咯笑个不停，不然她早就疼得跳起来了。

“你还认识其他人愿意和你一起瞎琢磨丹尼尔 · 格利高里家族的事情吗？我看没有，所以别惹我了。”

这时候她们已经走到了图书馆远端的角落，所有编号999的书都摆在一个银白色的书架上。潘妮蹲了下来，点着书脊逐本查看。露西忽然打了个寒战，似乎有手指在自己的脖颈上滑动。她伸长了脖子四处张望，看到了一团灰色。不是阴影平常所呈现出的黑色，颜色更浅更稀薄，但一样令人生厌。

她睁大了眼睛盯着那团阴影，看着它们在潘妮的头顶逐渐幻化成弧形的长线条。它像穿针引线一样缓缓地向下移动，如果这些东西碰到自己的朋友，后果不堪设想。前两天在体育馆的时候，它们第一次触碰了露西。她现在仍然感觉自己被亵渎了，感觉它们污秽不堪。她不知道这些东西还会做出什么事情。

紧张、眩晕的露西伸出了像棒球棒一样僵直的胳膊。她深深吸了一口气，向前挥动了一下。她的手在驱赶阴影时触到了它们，那种冰冷的感觉令她汗毛直竖，可她还是不小心碰到了潘妮的头。

潘妮拿手按住了头，惊奇地回头看着露西，“你什么毛病？”

露西俯身到潘妮身边，抚摸着她的头顶，“抱歉，我想我看到有一只蜜蜂飞到你头上了。我有点儿慌乱。我不想让它蜇到你。”

她自己都觉得这个借口实在是太蹩脚了，她等着自己的朋友说自己疯掉了……图书馆怎么会有蜜蜂了？她等着潘妮愤然离去。

但是潘妮的圆脸蛋却轻松了下来，她紧紧抓住露西的双手使劲地摇着说：“我也很怕蜜蜂的，我对蜜蜂过敏，致命的那种。你又救了我一命。”

这似乎是一个伟大友谊升华的时刻……只可惜不是。因为露西已经被那些阴影搞得精疲力竭了。如果能有一种方法将它们从自己的脑中赶走、能够令自己摆脱那些阴影而又不把潘妮吓跑该有多好。

这种灰色的阴影令露西感到一种强烈的不安。虽然形状一致的阴影向来就没什么值得欣慰的，现在这些新的变化更让露西的恐慌升级了。这是不是意味着会有更多的阴影来纠缠她呢？还是意味着她以后能更好地辨别它们呢？可是索菲亚老师课上的那一幕又作何解释呢？当时她确实在阴影还没钻进她的口袋之前就把它们击退了。她当时的举动完全是下意识的，也根本没指望自己的两根手指会是阴影的对手，但是她确实做到了，至少暂时做到了。露西想着又环顾了一下四周的书架。

她不知道这件事是不是为自己和阴影打交道开了一个先例。不过她刚才赶走盘旋在潘妮头顶的阴影应该不算和阴影打交道吧。但是露西知道“打交道”不过是一种委婉的说法。她意识到自己开始做的这些事其实更像是在和阴影战斗，不禁一阵心寒和恶心。

“太奇怪了。”潘妮瘫坐在地板上，“它应该就在《天使辞典》和比利 · 格拉汉姆写的那本恶心的火和硫黄什么的书之间的。”她抬头看了看露西，“可是现在它不见了。”

“我想你说过……”

“我是说过，我今天下午查的时候，电脑上列出了这本书就在架子上。但现在太晚了，我们不可能再上网查了。”

“去那边问问陶德吧，”露西提议，“说不定他拿去盖他的《花花公子》了。”

“真恶心。”潘妮使劲捶了一下露西的大腿。

露西知道她这么开玩笑只是想冲淡一下她的失望之情，但这实在是太令人沮丧了。每次想要找一些关于丹尼尔的东西时总是无功而返。她不知道她能在丹尼尔的曾曾祖父之辈的人写的书中找到什么有价值的东西，但是至少那本书能让她多了解丹尼尔一些。有一点儿总比什么都没有好。

“你待在这儿。”潘妮站起身来，“我去问问索菲亚老师是不是有人把它借走了。”

露西看着她疲惫的身影顺着过道慢慢地向前台挪去，可是潘妮经过陶德的座位时，突然加速跑了过去，露西不禁被她逗笑了。

形单影只地待在后面的角落里，露西独自用手指撩拨着架子上的书籍。她脑子里迅速把圣剑和十字架学院的学生过了一遍，但她到底也没想到谁会借这种老掉牙的宗教书籍。或许是索菲亚老师把它拿去当做刚才复习课的参考书了呢。露西心中思量着如果是丹尼尔坐在这儿听着图书馆管理员向他谈论一些他童年餐桌上每天都会听的东西会是什么样子。露西真想知道丹尼尔的童年到底是什么样的；他的家庭又发生了什么样的变故；他是不是在宗教环境的孤儿院里长大的；抑或他的童年和自己的相似，对宗教的唯一追求就是要取得好成绩，还有学术荣誉；她想知道丹尼尔是不是已经读过了他祖先的这部著作；他对这本书又有什么看法；还有他自己是不是也想写一部书。她想知道他现在在嘉碧的派对上做些什么；他的生日是几月几号；他穿几号的鞋子；他会不会浪费自己的时间像自己想他那样想她……

露西晃了晃脑袋。这趟思维的列车正在朝怜悯之城驶去，她想下车了。她把书架上的第一本书抽了出来。这是一本平淡无奇的布质封面的《天使辞典》，她想在潘妮回来之前还是找些事做，翻翻书也是不错的选择。

她刚读到堕落天使阿巴顿——就是后悔站在撒旦一边、一直悔恨自己错误选择的那位——便已经哈欠连天了。正在这时，头顶忽然响起了刺耳的声音。露西抬起头来发现火灾警报器的红色指示灯正在闪烁。

“警报，警报，”一个单调机械的声音在扩音器中喊道，“火灾警报已经启动，请从本建筑撤离。”

露西把书塞回架子，站起身来。在多佛的时候也总会有这种事情。可一段时间之后就连老师都不愿意理会每月的火警演习了，所以火警部门不得不真的开启火灾警报，因为只有这样人们才会作出反应。露西看得出圣剑和十字架学院的管理者们也在耍同样的招数。露西向门口走去，但她惊异地发现自己居然在咳嗽，而且图书馆里已经开始有烟雾在弥漫了。

“潘妮！”露西喊道，可是耳边只有自己的声音在回响。她知道她的声音已经被刺耳的火警声完全淹没了。

烟雾刺鼻的气味立刻令她想起了特雷佛葬身火海的那天夜里。当时的场景和声音如潮般涌入了她的脑海，她本来已经将这些藏到了记忆的最深处，而且几乎已经快要将它们忘掉了。可现在，一切都归于徒劳。

特雷佛惊恐的眼白映着橘红色的火焰。火焰已经蔓延到了他的每一根手指，火舌无情地将他吞噬。特雷佛已经放弃了挣扎，但是他的尖叫和呼救声仍然像汽笛般久久在她的耳边回响。她只能眼睁睁地看着，在烈焰的包围下她却浑身冰凉。她没有力气迈步，更没有能力做任何事去救他。他就这样死掉了。

忽然有人抓住了她的左手腕，将她拉转身来。她本想看见潘妮，可眼前的却是陶德。他瞪着双眼拼命地咳嗽着。

“我们得赶紧逃出去。”他急促地呼吸着，“我想后面应该有个出口的。”

“潘妮怎么办，还有索菲亚老师？”露西问道。她现在已经感觉有些虚弱，而且晕头转向，她使劲揉了揉眼睛，“她们还在那边。”她指着过道那边的出口，那个方向的烟雾似乎更浓重。

陶德疑惑地看了一会儿，但还是点了点头说：“好吧。”他们蹲伏着朝图书馆的前门冲了过去，陶德一直紧紧抓着露西的手腕。他们在烟幕特别浓重的一个过道朝右转，却发现面对的是一堵墙，根本不知道该往哪个方向走了。他们俩停下脚步喘口气。不久之前，烟幕还只是在他们的头顶，可是现在已经垂到了他们的肩膀处。

即使他们努力把身子向下压，可还是被浓烟呛得不轻。他们甚至都已经看不清眼前的东西了。露西在原地转了个圈，确保自己紧跟着陶德，可是她突然间搞不清自己是从哪个方向过来的了。露西伸手一摸，却摸到了一个滚烫的金属书架，但是她已经看不清书脊上的字母了。他们现在是在D区还是O区？现在根本没有线索把他们往潘妮和索菲亚老师的方向指引了，也没有线索为他们指引出口。露西觉得自己的身心都陷入了极度的恐慌之中，连呼吸都变得困难了。

“她们肯定已经从前门出去了！”陶德冲她喊道，可听起来也有些不太确定，“我们得往回走。”

露西咬了咬嘴唇。如果潘妮出了什么事……

她现在几乎已经看不见站在她右边的陶德了。他说得没错，但是他们走哪条路才能回去呢？露西紧紧牵着陶德的手，木然地点了点头。

他们漫无目的地跑了好长一段时间，但一路跑着却发现烟雾正在缓缓上升，终于，他们看见紧急出口标志的红光在闪烁。陶德摸索到了门把手，一把推开，露西如释重负地叹了口气。

他们正站在一个露西从未见过的走廊里。陶德使劲地把门摔上，他们俩疯狂地喘着气，迫不及待地想要把新鲜空气灌进肺里。新鲜空气的味道真是太美妙了，露西真想一头扎进去，张开嘴好好地喝上一升，让自己沐浴其中。她和陶德一直咳嗽着直到将肺里的烟雾全部清空，这才抬起头来相视而笑，当然这笑中带着不安、喜虑参半。他们就这样笑着，直到露西哭了出来。露西终于止住了哭笑，但是眼中的泪水还在继续流着。

她现在还不知道潘妮到底怎么样了，怎么能自顾自地在这里呼吸新鲜空气呢？如果潘妮还没出来该怎么办？如果她现在倒在了图书馆里的某个角落该怎么办？如果真是这样，露西就会再一次辜负她真正关心的人，而且这一次会更加严重。

她揉了揉眼睛，发现烟雾已经从门下的缝隙里冒了出来。他们现在还不安全。走廊的尽头还有一扇门。透过门上的玻璃板，露西已经看见外面的树枝在风中摇曳。她终于松了口气。再过一会儿他们就可以出去了，就可以逃离这些令人窒息的烟雾了。

如果他们跑得快些，就可以迅速地赶到前门，以确定潘妮和索菲亚老师是否已经脱离险境。

“走吧。”露西对陶德说道，他这会儿正倒在地上大口地喘着气。他听到露西的话直起了身体，但是露西看得出他已经快虚脱了。他满面通红，双眼湿润，看来露西得扶着他走到前门去了。露西一心急着逃出去，过了许久，她才听到压在他们头顶的、淹没了警铃声的嗖嗖闷响。

她抬起头来，看见了头顶那一团阴影，既有灰色也有深黑。她本来只能看得到天花板，但是阴影好像已经超出了这个界限，悬浮在诡异而又无形的空中。它们相互缠绕却又界限分明。露西刚刚见过的轻盈的灰色阴影卧在中心，它们现在不再是针一样的形状，而像是一团火柴燃烧的火焰。它们走在走廊里，在露西和陶德的头顶肆意跃动着。当时黑影想袭击潘妮的头顶，她是不是真的把那团参差的阴影驱散了？那份记忆令露西的掌心渗出了汗水，脚尖也弯了起来。

陶德突然用力抓着墙壁，似乎走廊在逼近。露西知道他们离门还有一段距离。她紧紧地抓住陶德的手，但是他们的掌心满是汗水，陶德的手从露西手中滑了出去。她再次尝试用手紧紧地抓住陶德的腰。陶德此时苍白得像鬼魂一样，蹲伏在地板上，几乎是畏缩在角落里，口中发出了惊恐的哀号。

是因为烟幕已经弥漫了走廊？

还是因为他也能感觉到阴影？

不可能！

他的脸孔扭曲，恐惧万分，而他们头顶上方的阴影也越聚越多。

“露西？”他的声音也已经开始颤抖。

又一团阴影挡住了他们的去路，它像一张黑色的毯子铺在了墙上，挡住了露西的视线，令她看不见门在何处。露西看了一眼陶德……他能看见吗？

“快跑啊！”露西对他喊道。

他现在还能跑得动吗？他面如死灰，双眼紧闭……就要昏死过去了。忽然之间，她感觉好像是陶德把她抱了起来。

抑或是有什么东西把他们俩都举了起来。

“怎么回事？”陶德吓得大叫着。

他们的脚轻快地掠过地面。露西感觉像是踏着海浪，一个轻快的浪头将她抛到了空中，令她的身体像充满了空气一样轻盈。露西不知道她正去往何处……她根本就看不见门的方向，只听见到处都是阴影的咆哮声，它们在她头顶盘旋却始终不敢靠近。她本来应该惊恐万分，但她没有。她感觉有什么东西在保护她不受阴影的侵害，就像有一层流动着却无法穿透的保护膜包围着她。这种东西露西感觉是如此熟悉：强大却又温柔。

眨眼间，她和陶德就到了门前。她的双脚又触到了地面，她使出了吃奶的力气使劲地推着紧急出口门上的栏杆。她终于把它举起来了。可是她也被烟雾呛到了，她拼命地喘着气，几乎窒息过去。

又一处火灾警报响了起来，但听起来很遥远。

忽然间露西感觉有风在吹拂着她的颈项，他们终于出来了！他们站在一处狭窄的台阶上，一段楼梯向下通往操场，尽管脑中的一切都像是蒙着一层烟雾，露西还是感觉能听到附近有声音。

她转过身去想要搞清楚刚才到底发生了什么；她和陶德到底是如何穿过了浓重、黑暗、无法穿透的阴影的；到底是什么救了他们。可露西现在已经感觉不到它们的存在了。

她真想冲回去一探究竟！

但是走廊里一片漆黑，她的眼中还在不断地涌出泪水，已经无法分辨出阴影扭曲的形状了。或许它们已经逃走了。

露西眼前忽然出现了一束参差不齐的光线，看上去像是一棵枝叶繁茂的树，不，更像是一尊有着修长和宽阔肢体的躯干。那束紫罗兰色的光在他们的头顶盘旋着。很荒唐，这景象竟让露西想起了丹尼尔。她看着眼前的一切，深深吸了一口气，使劲眨着眼睛想抹去眼中的泪水。但是那束光依然在那儿，露西感觉它不仅在呼唤自己，更像一首战地摇篮曲抚慰着她的心灵。

正因为如此，她没有看见阴影突然袭来。

阴影冲向露西和陶德，撞开了他们俩牵着的手。露西被这一撞抛到了空中。她摔倒在楼梯脚下，发出一声痛苦的呻吟。

她的头疼了好久。她从未经受过如此深沉、如此突如其来的疼痛。她在夜色中哭喊，而光芒与暗影在她头上交战厮杀。

露西已经无力再承受这一切了。她闭上了眼睛，昏厥了过去。

FALLEN

11 · 惊醒

“你害怕吗？”丹尼尔问道，他的头歪向一侧，金发被微风吹拂得有些蓬乱。他正拥着她，紧紧地搂着她的腰身，他的拥抱像绸缎一样光滑轻盈。她抱住他的脖子。

她害怕吗？当然不会。她正和丹尼尔在一起。终于，她躺在他的怀里了。她脑中浮现出一个更真实的问题：她应该害怕吗？她不太确定。她甚至不知道自己身在何处。

她能闻见空气中雨水的味道，但是她和丹尼尔身上却没有丝毫的潮湿。她感觉自己穿了一件长及脚踝的雪白长袍，天边只余一抹微光。露西很后悔错过了日落，仿佛她有办法阻止它似的。不知为何，她觉得落日的余晖就像瓶中的最后一滴蜂蜜一样珍贵。

“你会和我在一起吗？”她问道，这一声最轻柔的呢喃几乎被低沉的雷声掩盖。一阵风从他们身边掠过，撩起了露西的头发，遮住了她的眼睛。丹尼尔把她搂得更紧了，露西已经能够感受到他的呼吸，闻到他肌肤的味道。

“永远。”他轻声回答道，那甜美的声音令露西的身心顿时充盈起来。

她忽然注意到他的左前额有一处擦伤，但就在此时，丹尼尔捧起了她的脸庞，两人此时更加贴近了，这让露西瞬间把一切都抛到了脑后。她把头靠向他的身体，她感觉自己的身体松弛了下来，心中满怀期待。

终于，终于，他的唇缓缓地向她靠近，紧贴住她的双唇，他的热情令露西几乎无法呼吸。他狂吻着她，仿佛她属于他，如此自然亲切，就像她是他失落已久的身体的一部分，今天他终于又把她寻了回来。

然后，大雨如至。雨水浸湿了他们的头发，顺着脸颊流进了嘴里。这雨水温暖又令人迷醉，就像他们的吻一样甜蜜。

露西的双臂环抱着丹尼尔，让他更紧密地贴着自己，她的手滑过了像天鹅绒一样光滑的东西。她一手抚过它，继而又用另一只手摸索它的形状，她凝视着丹尼尔光芒四射的脸庞。

他身后有某样东西徐徐展开。

翅膀！光芒四射，五彩斑斓！它们轻盈地拍动着，在雨中闪耀着迷人的光泽。她以前见过这双翅膀，也或许，只是似曾相识。

“丹尼尔。”她喘息着说道。那双羽翼占据了她全部的视线和思想。它们似乎能变幻出成千上万的色彩，美得让人心碎。她看了看别处，但除了丹尼尔，到处都是日落时天空的粉色和蓝色。

她往下望，看到最后一样东西。

地面！

在几千尺之下！

露西张开了眼睛，光线太刺眼了。她浑身干燥，后脑勺传来一阵刺痛。天空消失了，丹尼尔也不见了。

又是一场梦。

只是这场梦让她备感欲望的煎熬。

她正在一间墙壁雪白的房间里，躺在医院的病床上。她的右边有一扇打开的窗户，窗外的停车场正在重新铺设，新铺柏油的味道刺激着她的鼻腔；她的左边是一道拉开了一半的帘子，帘子架在屋子中间把她和外界的喧嚣隔绝开来。

露西小心地摸了摸脖子下方的痛处，轻声抽泣着。

她试着冷静下来。她不知自己现在身在何处，但是她本能地感觉自己现在不在圣剑和十字架学院。她轻轻地在身子两侧拍了拍，感觉出自己穿着一件宽大的病服。她感到刚才的梦境正在一点一点地消散……除了那双翅膀。它们是如此真切，触摸起来是那么的柔软顺滑。她的腹中一阵绞痛。她不停地握紧拳头然后又松开，但她很清楚现在她的手中空空如也。

忽然有人抓起了她的右手紧紧地握住。露西赶紧转头去看，但眼前的人却令她皱起了眉头。她本以为自己是孤身一人，可是眼前却坐着嘉碧。她坐在一把退色的蓝色滑轮椅的边缘，椅子的颜色更衬托出嘉碧双眸的明亮。

露西本想挪动身子，至少她想要这么做，可是嘉碧冲她笑了一下，那笑容如此温暖，竟然让露西有了一丝安全感。她这才意识到有人陪伴是多么开心的一件事。

“这还是梦？”她呢喃着。

嘉碧笑了。她身边的桌子上放着一瓶指甲油，她拿起瓶子开始把那些乳白色的散发着柠檬香味的液体涂到露西的指甲上。“那得看情况。”她按摩着露西的手指，“别在意你的梦，不管在什么时候，只要我觉得自己的世界天翻地覆了，我就去做指甲。没有什么比做指甲更能让我心平气和的了。”

露西低头看了一眼。她对涂指甲向来没有太大的兴趣。可是嘉碧的话让她想起了妈妈。如果露西特别不开心，妈妈总会提议一起去做指甲。嘉碧的手缓缓地在露西的手指上涂抹着，露西心想着这些年来她是不是错过了很多东西。

“我们这是在哪儿呢？”

“泸水医院。”

她第一次从校园里出来竟然就进了离家只有五分钟车程的医院。上次她从自行车上摔了下来，也是在这里给胳膊肘缝了三针。当时爸爸在她身边寸步不离，而现在根本看不到他的身影。

“我在这儿躺了多久了？”她问道。

嘉碧看了看墙上白色的钟表，“你吸了很多烟雾，晕倒了，他们昨天晚上十一点钟左右发现了你。他们发现教养学校的孩子昏厥后，标准应对程序的第一步是要叫急诊医士。但是不用担心，兰迪说他们很快就会让你离开这里的，只要你父母一点头就可以了。”

“我爸爸妈妈在这里吗？”

“他们为自己的宝贝女儿操碎了心，你妈妈快急疯了。他们在走廊里，有一堆文件要填。我告诉他们我会照看你的。”

露西呻吟了一声把脸埋到了枕头里，她后脑勺再度传来撕裂般的疼痛。

“如果你暂时不想见他们的话……”

但露西不是在为她的爸爸妈妈犯愁。她迫不及待地想要见到他们。她是在想着图书馆的大火，还有那些以前从未见过的阴影，它们每次出现都会让露西魂飞魄散。它们总是那么黑暗、那么丑陋，让她神经紧张。但是昨天夜里，它们像是想从露西身边夺走什么东西。还有另外一件事：就是那股帮助她摆脱困境的神秘力量。

“你这是怎么了？”嘉碧问道，歪着头在露西面前挥动着手臂，“你在想什么呢？”

露西不知道嘉碧为什么突然对自己这么和善。嘉碧现在自告奋勇做的这些事情恐怕助理护士都不会做得这么细致，而且她这样做看来也不是为了博取某个男孩的注意，因为这里只有她们两个人。嘉碧似乎不喜欢露西。她应该不会是主动请缨来照顾她的吧，难道她真的会吗？

就算嘉碧现在对她很好，那也无法解释昨天夜里发生的事情。离奇的无法言说的在走廊里相聚的阴影，被推出黑暗阴影的诡异感觉，还有奇异的光芒。

“陶德在哪儿呢？”露西忽然想起了那个男孩写满恐惧的眼神。她当时被撞飞了出去，没能握住他的手，后来的事情她便全然不知了。

纸帘子突然被拉开了，眼前是穿着单排旱冰鞋和红白相间的海军制服的阿伊莲。她的短发编了很多结，扎在头顶。她捧着一个托盘滑了过来，托盘上有三个椰子壳，上面插着霓虹色的雨伞吸管。

“我先要讲明白，”阿伊莲操着她沙哑的鼻音说道，“你把酸橙汁倒进椰子汁里，然后把它们都喝掉。哎哟，脸怎么拉这么长，我是不是打扰你们了？”

阿伊莲滑到露西的床头停了下来，把一个插着粉色雨伞吸管的椰子递给了露西。

嘉碧跳了起来把椰子夺了过来，很鄙夷地看了看里面的东西。“阿伊莲，她可是刚刚受了伤的。”她责备道，“还有，回答你刚才的问题，我们在谈陶德的事情，然后就被你打断了。”

阿伊莲肩膀一甩，“所以她需要来点儿刺激啊！”她争辩道，一边还紧紧攥着自己的托盘，似乎生怕嘉碧会来抢。“好吧，”阿伊莲不再看着嘉碧，“我还是给她喝原来的饮料吧。”她把配着蓝色吸管的椰子给了露西。

露西这会儿还处在伤后的迷茫之中。她们在哪儿搞到这些东西的。椰子壳？雨伞吸管？她在教养学校出了事故，醒来后却像是身在地中海俱乐部。

“你们这些家伙在哪儿搞到这些东西的？”她问道，“我意思是，谢谢你们，但是……”

“我们需要的时候就会资源共享的，”阿伊莲说，“是罗兰德帮的忙。”

她们三个人坐在那里大声地喝着冰镇饮料，过了一会儿露西实在忍不住了。

“我还是想问问陶德怎么样了？”

“陶德，”嘉碧清了清嗓子，“这个……他可能比你多吸了些烟雾，亲爱的。”

“他没有，”阿伊莲吐了口唾沫，“他摔断了脖子。”

露西抽了一口凉气，嘉碧拿饮料伞打了阿伊莲一下。

“干吗啊？”阿伊莲说道，“露西能处理好的，而且她最后肯定是要知道的，干吗在这儿瞒着她。”

“证据还不足以下定论呢。”嘉碧说道，特别强调了最后几个字眼。

阿伊莲耸了耸肩，“露西当时就在现场，她应该看见了。”

“我没有看到他发生了什么。”露西说道，“我们本来是在一起的，但是后来我们被冲散了。我有不祥的预感，只是当时还不太清楚。”她声音越来越小，“那么，他……”

“他已经离开这个世界了。”嘉碧轻声说道。

露西闭上了眼睛。彻骨的寒意传遍了全身，但这和冰镇饮料没什么关系。她想起陶德疯狂地撞向墙壁的样子，当阴影从天而降时，他用汗津津的双手紧紧地握住自己，还有他们被撞开的那一瞬间。她当时太虚弱了，自身难保，也救不了他。露西现在终于可以肯定，他应该看见了那些阴影，而他就这样死了。

特雷佛死后，露西每周都会受到各种各样的恐吓信。她的父母开始检查邮箱，以防露西看到那些恶毒的信件，但露西还是读到了不少。有些是手写的，有些是打印的，有一封甚至是用杂志上剪下来的字母拼成的……就是绑架后索要赎金的那种风格。他们叫她凶手，巫婆，各种各样残忍的称呼几乎能填满一本剪贴簿。露西心中的痛苦无以言表，她几乎整个夏天都把自己锁在房间里。

她本以为自己做了这么多，已经能够让自己从噩梦中走出来。她本想来到圣剑和十字架学院后能够忘掉过去，专心地上课，交些新朋友。天啊！她又觉得有些哽咽。“潘妮怎么样了？”她咬着嘴唇问道。

“潘妮很好，她现在上了头条了，她是火灾的目击者。她和索菲亚老师都跑出来了，她们俩那时候的样子跟从烟火坑里蹦出来的差不多，但毫发无损。”

露西松了口气……至少还有一条好消息。但在如纸一样单薄的床单下，她浑身颤抖。

因为她知道在特雷佛死后造访过她的那一帮人很快又会来找她了。不仅仅是那些写恐吓信的人，还有桑坦德医生、她的假释官，当然还有警察。

像以前一样，他们都指望着露西能够记得所有的细节，能把整个事情给串起来。但是，还是像以前一样，她肯定做不到。一分钟前，他就在她的身边，只有他们两个人，下一分钟……

“露西！”潘妮举着一个棕色的氦气球冲了进来。气球的样子像一块邦迪创可贴，上面用蓝色的花体字写着“坚持就是胜利”。“这是什么？”她用责备的眼神看着另外三个女孩，“睡衣派对吗？”

阿伊莲此时已经解下了她的旱冰鞋爬到了露西身边，她捧着椰子饮料把头倚在露西的肩膀上。嘉碧正在给露西空着的那只手涂指甲油。

“是啊。”阿伊莲咯咯地笑着，“一起来吧，小肉团潘妮。我们正准备玩真心话大冒险呢。可以让你先来哦！”

嘉碧在一旁优雅地打了个喷嚏，想以此掩盖自己的笑声。

潘妮把双手插在腰间。露西很为潘妮难过，还有些怕她。潘妮看上去情绪有些激动。

“昨天晚上我们有一位同学刚刚去世，”潘妮一字一句说得非常小心，“露西现在肯定也非常伤心。”她说着摇了摇头，“在这个时候你们怎么还能这样玩闹呢？”她哼了一声，“你们是不是喝酒了？”

“哦？”阿伊莲看着潘妮严肃的表情，“你是不是喜欢他啊？”

潘妮顺手从她身后的椅子上操起一个枕头砸向了阿伊莲。在这件事情上，潘妮无疑是正确的。

阿伊莲和嘉碧对待陶德的态度确实有些奇怪，她们把陶德的死看得太平淡了，似乎她们经常看见这种事情发生，以至于这件事根本就不会像影响露西那样影响她们。但是她们无法了解，露西知道陶德最后看见了什么，她们也不可能明白露西现在的心情有多么糟糕。她拍了拍床头让潘妮坐过来，然后把冰镇椰子汁递给了她。

"我们从后面的出口出来的，然后……"露西没法继续说下去了，"你和索菲亚老师那边发生了什么？"

潘妮疑惑地看了一眼阿伊莲和嘉碧，但是她们俩都没有显得不快。潘妮放弃了对她们的训斥，走到床边坐下。

"我刚走过去问她……"她又看了一眼另外两个女孩，然后心有灵犀地看了一眼露西，"那个问题。她也不知道答案，但是她想要给我看另外一本书。"

露西已经忘记了关于她和潘妮昨晚找书的事。那件事似乎变得好遥远，在惨剧发生后尤其微不足道。

"我们刚离开索菲亚老师的书桌不到两步，我就瞥见有火光迸发，我也读到过关于自燃的书，但是这也……"

其他三个女孩都俯过身来，潘妮的故事可是头条新闻。

"肯定是什么东西引发了火灾，"露西试着在脑海中勾画出索菲亚老师的书桌，"但是我觉得当时应该没有其他人在图书馆。"

潘妮摇了摇头，"没有人。索菲亚老师说是电灯的电线短路了。不管是什么，火烧得很大。她的那些文件全都付之一炬了。"潘妮说着打了个响指。

"但是她没事吧？"露西捏着病服下摆问道。

"几乎快要发狂了，但是没什么大碍。后来喷水器终于启动了，但是她还是失去了很多东西。他们告诉她陶德的事情时，她当时就懵了，似乎都没听明白。"

“或许是我们都麻木了，都听不明白了。”露西说道。

这次嘉碧和阿伊莲都点了点头。“那么，陶德的父母知道了吗？”她又问道，心想着自己究竟该怎么向父母解释这发生的一切。

她想象他们在大厅填各种文件。他们还想不想见到自己呢？他们会不会把陶德的死和特雷佛的死联系起来呢？然后把这两件事情都归咎到她的身上呢？

“我偷听到兰迪给陶德的父母打电话，”潘妮说道，“我想他们应该是准备打官司了。他的尸体今天晚些时候就要运回佛罗里达了。”

就这样吗？露西吸了一口气。

“圣剑和十字架学院会在周四为他举行一个悼念仪式。”嘉碧静静地说道，“我和丹尼尔会帮忙组织的。”

“丹尼尔？”露西没来得及控制住自己，就已脱口而出。尽管处在极度悲伤的状态下，露西还是情不自禁地想起了她对嘉碧最初的印象：一个红唇金发、专门勾引男孩的小骚货。

“昨天晚上就是他发现了你们两个，”嘉碧说，“他把你从图书馆背到了兰迪的办公室。”

丹尼尔背过她？就是说，他的胳膊曾经搂着她的身体？昨天的梦境又浮现在她的脑海，那种飞翔的感觉、那种浮在空中的感觉占据了她的心灵。她感觉自己像被钉在了床上一样。心又开始隐隐作痛，为那片天空、为那场雨、为他的双唇、为那种水乳交融的感觉。她的脸有些发烫，起初是因为欲望，后来是因为她意识到梦中发生的一切在醒来之后都是不可能的。那双壮观、炫目的羽翼不是梦中唯一虚幻的东西。现实中的丹尼尔只会把她带到护士站而已。他永远不会像梦中那般渴望她，把她拥在臂弯中。

“喂，露西，你还好吗？”潘妮问道。她正在用她的雨伞吸管朝露西绯红的脸蛋扇风。

“没事，”露西答道。她现在根本不可能把那些事情从自己的脑子里清除出去，也不可能忘掉他们的脸庞贴在一起的感觉，“我想是在慢慢恢复吧。”

嘉碧轻轻拍着她的手说：“我们听说发生的事情之后，跟兰迪说尽了好话，她才允许我们过来探望你。”她转着眼珠说道，“我们不想让你醒来的时候孤零零的。”

这时，响起了敲门声。露西眼巴巴地盼着父母神情紧张的脸，但是没有人进来。嘉碧站起来看了看阿伊莲，阿伊莲却没有站起来的意思，嘉碧只好说：“你们在这儿等着吧，我去看看。”

露西还在为他们刚才讲的丹尼尔的事情而神伤。尽管这样期待很荒唐，但她真的很希望门外站着的是丹尼尔。

“她怎么样？”门外有人轻声地询问。但是露西还是听见了……是他！嘉碧对他小声说了些什么。

“你们都挤在这儿干什么？”突然门外又传来了兰迪的咆哮。露西心头一沉，她知道兰迪的出现意味着探视时间已经结束了。“那些跟我说要来探视的人都得挨罚劳动。不，格利高里，我不会接受鲜花贿赂的。所有的人，都给我到面包车上去。”

听到训导员的声音，阿伊莲和潘妮都有些战战兢兢，他们手忙脚乱地把椰子壳塞到了床底下。潘妮把雨伞吸管塞进了她的铅笔盒，阿伊莲则忙着喷洒香草麝香味的香水，之后又扔给露西一片薄荷口香糖。

潘妮被浓烈的香水味熏得不行，她赶紧俯身到露西耳边说：“等你能站起来了，我们一起去找那本书。我想我们都该让自己忙一些，这样才能忘掉应该忘掉的东西。”

露西感激地抓住了潘妮的手，同时对阿伊莲微笑着，而她正忙着穿旱冰鞋，好像也没有看见。

这时，兰迪冲了进来。“还有人！”她叫道，“真是难以置信。”

“我们就要……”潘妮刚想开口。

“出去！”兰迪替她把话说完了。兰迪怀里抱着一捧白色的野芍药花。奇怪，这是露西最喜欢的花，而且在这附近想找到仍在开放的野芍药花很不容易。

兰迪打开水池下的一个橱子，在里面摸索了半天，终于掏出一个又小又脏的花瓶。她拧开水龙头往花瓶里灌了些水，胡乱把花插了进去，然后摆在了露西旁边的桌子上。“你的朋友们送给你的，他们现在得走了。”

门大开着，露西看见丹尼尔倚着门框站在那里。他抬了抬下巴，灰色的眼中满是关怀。当他们眼神相遇时，丹尼尔冲着她微微笑了笑。他拨开遮住眼睛的一缕头发，露西惊异地发现他的额头上有一处小小的暗红色的伤痕。

兰迪带着潘妮、阿伊莲和嘉碧出了门。但是露西的眼光却放不下丹尼尔。在兰迪把他们推开之前，他举起手来，嘴唇动着但是没有出声，露西觉得他是在说“对不起”。

“我希望他们没把你折腾得太厉害。”兰迪站在门口漠然地皱着眉头说道。

“哦，没有！”露西摇了摇头，她知道全靠潘妮的忠诚和阿伊莲的古灵精怪她才能摆脱沉重的心情。嘉碧也是，她刚才对自己真的很好，还有丹尼尔，尽管她几乎都没看见他，但是他所做的事情却最能够帮助自己恢复平静，这可能连他自己都不曾想到。他来看她，这就足够了，说明他心里还有她。

“很好，”兰迪说道，“因为探视时间还没结束呢。”

露西的情绪又高涨起来了，她等待着见爸爸妈妈。可是伴随着鞋跟敲击地板的声音，出现在露西眼前的却是索菲亚老师瘦小的身影。

她瘦削的肩膀上披着一件秋季的山羊绒披肩，她还抹了口红来衬托这件衣服。她身后跟着一个穿着西服、身材矮小的秃顶男子，还有一胖一瘦两名警官，这两个人都有些谢顶，双臂都抱在胸前。

身材丰满的警官稍微年轻些，他进来后就坐到了露西身边的椅子上，但注意到其他的人都还站着，他也不好意思继续坐着，站起身来又把双臂抱在了胸前。

秃顶的男人走到露西面前，伸出手来，“我是舒尔茨先生，圣剑和十字架学院的律师。”露西木然地和他握了握手。“这些警官想要问你一些问题。不会用在法庭上，只是想要证实一下这场事故的一些情况。”

“我坚持他们问你的时候我要在场。” 索菲亚老师补充道，说完走上前来抚摸着露西的头发，“你还好吗，亲爱的？” 她柔声问道，“还因为震惊而想不起来吗？”

“我没事……”

露西看见门外又出现了两个身影时打住了话，她看见母亲黑色的大波浪鬈发，还有父亲的大玳瑁眼镜，她的眼泪几乎要夺眶而出。

“妈妈，爸爸。”她轻声地呼唤着，声音很小，其他人根本没有听见。

他们冲到床边，把她紧紧搂在怀里，一面攥住了她的双手。她真想拥抱他们，可现在的露西太过虚弱，除了躺在床上享受他们的抚摸和慰藉之外，再也无力做出其他举动。从眼神看得出，他们显然是受了不小的惊吓，而露西也已经感觉到了。

“亲爱的，到底怎么回事？”妈妈问道。

她无言以对。

“我告诉过他们，露西是无辜的。”索菲亚老师说道，她转身提醒警官，“让那些什么‘惊人的相似’见鬼去吧。”

特雷佛的事情肯定是记录在案的，警察肯定会发现陶德死得十分离奇。露西和警察打过不少交道了，她知道她只会让他们沮丧和气愤。

消瘦的警察留着长长的络腮胡子，颜色有些发灰。他手里捧着露西的档案，似乎对此很感兴趣，因为他每隔一会儿就会抬头看露西一眼。“普莱斯小姐，”他慢条斯理地操着南方口音对露西说，“其他的学生都去参加派对了，你和哈蒙德先生为什么那么晚还在图书馆呢？”

露西看了一眼她的父母。妈妈咬着嘴唇，爸爸的脸色和床单一样苍白。

“我没有和陶德在一起，”她不明白这个问题的潜台词，“我和我的朋友潘妮在一起。索菲亚老师也在。起火的时候陶德在读他自己的书，我没找到潘妮，只看到陶德。”

“你只看见陶德……你们一起做什么？”

“请等等。”舒尔茨先生走上前来打断了警察，“我想提醒您，这是一场事故。你现在不是在讯问嫌疑犯。”

“没关系。我想回答他。”露西说。这个小房间里挤了这么多人，露西都不知道该看谁了。

她盯着警察问道：“你是什么意思？”

“你是不是个易怒的人，普莱斯小姐？”警察抓着文件夹问道，“你觉不觉得你是一个孤独的人？”

“够了！”露西的爸爸愤怒地打断了警察的问话。

“是的，露仙达是个认真的学生。”索菲亚老师补充道，“她对陶德·哈蒙德没有恶意。这是场事故，仅此而已。”

警察看了一眼开着的门，像是希望索菲亚老师能够自己出去。

“是的，女士。呃，在这些教养学校的案例中，如果轻易放弃怀疑是很不负责任的做法。”

“我会把我知道的都告诉你的。”露西紧紧地抓住了床单，“我没有什么事情需要遮遮掩掩。”

她尽力把她的经历和盘托出，她说得很慢、很清晰，这样她的父母也不会再有新问题，也可以让警察记录。像其他人希望的那样，她没有让自己受情绪的影响。当然她没有提及阴影的出现，这样她的故事听起来才更合情理。

他们从后门跑出来，他们在走廊的尽头找到了出口。楼梯很陡，他们俩冲得太猛，没能控制住自己，从楼梯上摔了下来，之后她就再也没有看见他了。她的头撞得很厉害，十二个小时后才醒过来……她能记得的就只有这些了。

她没有给他们留下争辩的余地。那晚的真实记忆还是让她自己扛着吧。

一切结束之后，舒尔茨先生冲着警察歪了歪头，似乎在说“这下你们满意了吧？”索菲亚老师对着露西微笑着，好像大家都很高兴他们成功地完成了不可能的任务。露西的妈妈也如释重负地出了口气。

“我们回到局里会再仔细调查研究的。”消瘦的警官说道，承认失败似的合上了露西的档案，样子看上去还想让露西感谢他的工作。

然后，其余四个人离开了房间，此时只剩下露西和她的爸爸妈妈。

她可怜巴巴地看着父母，想让他们带自己回家。妈妈的嘴唇颤抖着，爸爸只是吸了口气。

“兰迪下午会把你带回圣剑和十字架学院，”他说，“不必那么震惊，亲爱的，医生说你没什么大碍。”

“身体状况还不错。”她的妈妈补充道，但听起来也不太肯定。

爸爸拍了拍她的胳膊说道：“我们周六会来看你的，没几天了。”

露西合上了眼睛。周六……父母探视日。从到圣剑和十字架学院的第一天起，她就一直在盼着这一天，但是现在陶德的死让一切都打上了污点。连爸爸妈妈现在似乎都急不可耐地想要离她而去了。他们自己也无法面对女儿被送到教养学校的事实……他们不过是一般人，露西也没法责备他们。

“休息一会儿吧，露西。”爸爸说完俯下身来，吻了吻她的额头，“昨天晚上对你来说太漫长，太难熬了。”

“可是……”

露西现在真的是精疲力竭了，话没说完她又合上了眼睛。当她再次睁开眼睛时，爸爸妈妈已经站在门口向她挥手道别了。

她从花瓶中抽出一枝花放在自己面前，欣赏着有些干裂的叶子和纤弱的花瓣，花蕊中还残留着些许花蜜。她呼吸着花朵淡雅而馥郁的芳香。

她想着这束花在丹尼尔手中会是什么样子；她想着他是从哪里弄到这些花的；想着丹尼尔买花时都在想什么。

他挑的花还真是特别。佐治亚的湿地是不会生长野芍药的，甚至在桑德博尔特、在爸爸的园子里也没法生长。更重要的是，这些花和露西以前见过的都不一样，花朵大如两个拱成杯状的手掌，而且它的香气让她想起一些此时难以言明的东西。

丹尼尔向她说“对不起”，可是他为什么要道歉呢？

FALLEN

12 · 尘归尘，土归土

暮霭沉沉的黄昏，公墓的空中有几只秃鹫在盘旋。陶德死后的两天，露西一直寝食难安。此刻她穿着一件黑色的无袖衫站在墓园的地势最低处，所有的学生都聚集在这里悼念陶德。好像这一个小时毫无感情可言的仪式就足够安抚陶德的亡灵。由于学校唯一的礼拜堂也被改造成了礼堂，悼念仪式只好在公墓阴沉的湿地中举行。

事故之后学校就被封闭了，教员们对此事也是缄口不言。过去的两天里，露西一直回避着其他学生对她的注视，因为他们都会不同程度地用怀疑的目光看着她。和她不太熟悉的人都对她敬而远之；跟她熟悉的人，比如罗兰德和莫莉，则是大胆地盯着她，那眼神分明是在谴责她的幸存隐藏着什么黑暗的秘密。课堂上她要尽可能地承受别人探寻的目光；夜里她会开心一些，因为潘妮会到她房间给她带来热气腾腾的生姜茶，或者阿伊莲会从门缝下给她塞进一本脏兮兮的漫画。

她仍然时时感到不安，觉得自己是在等待下一次灾难的降临。她此时迫切需要有一些东西来帮她驱散这些感觉。她知道烦心事肯定还会再来，要么是警察，要么是阴影，甚至两者同时造访。

那天早上，广播通知为悼念陶德去世，当天晚上的社交活动取消，下午提前下课一小时，学生们可以回宿舍换衣服参加三点钟的悼念仪式。这话说得就像圣剑和十字架学院的学生一直以来的穿着打扮不像整天参加葬礼似的。

露西从来没有在校园里看到这么多人聚在一个地方。兰迪穿着及膝的灰色百褶裙和黑色的胶底鞋，站在人群中央。眼中噙着泪水的索菲亚老师和捏着手帕的科尔老师穿着丧服站在兰迪身后。特罗斯老师和迪安特教练与一群露西不认识的教职员工和管理人员穿着黑衣站在一起。

学生按照姓名首字母顺序列队站着。露西看到了前排的乔布兰德……就是前几天赢得游泳比赛的那位……正拿着一方肮脏的手帕擦鼻涕。

露西站在姓氏首字母为P的学生中间，但是她能看得见丹尼尔。令她沮丧的是丹尼尔身在G组，而他身边站的正是嘉碧。他穿着一件中规中矩的黑色细条纹外套，头埋得比旁边人都低，背影显得十分忧郁。

露西忽然想起丹尼尔送给她的白色芍药花。离开医院的时候，兰迪没有允许露西把花瓶带走。露西只得把花带回宿舍，用指甲剪把一个饮料瓶的顶部剪掉充做花瓶。花朵的芳香似乎能抚慰露西的心灵，但是它们传递的信息却十分模糊。通常男生送花给你，你不必多想就能知道他们的意思。但是对丹尼尔，做上述的假设就显得有些自以为是了。更保险的猜测是丹尼尔送花给她完全是出于正常人对普通朋友受伤后的关怀。

但他的确是送花给她了！露西坐在折叠椅上，如果她把身子稍微前倾，朝宿舍的方向张望，透过左边第三个窗户的铁栏杆，她几乎都能看到白色的花朵。

“你流汗方得食物，”领时薪的牧师在人群前方用颤抖的声音念着悼词，“直至你回归尘土。因为你来自尘土，你也必归于尘土。”

那是一位70多岁的消瘦男人，穿着一件宽大的黑色夹克，破旧的运动鞋鞋带有些磨损，脸庞凹凸不平似乎饱经风霜。他对着一个连在破旧的塑料收录机上的麦克风念着悼词。那个收录机看上去像是80年代的物件，里面传出的声音有些扭曲，音量也不够，人们根本无法听清。

这场悼念仪式上的一切都做得不到位，甚至有些不靠谱。

仪式上的大部分人心中根本没有对陶德表现出哀思之情。整场仪式的目的好像就是要告诉学生们人生会是多么不公平！学生们也没能瞻仰陶德的遗容，这更显得陶德和学校之间的关系是多么的疏松平常。没人认识他，也没人想要去认识他。今天站在这里的是一群虚伪的人，那几声零星的啜泣令一切显得更加虚伪。这场景让露西觉得，陶德对她而言更像是一个陌生人。

让陶德安息吧，毕竟其余的人还要继续前行。

一只白角的猫头鹰蹲在高高的橡树上。露西知道它的巢就在附近，巢里还有一窝新生的猫头鹰宝宝。这一周以来，每天夜里她都能听到猫头鹰妈妈凄厉的叫声，与之呼应的是刚结束夜间捕猎归来的猫头鹰爸爸那挥动翅膀的声音。

悼念仪式就这样结束了。露西从椅子上站起身来，如此的不公平令露西感觉虚弱。陶德是无辜的，就像露西罪孽深重一样，这是不争的事实。虽然露西不明白导致这一切的原因是什么。

她正要跟着其他的学生去往所谓的招待会，一只手揽住了她的腰身把她拉了回来。

是丹尼尔吗？

可惜不是他——是凯姆。

他的绿眼睛在她的眼神中搜寻着，似乎捕捉到了那一丝失望，这让露西的感觉更加糟糕。她咬着嘴唇，没有让自己的啜泣发出声音。见到凯姆她不应该哭泣啊！只是她的感情几乎已经耗尽，正在崩溃的边缘徘徊。露西还在使劲地咬着嘴唇，口中已经有了血腥的味道，她用手摸了一下嘴唇。

“嘿。”凯姆抚摸着她的乌发。她轻皱眉头……后脑勺撞在台阶的地方还肿着呢。“想不想找个地方散散步？”

他们和其他人一起穿过草地朝着一棵橡树走去，招待会就在那棵大树的树荫下举行。一堆椅子叠放在一起，摆在树下，旁边的折叠桌上摆放着已经拆了包装的点心，不过看上去不太新鲜。一个廉价的宾趣酒盅里盛着红色糖浆样的液体，招来了不少苍蝇，效果和死尸差不多。真是一场可悲的招待会，少有学生会自找麻烦跑来参加。露西看见了穿着黑色裙装的潘妮正和管理者握手。丹尼尔没有注意他们，他正在和嘉碧窃窃私语。

露西转过身来面对着凯姆。他的手指轻轻滑过她的锁骨，放在她的脖子上。露西吸了一口气，感觉皮肤上泛起了一层小疙瘩。

"如果你不喜欢项链，"他俯身贴近她，"我可以去找其他的东西。"

他的嘴唇贴得那么近，几乎就要擦到她的脖颈。露西轻轻推开了他的肩膀，往后退了一小步。

"我很喜欢。"露西说着这话，心里想到那个盒子还放在她的书桌上，就在丹尼尔送给她的芍药花旁边。她夜里就来回地看着那两样东西，权衡着这两样礼物的分量和它们背后的心意。凯姆的心意明显得多，很容易弄明白。打个比方说，凯姆是代数，而丹尼尔就是微积分。她向来比较喜欢微积分，有时候你得花上一个小时才能证明一个命题。

"那条项链很漂亮，"她对凯姆说，"我只是还没找到合适的机会戴。"

"抱歉，"他微微撅了撅嘴，"我不应该逼你的。"

他的头发捋到了脑后，露出比平日更多的脸庞。这让他看起来比实际年龄更老成、更成熟。他看她的眼神是那么热切，那双碧绿的大眼睛努力地想要读懂她，像在认同她隐藏其间的所有秘密。

"索菲亚老师一直说这几天要多给你一些空间。我知道她说得没错，你真的经历了太多。但是你应该知道我有多想你。无时无刻不在想你，想见到你。"

他用手背抚摸着露西的脸颊，露西的眼泪不知不觉涌了出来。她确实经历了太多了。待在这里她感觉糟糕透了。她真的很想哭泣，却不是为了陶德。他的死确实令她动容，其实本应该让她更加在乎，但是她的哭泣是为了很自私的原因。过去两天，太多回忆死灰复燃：特雷佛，以及来到圣剑和十字架学院之前的惨痛记忆，她原本以为自己能独自面对这些事情，直到发现自己永远也无法向任何人解释。现在，她有更多需要与之战斗的阴影了。

凯姆似乎感受到了露西的心情，至少他感觉到了一部分。他把露西揽进了怀里，把她的头贴在他宽阔结实的胸膛上，抱着她轻柔地摇动着。

“没关系的，一切都会好起来的。”

或许她不必向凯姆解释什么。她的心中越是迷乱，凯姆就越是显得可靠。如果就这样依偎在一个关心她的人的怀抱中、让他简单的关怀给自己短暂的平静和温馨那该有多好……

被人拥在怀中的感觉真好。

露西不知道如何才能挣开凯姆的怀抱。他一直对她体贴入微，而且她也的确喜欢他，可是总有些原因让她有负罪感。凯姆开始有些让露西反感了。他如此完美，随时愿意伸出援手，他就是她需要的一切。只可惜……

只可惜他不是丹尼尔！

忽然有人从她肩膀后面举过来一块纸托的蛋糕。露西一眼看出修剪得那么漂亮的指甲肯定是嘉碧的。“需要饮料的话那边有宾趣酒，”嘉碧说着递给了凯姆一个蛋糕。他怒目瞪着蛋糕上蒙着的一层糖霜。“你还好吗？”嘉碧问道。

露西点点头。这是嘉碧第一次出现在露西需要有人帮她脱离苦海的时候。她们相视一笑，露西举起蛋糕以示谢意。她咬了一小口……真甜。

“宾趣酒，听上去蛮不错的。”凯姆笑了，尽管是咬牙切齿地笑，“你干吗不去给我们拿两杯过来，嘉碧？”

嘉碧对着露西转转眼珠说："男人啊，你帮他做点儿什么，他就会把你当奴隶使唤。"

露西笑了。凯姆有些失态，但是露西很清楚他想做什么。

"我去拿些喝的。"露西准备去呼吸些新鲜空气，她说完朝桌子边的宾趣酒盅走过去。她正在驱赶盘旋在酒盅上的苍蝇，有人在她耳边轻轻地说了一句："想不想离开这里？"

露西转过身来，准备找些理由对凯姆说不。她现在不能走，更不能和他一起走。但那个用大拇指碰了碰她手腕的人并不是凯姆。

是丹尼尔。

她有些飘飘然。再过十分钟就到了每周三的电话时间，她已经等不及想听到凯莉或者爸爸妈妈的声音了。她想谈论一下铁门之外的世界，而不是刚刚过去的两天所发生的事。

现在要离开吗？和丹尼尔一起？尽管心存疑虑，她还是下意识地点了点头。

如果凯姆看见他和丹尼尔一起开溜，他肯定会恨她的，而且他现在一定正在看着她。她几乎能感觉到凯姆的目光盯在自己身上。但是她必须要走。她握住了丹尼尔的手说："走吧。"

以往任何时候，只要他们一有接触，在那瞬间的温度转化为热量之前，不是有事故发生就是其中一方要走人，而且通常是丹尼尔。但这次却不一样。露西看着丹尼尔的手紧紧地攥着她的手，她的整个身体都渴望更多的接触、更多的热量、更多的兴奋。这简直就像是梦中的情景。她已经感觉不到自己脚步的移动，他的触摸占据了她全部的感官。

似乎就在眨眼之间，他们已经到了墓地门前。俯瞰远处，悼念仪式已经淡出视野，被他们抛在了身后。

丹尼尔突然毫无征兆地停下了脚步，松开了她的手。她浑身颤抖，又感到一丝寒意。

“你和凯姆，”他话到嘴边欲言又止，似乎是在向露西提问，“你们经常在一起吗？”

“听起来好像你不喜欢。”她说完便觉得和他开这种玩笑有些愚蠢。她其实只是想打趣他那种吃醋的语气，但是他的表情和语气是那么严肃。

“他不是，”丹尼尔说。他看着一只红尾雕停在了他们头顶的橡树枝上，“他配不上你。”

露西曾经千百次地听过别人对她讲这句话。每个人都会这样说……“配不上”。但是这句话是从丹尼尔的口中说出的，听起来非常重要，甚至是千真万确、意义重大，而不像她过去听见的那样模糊而又没有分量。

“哦？那么，”她轻声问道，“谁配得上呢？”

丹尼尔双手放在腰间，自顾自地笑了很长时间，“我也不知道，”他终于开口了，“这个问题很棘手。”

这可不是露西想要的答案。“配得上我，”她把手塞到了口袋里，因为她害怕自己会情不自禁地伸手去拥抱他，“好像也没那么难。”

丹尼尔的眼神看上去像是情绪低落了，他眼中的紫罗兰色渐渐退去，瞬间变成了深沉幽暗的灰色。“很难，”他说，“是很难。”

他揉了揉前额，拨动了一缕头发。就在这一瞬间，露西看到了他前额的伤痕！伤疤正在愈合，但是露西还是能看得出那是新伤。

“你的前额怎么了？”她问道，一边向他靠近。

“我不知道，”他嘟囔着，把她的手推开。他用的力气不小，露西踉跄了一步，“我不知道这伤从哪儿来的。”

他看上去比露西还要忐忑不安，这让她很惊讶。不过是一处小小的擦伤而已。

他们身后传来了脚步声，两人同时惊异地转过身去。

“我告诉你我没见过她。”是莫莉在说话，她一面推开凯姆的手，一面向墓园的山坡走了过来。

“我们走吧。”丹尼尔说道，这和露西心中的想法不谋而合。她紧张地看了丹尼尔一眼，便已经非常确信他心中所想。

丹尼尔一动身，她就知道他们要去哪里……体育馆背后的那片树林。就像她以前从没见过丹尼尔跳绳，却知晓他的姿势；就像她在见到他的额头之前就知道那里有一处擦伤。

他们迈着同样的步伐，每一步迈出的距离几乎都一样。他们每一步都同时踏在草地上，直到他们到达森林。

“如果你和同一个人多次去同一个地方，”丹尼尔几乎是在自言自语，“那个地方就不再属于你一个人的了。”

露西笑了笑，几乎有些受宠若惊，因为她意识到丹尼尔这话是说他以前从未和其他人一起来过这里……只有她。

他们穿过树林时，大树的阴影罩在她裸露的肩上令她感到一丝寒意。这里的气息一如过往，就如同大部分的佐治亚森林：橡树根的味道总是让露西联想到阴影，但现在这气息更令她想到丹尼尔。经历了陶德的事情之后，不论在哪里，露西都没有什么安全感。在丹尼尔身边却不同，露西觉得这几天来她第一次畅快地呼吸。

她不得不相信他带她重游故地是因为他上次离开得实在太突然，似乎他们需要第二次机会让一切重新来过。可怜她的第一次约会，露西就被撂在了一边。丹尼尔肯定也感觉自己的表现很糟糕。

他们来到了木兰树下，在那儿可以眺望湖面。夕阳正从森林的边缘缓缓西沉，在湖面上撒下金色余晖。傍晚时分，一切都那么不同寻常，整个世界仿佛都在闪耀。

露西看着水面，而丹尼尔靠在树上静静地看着她。她走到他身边，站在树叶和花朵下面。在这个时节它们应该早已枯萎凋谢，但此时看起来却依然如同春季那样纯净和新鲜。露西尽情地呼吸着芬芳，感觉与丹尼尔如此贴近，她喜欢这种感觉。

“我们这次的打扮不太适合游泳。”他指着露西的黑色长裙说道。

她抚摸着膝盖上的金属镶边，想着妈妈如果知道她为了和一个男孩一起跳水就糟蹋掉这么好的一条裙子肯定会抓狂的。“或许我们可以泡泡脚？”

丹尼尔指着那条通向水面的红色石子路。他们爬过丛生的芦苇和湖边的水草，用橡树枝当做探路棍。湖面看上去那么澄净，平静的波浪，她感觉简直可以在上面行走。

露西踢掉脚上黑色的芭蕾舞鞋，用脚尖踢了踢满是莲花的湖面。湖水比前两天更冷。丹尼尔拾起一丛水草，开始编织着。

他看着她。“你有没有想过离开这里？”

“我一直都想离开。”她哀叹了一声，心想丹尼尔肯定也是这么想的。她当然想尽量远离圣剑和十字架学院。任何人都会这样想的。但她还是努力不要想着逃离学校，不要幻想和丹尼尔一起逃脱。

“不。我是说，你有没有真正考虑过去其他地方？比如问你的父母可不可以转学。圣剑和十字架学院看上去真的不太适合你待。”

露西面对着丹尼尔在岩石上坐下，把脚从水里抽了出来，抱住了自己的膝盖。如果他是在说她在一群社会渣滓里都是被排斥的一员，她真的觉得自己受到了侮辱。

她清了清嗓子。“去其他的地方太奢侈了，我承受不起。圣剑和十字架学院应该是我最后的归宿了。”

“别这么说。”

“你不会明白的。”

“我明白。”他叹了口气说，“但人生总会有下一站的，露西。”

“你说得太远了，丹尼尔。”她感觉自己的声音提高了许多，“但是如果你很想摆脱我，那我们现在在做什么？没人让你把我拽到这儿来。”

“是没人。你说得对。我是说你不像是这里的人，你应该有更好的归宿。”

露西的心狂跳着，尽管只要丹尼尔在身边时就会这样，但是这次却不同以往。这番场景让她汗水直流。

“来这里的时候，我对自己发誓，我不会告诉任何人我的过去，或是我为什么才被丢到这里。”

丹尼尔低下头，把头埋在掌心中，“我现在谈论的事情和发生在那个家伙身上的事情没有关系。”

“你知道他？”露西的脸色乍变。不！丹尼尔怎么会知道？“莫莉对你说了些什么？”可是她知道为时已晚。是丹尼尔发现了她和陶德。如果莫莉已经告诉了丹尼尔，露西和另外一个男孩在火中丧生也有关系的话，她根本无法解释。

“听着，”他抓起她的双手，“我现在所说的事情和你过去经历过的那件事情没有任何关系。”

她很难相信，“那么和陶德有关了？”

他摇了摇头说：“和这个地方没有关系，是和另外一些事情有关……”

丹尼尔的触摸触动了她心中的另一些事情。她想起了那天夜里的阴影。自从她到学校之后，它们发生了剧烈的变化，从偷偷摸摸的威胁到明目张胆的恐吓。

她疯了！——丹尼尔肯定是这样想的。或许他曾经觉得她很可爱，但他内心深处更明白她有心理障碍，因此他才想让她离开，他更不会冒险和她这样的人在一起。如果丹尼尔是这样想的话，那他对自己根本就是一无所知。

“或许这和陶德死的时候我看见的那些阴影有关系？”她希望这番话能令他震惊。她的本意不是要吓唬丹尼尔……她终于要向某人和盘托出了。反正她也没有什么可失去的了。

“你说什么？”他一字一顿地说道。

“哦，你知道的。”她耸了耸肩，想要淡化她刚才所说的一切，“差不多每天都会有一次，那些黑暗的东西会来造访，我叫它们阴影。”

“不要装可爱了。”丹尼尔说。尽管他的语气刺痛了露西，但他是对的。她那种若无其事的语气听起来太假了，她自己都有些厌恶。但是她应该告诉他吗？她能这样做吗？他点点头示意她继续。他的眼神似乎在安抚露西，让她的话从内心深处慢慢流泻而出。

“已经十二年了，”她浑身颤抖着，最终还是向他坦承了一切，“过去只是在夜里，当我靠近水域或树林的时候。可是现在……”她的手在颤抖，“它们似乎无处不在。”

“它们做了些什么？”

她本以为他只是在和她开玩笑，或是让她继续讲话直到他能够找到机会开她的玩笑。可是他的声音变得嘶哑，脸上也没有了血色。

“通常他们都会先出现在这里。”她把手伸到丹尼尔的颈后，挠着他的脖子向他解释。她并不是想接触他的身体，而是她只能想到这个方法向他解释。尤其是在阴影也已经开始这样碰触她的身体之后。

丹尼尔没有退缩，她继续说了下去。“有时候它们真的得意妄为，”她挪了挪膝盖，把手放在他的胸前，“它们会直接冲撞我。”现在露西就对着他的脸庞。她的嘴唇颤抖着，从没想过自己会对一个人如此坦白地讲这些可怕的事情，更不用说是丹尼尔了。她的声音逐渐变成了呢喃，“最近它们越来越不满足了，”她哽咽了，“直到夺去一个人的生命，把我撞倒在地。”

露西说完，轻轻地推了推他的肩膀。她根本没想到，这轻轻的一触竟然把丹尼尔推倒在地。

他倒了下去，吓了露西一跳。露西也意外地失去了平衡，直接倒在了丹尼尔身上。丹尼尔平躺在地上，圆睁双眼看着露西。

她本不该告诉他的。现在她就这样躺在他怀里，她刚刚吐露了自己内心最深处的秘密，这些秘密真的让她成了人们眼中的疯子。

此情此景，她怎么还会如此迫切地想要吻他呢?

她的心跳快得出奇。随后她才意识到，她此时正感受着两个人的心跳，两颗紧贴在一起的心脏的跳动仿佛一番绝望的对话，难以言喻。

“你真的看到它们了？”

“是的。”她低声答道，想要让自己的思绪恢复正常，可她不愿、也无法离开丹尼尔的怀抱。她想要读懂他的心思……正常人会如何看待这样一番告白。“让我猜猜，”她忧郁地说道，“你现在确定我该转学了吗？转到疯人院去。”

他从她身下抽出身来，留下她一人趴在地上。她的视线向上掠过他的双脚，他的双腿，他的躯干，他的脸庞，而他盯着森林发呆。

“以前从来没有发生过这种事情。”他自言自语道。

露西站起身来。这样一个人躺着真是屈辱。更过分的是，他似乎根本没有在听。

“什么从来没有发生过，在什么之前？”

他转过身来把她的脸捧在手中。她屏住了呼吸，他靠得好近。他的唇也如此贴近。露西轻轻掐了一下自己的大腿，这次真的不是梦，她十分清醒。

可他几乎是强迫着自己放开了露西。他站在她的面前，快速地呼吸着，双臂僵硬地垂着。

“把你看见的再告诉我一次。”

露西转过脸，面对着湖面。湛蓝的湖水泛起涟漪，轻触湖岸，她真想一跃而入。上次丹尼尔正是这么做的，而她为什么不可以呢？

“你知道了会受惊吓的。”她说，“但我坐在这儿和你讨论我是不是彻底疯了，这并不会让我开心。”*尤其是对你*。

丹尼尔没有回答，但是她能感觉他的目光落在自己的身上。她终于鼓起勇气直视着丹尼尔，他的眼神变得十分奇怪，烦扰而悲哀。他的眼角下垂，灰色的眼眸中带着露西从未见过的伤感。她觉得自己似乎让丹尼尔失望了。但这是她的可怕自白，为什么丹尼尔却是那个心碎的人呢？

他走到她面前，俯下身子，直到他的眼睛正对着她的双眼。露西几乎无法承受了，但她也动弹不得。如果需要有一个人来打破平静的话，那么那个人肯定是丹尼尔。他靠得离她更近了，他把头偏向一边闭上眼睛，轻启双唇。露西几乎失去了呼吸。

她也闭上了眼睛，也偏过了头，也张开了嘴唇。

等待着。

她一直期待的那一吻却没有到来。她张开眼睛，什么都没有发生，耳边只有树枝的窸窣声。丹尼尔走了。她叹了口气，心头一沉，却没有丝毫惊异。

奇怪的是她似乎能看穿丹尼尔离开的路径。就像她是一名猎手，能追寻着一片树叶飘零的踪迹，让它带着自己去寻找丹尼尔。只可惜她并非那种能人。丹尼尔在她心中留下的踪迹似乎更明显，却也更难以捉摸：似乎有一道紫罗兰色的光芒照亮了他离开森林的小径。

那光芒就像她在图书馆大火那天夜里看见的一样。她看着眼前的一切，扶着岩石让自己站稳，又朝别处张望了一番。她揉了揉眼睛、回神来看……一切如初。可现在她似乎是带上了一副高度眼镜，眼前的一切，橡树、树根、甚至枝头鸟儿的吟唱都摇摇晃晃。不只是摇晃，眼前的一切似乎都蒙上了一层淡淡的紫罗兰色光晕，还伴着低沉的吟唱声。

她回头四下看了看，害怕面对它，害怕它代表的深意。她身上正发生着诡异的事情，她却不能告诉任何人。她努力地想要把注意力集中在湖面，但是连湖面都变得昏暗、难以捉摸。

丹尼尔已经离开了，此时的她又是孑然一身。这是他的地方，露西不太认识路。太阳终于消失在山峰的背后，湖面变成了昏暗的灰色。露西壮起胆子朝森林看了一眼。她的呼吸哽咽了，不知是该失望还是该宽慰。这片森林和其他森林没什么区别，没有闪烁的光芒和紫红色的低吟，更没有丹尼尔曾经身在其中的迹象。

FALLEN

13 · 深深感动

露西听见她的跑鞋踏在人行道上的声音。潮湿的风吹动着她黑色的T恤，吹起一阵沥青的气味。但当她伸出双臂紧紧拥抱站在圣剑和十字架学院的大门旁边的两个人时，这一切都已不再重要了。

能拥抱父母从未令她如此高兴。

几天以来，她一直后悔在医院时彼此之间是那么冷酷和疏离，她决意再也不要犯那种错误。

露西扑到爸爸妈妈怀里，把他们俩撞得都有些踉跄。妈妈咯咯地笑着，爸爸摆出他惯有的硬汉模样拍着她的背，脖子上还挂着那台笨重的相机。他们站直了身体，双手搂着她的肩膀把自己的女儿看了个仔细。

他们看上去想好好看看她的脸，但是他们一看，脸色却沉了下来……露西哭了。

“亲爱的，怎么了？”爸爸抚摸着她的头问道。

妈妈摸索着她的蓝色大手袋找面巾纸。妈妈瞪大了眼睛，把一张面巾纸递到了露西的鼻子下，“我们在这儿呢。一切都很好，对吧？”

不，一切都不好！

“你们那天为什么不带我回家？”露西问道，又感觉到了气愤和受伤，“为什么你们又让他们把我带回去？”

爸爸面色苍白。“每次我们和校长谈话的时候，他都说你现在做得很好。只是嗓子被烟熏得有些沙哑，还有头后面磕了个包而已。我们觉得就是这样，没有什么大不了的。”他说完舔了舔嘴唇。

“还有什么其他的吗？”妈妈问道。

父母的眼神交流让露西明白了他们已经为此争执过了。妈妈肯定会请求早点儿再来探望露西，而爸爸爱她的方式可能更加固执，不会同意这样做。

没法跟他们解释那天晚上到底发生了什么，还有从那之后她到底经历了什么。那天出院后，她径直回去上了课，尽管这不是她自己的选择。身体上她基本没有问题，可是情绪、心理、感情上她早已心力交瘁了。

“我们只是想尽量遵守学校的规矩。”爸爸解释道，一边用大手捏着她的脖子，他的力气让她整个人都随着爸爸的动作摇晃着，让她感觉站着有些不太舒服。但是她已经那么久没有和自己爱的人那么亲近了，她也不太想挪动身体。“因为我们只想着那样对你是最好的，”爸爸又补充了一句，“我们必须要对这些人有信心。”他挥手指了指校园里的建筑，就像他们代表了兰迪、乌戴尔校长和其他的员工，“他们知道自己在说些什么。”

“他们才不知道。”露西看了一眼那些阴郁的建筑和空旷的操场，迄今为止，这学校还没有一样事情算得上靠谱。

今天是所谓的“父母探视日”，他们大做文章，好让学生们觉得见到自己的父母是受了天大的恩惠。

虽然露西的爸爸妈妈在午餐前十分钟才赶到，却是第一个把车停到停车场的。“这地方简直就是个笑话。”她的话听起来很是愤世嫉俗，爸爸妈妈不禁又交换了一个忧虑的眼神。

“露西，亲爱的。”妈妈一边说着一边抚摸着她的头发。露西感觉妈妈还是不习惯自己的短发，因为她的手指一直抚摸到她的头发原来垂及的地方，可能这是出于母性的本能。“我们只想和你开开心心地度过这一天，爸爸给你带了最爱吃的东西。”

爸爸掏出一个彩色的包袱和一个公文箱样的东西。野餐对露西一家人来说是一件相当闲适的事情。通常把杂货店的纸包和一条旧床单扔到屋外的草地上就行了。

“腌秋葵！”露西一瞬间又变成了当年的小露西。爸爸妈妈真是花了心思！

爸爸点了点头。“还有香甜茶，白乳酪饼干，墨西哥胡椒配干酪……你喜欢这么吃的。哦，还有一样东西。”

妈妈从手袋里掏出一个厚墩墩的、封了口的红信封递给了露西。一瞬间露西觉得有一种心疼的感觉啃噬着她的心灵。这是她过去常常收到的邮件……*精神病杀手，死神女孩*。

但是她一看信封上的字体不由得笑逐颜开……是凯莉。

她撕开信封，抽出一张卡片。卡片的封面是一张黑白照片，上面有两个正在剪头发的老太太。卡片上的每一寸空间都布满了凯莉硕大的字体，还横七竖八粘着许多便笺纸。很显然，卡片上不够她写的了。

亲爱的露西：

上次我们的电话时间显然不够用（你能不能请求他们多批点儿时间。这也太不公平了。）还是按老规矩来吧，我现在又得开始写信了。在这里面你能找到过去两周和我有关的所有鸡毛蒜皮的小事，不管你喜欢不喜欢。

露西把信封抱在胸前笑个不停，等到爸爸妈妈一离开，她就要把这封信的内容囫囵吞掉。凯莉没有忘记她，爸爸妈妈也陪在她的旁边。露西已经好久没有感觉到被人疼爱了。她紧紧地握住了爸爸的手。

一阵突如其来的铃声把爸爸妈妈吓了一跳。“午餐铃而已。”露西解释之后，他们才松了口气。“跟我来，我想让你们见一个人。”

他们穿过滚烫的停车场朝操场走去。父母探视日的开放活动都在那里举行。露西开始以父母的眼光审视校园。她重新注意到综合办公室的屋顶，体育馆边上熟透的桃子腐烂的味道。墓地大门被橘红色的锈迹覆盖的样子。露西意识到这几周以来，她已经开始习惯圣剑和十字架学院这些扎眼的东西了。

爸爸妈妈看上去是吓坏了。爸爸指着缠绕在操场入口锈迹斑斑的铁门上那一丛枯萎的藤蔓说道："那是夏敦埃葡萄。"他紧皱着眉头，作为一个生物学教授，看到植物受罪他心中也不好受。

妈妈双手将手提包紧紧搂在胸前，双肘抬高。这是她感觉四周可能会有劫匪时惯用的防御姿势。他们还没看见红色呢！爸爸妈妈向来都强烈反对露西去做一些诸如视频聊天之类的小事，他们肯定会反感露西在学校始终处于摄像头的监控之下。

露西不想让爸爸妈妈知晓圣剑和十字架学院的种种劣迹恶行，因为她自己已经知道该如何应对了，有时甚至会与之进行斗争。就在前几天，阿伊莲给她上了一堂反侦查课，她领着露西在校园里转了一圈，把所有报废的红色都指给了露西。它们之所以报废或是因为电池耗尽、或是因为电池被悄悄换掉了。这样一来校园里就出现了若干红色的死角。爸爸妈妈当然没必要知道这些，他们只需要陪着露西度过这美好的一天就足够了。

潘妮正坐在看台上晃悠着双脚，手中捧着一盆菊花，露西已经和她约好中午在这里碰头了。

"潘妮，这是我的爸爸妈妈，哈里和多琳 · 普莱斯。"露西又指着潘妮说，"爸爸妈妈，这是……"

"潘妮薇瑟 · 凡 · 西克尔–洛克伍德。"潘妮抢先一步自报家门，一本正经地捧上了那盆菊花。"感谢你们让我加入你们的午餐。"

露西的爸爸妈妈毕竟是识大体懂礼节的人，虽然露西没时间跟他们解释潘妮的家庭情况，但他们也没有盘问潘妮的家人，只是微笑着欢迎她的到来。

今天又是一个阳光和煦、天朗气清的日子。图书馆门前翠绿的垂柳在微风中摇摆着。露西领着爸爸妈妈来到了一处柳枝遮挡了大火烧毁的窗户和烧焦痕迹的地方。当爸爸妈妈在干燥的草地上铺床单时，露西把潘妮拉到了一边。

“你还好吧？”露西问道，因为她知道如果是自己要度过一个向所有人的父母致敬，而唯独不包括自己的父母的日子，她肯定会需要有人拉她一把。

令她惊奇的是，潘妮欢快地点了点头。“这已经比去年好很多了！”她说道，“这一切都得感谢你啊！你要是不来的话，我又得孤零零一个人了。”

这番恭维让露西很诧异，她四下张望了一番，想看看其他人都有些什么活动。虽然停车场还有很多空位，但是父母探视日已经悄然热闹了起来。

莫莉就坐在旁边的一张毯子上，夹在一对长相凶悍的男女中间，正饥饿地啃着一只火鸡腿。阿伊莲蹲在看台上，正和一个染着亮粉色头发的朋克女孩咬耳朵。那女孩的年纪看上去像是阿伊莲的姐姐。她们两人瞥见了露西，阿伊莲朝露西挥了挥手，冲着她一通坏笑，然后又回身去和那个女孩继续低声交谈。

罗兰德被一大家子人团团围住，他们有说有笑，还有几个孩子在相互抛掷食物。本来这一家人其乐融融的，可是忽然有人抛出了一个玉米棒，差点儿砸中了正在操场上散步的嘉碧。嘉碧自然是冲着罗兰德一通咆哮。她挽着一个长者，看上去像是她的爷爷。嘉碧拍了拍爷爷的手肘，又朝着草地上的一排椅子走了过去。

丹尼尔和凯姆偏偏不见了踪影。露西想不出他们俩的家人会是什么样子。虽然在湖边丹尼尔又一次弃她而去令她又羞又气，但她还是迫切地想见到和丹尼尔有关联的人。可再一转念想到丹尼尔那页薄薄的档案，露西不禁怀疑他是否还和家人有联系。

妈妈把干酪片放到了四个盘子里，爸爸往干酪上抹了些新鲜的胡椒面。一口咬下去，露西口中顿时像是燃起了烈焰，但她就是喜欢这种刺激的感觉。露西就是吃着这个长大的，但潘妮对这种典型的佐治亚菜式显然有些陌生。腌秋葵的样子更是令潘妮瞠目结舌，她咬了一小口之后，立即惊喜地冲着露西笑了。

爸爸妈妈带来了露西喜欢的所有食物，甚至还有家里街道药店的核桃仁糖果。他们在露西的两旁开心地咀嚼着。想必他们此刻很庆幸口中满是食物而不是关于死亡的议论。

露西应该享受和他们相处的时间，大口地喝下她钟爱的佐治亚甜茶，但是她却感觉自己像是个冒牌的女儿，在这里假装美妙的午餐在圣剑和十字架学院是家常便饭。这一天真是太虚伪了。

一阵短促微弱的掌声把露西的注意力吸引到了看台上，只见兰迪正站在那位露西从未谋面的乌德尔校长身边。露西只是从学校大厅里悬挂的那幅模糊的画像里认出了他的模样。校长的尊容可真是不敢恭维，由此看来那位画家对乌德尔校长还真是既仁慈又慷慨。潘妮已经告诉过她这位校长每年只在校园里露一次面——就是在家长探视日这天——从不例外。除此之外，他终年窝在泰碧岛的豪宅里过着隐士般的生活，即使有学生在学校里丧命，他也绝不踏出家门半步。这位校长的面颊耷拉得几乎遮住了下巴，一对牛眼望着人群，看上去却没有注视任何事物。

站在他身边的兰迪穿着白色的丝袜，双手叉腰，脸上的微笑似乎是粘上去的。校长拿着方巾不停地擦拭着额头上的汗水。这两位今天都戴上了一副假面孔，看上去像是消耗不少体力。

"欢迎光临圣剑和十字架学院第159届年度家长日。"乌德尔校长对着麦克风喊道。

"他是在开玩笑吗？"露西对着潘妮耳语。很难想象"家长日"的历史竟能追溯到南北战争之前。

"明摆了是打印错误。我早就告诉过他们给他配副新眼镜。"

“我们为今天安排了丰富多彩的活动内容，首先是休闲午餐……”

“通常他会讲个十九分钟。”潘妮对露西的爸爸妈妈说道，他们怔住了。

露西越过潘妮的肩膀用嘴形说道：“她开玩笑的。”

“接下来各位可以选择自己喜欢的项目。我们学校的生物学家约兰达·特罗斯小姐会在图书馆为大家奉献一场别开生面的演讲，主题是校园中的萨瓦纳当地植物生态。迪安特教练会在草坪上安排家庭间的友好竞赛。斯坦利·科尔先生会带领诸位游览英雄的墓地。今天将会是忙碌的一天。”乌德尔校长蹩脚地笑了一笑，露出一大排牙齿。“当然，之后各位是要参加考试的。”

这正是那种为了博得来访家庭成员们礼节性一笑而讲的陈腐乏味的蹩脚笑话。露西冲着潘妮转了转眼珠。这种为博大家善意一笑的举动真是令人万分沮丧，也令所有人到此来的目的显得愈发明显……家长们到这里来只是为了安慰自己，能够放心地把孩子交给圣剑和十字架学院的教职员工们。普莱斯一家人也笑了，但是爸爸妈妈一直看着露西，希望能从她身上得到一些提示，好知道究竟该如何举动。

午餐之后，其他家庭都收起了野餐的装备挪到了更隐秘的角落里。露西感觉几乎没有人真的想去参加学校组织的所谓的活动。没人跟着特罗斯老师去图书馆，目前为止只有嘉碧和她爷爷参加了穿口袋跳的游戏。

露西不知道莫莉、阿伊莲和罗兰德和他们的家人躲到了什么地方，而且她仍然没有发现丹尼尔的踪迹。但她知道如果爸爸妈妈既不参观校园又不参加活动肯定会失望的。科尔老师的游览活动看上去似乎没那么糟糕，于是露西提议他们收拾东西跟随科尔老师去墓地的大门。

他们正要出发，阿伊莲忽然从看台上跳了下来，像运动员跳下平衡木一样落在了露西爸爸妈妈的面前。

“你们好啊……”她带着唱腔向露西的爸爸妈妈问好，把她疯婆子的本色展现得淋漓尽致。

“爸爸，妈妈，”露西攀着他们俩的肩膀介绍道，“这是我的好朋友阿伊莲。”

“这位是，”阿伊莲指着那个高个子、亮粉色头发、正朝他们缓缓走来的女孩说，“我的姐姐，安娜贝尔。”

安娜贝尔没有去握露西伸出的手，而是一把将她揽进了怀里紧紧地拥抱。露西感觉两人的骨骼顶在一起，硌得生疼。这个热情的拥抱持续的时间出乎意料地长久，好在露西快要感到窒息的时候，安娜贝尔适时地松开了她。

“见到你们太开心了。”她捉住露西的手说道。

“我也一样。”露西说话间瞥了瞥阿伊莲。

“你们是要跟着科尔老师去参观吗？”露西问阿伊莲，她这时也在像看疯子一样看着安娜贝尔。

安娜贝尔刚想开口，就被阿伊莲打断了，“当然不是。”她说道，“这些活动都是给白痴准备的。”阿伊莲无辜地看了看露西的爸爸妈妈，“无意冒犯。”

安娜贝尔耸了耸肩膀，她被阿伊莲拽走的时候，还不忘对露西喊上一句：“或许我们待会儿再去找你们吧。”

“她们人不错。”妈妈试探性地说，这代表她希望露西稍微解释一下。

“嗯，那个女孩怎么那么喜欢你？”潘妮问道。

露西看了看潘妮，又看了看爸爸妈妈。难道真要让她在他们面前辩解怎么会有人喜欢吗？

“露仙达！”科尔老师在空无一人的墓地门口冲着她招手喊道，

“这边！”

科尔老师和露西的爸爸妈妈热情地握了手，甚至还捏了捏潘妮的肩膀。露西很难确定她是该为科尔老师参加家长日活动而郁闷，还是应该赞叹他竟能装出如此虚假的热情，可他一开口就让露西目瞪口呆了。

“我这一年都在为这一天而练习呢，”他小声地嘀咕着，“为这个带学生们出来呼吸新鲜空气并向他们阐释此处伟大奇迹的机会练习。哦，我太爱这一天了。在教养学校里，这是最接近实地考察的活动了。当然，往年从来没有人来参加我的导游活动，你们这一来可以算是为我剪彩了。”

“那我们实在是太荣幸了。”露西的爸爸用他低沉洪亮的声音说道，同时对科尔老师报以灿烂的一笑。露西立即觉察到爸爸这样做并不只是出于他对南北战争话题的热爱，而且也是由于他认同科尔老师的正直。据露西所知，爸爸是最善于判断一个人的品性的。

两个男人已经沿着山坡朝着墓地的入口走去，妈妈将午餐篮子放在了大门口，又朝着露西和潘妮粲然一笑。

科尔老师挥了挥手让他们集中注意力，“首先，说些琐事。”他扬了扬眉毛继续说道，“你们先猜猜这墓地里最古老的东西是什么？”

露西和潘妮赶忙像在课堂上那样本能地低头看脚，以免遇见科尔老师的眼神。露西的爸爸则踮着脚尖观望着那些大型雕塑。

“这是个陷阱问题！”科尔老师拍了拍那扇锈迹斑斑的雕花铁门说道，“大门的前半部分是这里原先的主人在1831年建造的。据说主人的妻子埃拉曼娜有一座美丽的花园，她想建些屏障以防珍珠鸡糟蹋她的西红柿。”说到这里，科尔老师轻声笑了笑，“就建在了水沟前方。那是战前的事情了。我们往前走吧！”

他们一路走着，科尔老师不停地讲着墓地的建造过程，历史背景，还有设计了那尊墓地中央陵寝顶端展翼的野兽雕像的“艺术家”……

这个词他可是甚少使用的。露西的爸爸间或向科尔老师提出一些问题，妈妈抚摸着那些漂亮的墓碑，每当她停下脚步阅读墓碑上的铭文时都会发出一声惊叹。潘妮拖着脚步跟在露西妈妈的身后，大概是在寻思如果她选择和其他家庭一起度过这一天该有多好。露西一人落在最后，琢磨着如果让她带领爸爸妈妈游览，她又会怎么介绍：

这里是我第一次被罚劳动的地方……

在这里我差点儿被一尊倒塌的雕像砸个粉身碎骨……

我在这个地方和一个男孩野餐，那是我经历的最奇特的野餐了，而你们打死也不会同意我和那个男孩来往……

"凯姆！"科尔老师带着大家在陵寝周围游览时，忽然大喊了一声。

凯姆正和一个身材高挑、深色头发、西装笔挺的男人站在一起，但两个人似乎都没有听见科尔老师的喊话，也没有看见这群参观的人。他们站在橡树下悄声地交谈着，还不停地打着手势，样子似乎心急如焚。

"你和你父亲是要参加游览，但又来迟了吗？"科尔老师又提高了嗓门问道，"你已经错过不少了，但是我相信我还有些有趣的内容可以和你们分享。"

凯姆缓缓地转过身来，背对着他的同伴，而那人看上去像是被逗乐了。那个人身材高挑、皮肤黝黑、相貌英俊、戴着一块硕大的金表，但是露西觉得他的年纪似乎不够做凯姆的父亲。

不过或许是他保养得好。凯姆扫了一眼露西裸露的颈项，似乎有些失望。露西的脸刷地红了，因为她感觉妈妈把这一切都看在了眼里，而且正在琢磨这到底是怎么回事。

凯姆没有理会科尔老师，径直走到露西妈妈面前。没有经人介绍，他便轻轻拉起她的手，吻了一下，彬彬有礼地说："您肯定是露西的姐姐了。"

潘妮在露西的左边轻轻碰了一下她的手肘，咬着她的耳朵说："除了我，肯定还有别人想吐吧。"

可是露西的妈妈有些受宠若惊了，这让露西和她的爸爸都觉得不太自在。

"不好意思，我们不能和你们一起参观，"凯姆朝露西眨了眨眼睛说道。露西的爸爸正要上前，可凯姆却往后退了一步，"但是见到诸位非常荣幸。我们走吧，爸爸。"他看了看其他三个人，却视潘妮为无物。

"这家伙是谁？"露西的妈妈问道。这时候凯姆和他父亲，或者不知道是谁的那个人已经消失在墓地背后。

"哦，只是露西的仰慕者之一。"潘妮本想缓和一下气氛，结果却适得其反。

"之一？"爸爸看着潘妮惊奇地问道。

在傍晚的光线下，露西第一次看到父亲的胡须里有几绺银色。她可不想让这美好一天的最后时刻惹得父亲担心教养学校的男孩。

"没什么，爸爸。潘妮又在开玩笑呢。"

"我想你还是要慎重些，露仙达。"父亲严肃地说道。

露西想起了丹尼尔的建议，甚至算得上是一个强烈的建议。或许她真的不应该再待在圣剑和十字架学院。突然她真的有一种冲动想要把这个想法告诉爸爸妈妈，请求他们带她离开这个地方。

但同样是关于丹尼尔的记忆让她克制住了自己。当她在湖边把他推倒，两人皮肤接触时那种兴奋的感觉，那时他的眼神竟是她见过的最哀伤的。刹那间，露西觉得只要能够和丹尼尔多待一会儿，哪怕要她忍受圣剑和十字架学院地狱般的生活也是值得的。这样做只为了能知道他们今后是否还有什么结果。

“我讨厌说再见。”露西妈妈的话打断了露西的思绪，她把露西拥在了怀里。露西低头一看表，不由得脸色一变。她不明白这个下午怎么过得如此之快，离别的时刻怎么来得如此之快。“周三会给我们打电话吧？”爸爸问道，吻了吻她的脸颊……法式亲吻是家里的老规矩。

去停车场的路上，爸爸妈妈一直紧紧地抓着露西的双手。他们俩又各自拥抱了露西，把她亲了又亲。当他们和潘妮握手祝愿时，露西发现出口旁的电话亭上有一个摄像头。那上面肯定装了行动探测器，因为摄像头一直在转动着追踪他们的行动。这个摄像头在和阿伊莲一起调查的过程中没有出现过，肯定不是报废的。露西的爸爸妈妈却没有注意到什么，或许这样更好。

他们离开了，中途两次回过头来，朝着站在大厅入口处的两个女孩挥手道别。爸爸发动了他那辆黑色的老克莱斯勒纽约客，然后摇下了窗户。

“我们爱你！”他大声地朝露西喊道。如果不是他们的离去让露西此时肝肠寸断，这样直白的话语肯定会令露西备感尴尬。

露西也朝他们挥着手呢喃着：“谢谢你们。”为了杏仁糖和腌秋葵，为了他们陪她度过的这一天，为了他们给潘妮带来家庭的温暖却没有提出任何问题，为了他们即使担惊受怕，却依然爱她。

当汽车尾灯消失在弯道的时候，潘妮拍了拍露西的背，“我想我也得去看看我爸爸了。”潘妮用靴子的尖头踢着地面，随后抬起头来有些局促地看着露西，“你会和我一起去吗？如果你不想去的话我也能理解的，因为这意味着我们又得去一趟……”她竖起大拇指指了指墓地的方向。

“我当然要去啦。”露西说道。

她们沿着墓地的边缘走着，尽量走在地势高的地方。在墓地远端东边的角落，潘妮停在了一座墓前。

这是一座简朴的白色坟墓，上面覆盖了一层黄褐色的松针。潘妮跪了下来擦拭着墓碑。

墓碑上的铭文很简单：

斯坦福德 · 洛克伍德，世上最好的父亲

露西可以听见墓碑背后潘妮酸楚的抽泣声，她觉得泪水涌出了眼眶。她不想让潘妮看见，毕竟她还拥有父母。如果现在有人想要哭泣的话，那也应该是潘妮……她努力地想要掩饰，只发出最轻微的啜泣声，只用毛衣袖子时而擦去几滴眼泪。露西也跪倒在潘妮的身旁，帮她一起清理墓碑上的松针。她把好朋友抱在怀里，紧紧地搂着她。潘妮从露西的怀抱里坐直了身子，对她表示感谢。她从口袋里抽出一封信。

“我通常都会给他写点儿东西。”她解释道。

露西想让潘妮和她爸爸单独待一会儿，于是站起身来，往后退了一步，静静地离开了。她沿着下坡路向公墓腹地走了过去。她的眼睛还有些蒙胧，但是她还能看清前方的陵寝上有一个孤寂的身影。不错，一个人正抱着膝盖坐在那里。她想不出他是怎么上去的，但他确实就在那里。

他看上去沉闷而孤寂，似乎他一个人在这里度过了整整一天。他没看见露西也没看见潘妮，好像没有注意任何事情。但是露西不必走得那么近也能从那双紫罗兰灰色的眼睛辨认出那是谁。

一直以来，露西一直在寻找答案。她想知道为什么丹尼尔的档案会如此单薄，那本难觅踪迹的丹尼尔祖先的著作中到底隐藏了什么样的秘密，还有那天她问及丹尼尔的家人时，他到底神游何处，为什么他一直对自己忽冷忽热……

在和爸爸妈妈度过了美妙的一天之后，这些思绪几乎又令悲伤充溢了露西的心灵，令她几乎双膝跪地。

丹尼尔在这个世上是如此孤单。

FALLEN

14 · 空虚的双手

周二下了一整天的雨。漆黑的乌云从西面滚滚而来，笼罩在校园上空，令露西本就阴郁的情绪又蒙上了一层更浓重的灰暗。雨一阵阵地下，很不规律，开始是细雨飘洒，随后倾盆而至，接着又是一阵雹子，刚有减弱的趋势却又掀起一阵大雨。甚至课间的时候，学生们都不许走出教室，微积分课快要结束的时候，露西已经被闷得快要疯了。

她发现自己从老师讲平均值定理那会儿，她的笔记就已经走样了，本子上写下的竟是这些内容：

9月15日：D朝我竖中指，权当认识。

9月16日：雕像倒塌，捂着我的头保护了我（也可能表示他只是在想怎么逃走）；事情一结束D转身就走了。

9月17日：误会了D点头是示意我去参加凯姆的派对。发现了D和G的关系，郁闷！（难道是一场误会？）

列完表，露西发现这应该只算一个令人尴尬的模式开端。他总是那么忽冷忽热，可能他对她也有同样的感觉。可是就算真的如此，露西也会坚持自己的诡异的反应只是对他更加诡异的行为的回应而已。

不，这是一个她不愿置身其中的循环论证。露西不愿意玩游戏，她只想和他在一起。只是她不明白为什么，或者该怎么去做，又或是和他在一起究竟有什么意义。她只知道他是她心中挂念的那个人、她在乎的那个人。

她觉得如果仔细追查每一次他们在一起和他每一次弃她而去的时机，她可能会发现丹尼尔怪异举止背后的原因。但是这张单子太令她压抑，露西一把将它揉成了一团。

下课的铃声终于响起，露西匆忙奔出教室。通常她会等着阿伊莲或者潘妮一起走，因为没有她们在身边，她会感到莫名的惊慌。但是今天她想有所改变，她不想看见任何人。露西今天想享受真正属于自己的时间。她心中已经有了一个确定的可以将丹尼尔赶出脑海的法子：一个人好好地逛它几圈。

其他的学生都纷纷朝寝室走去，露西拉上了黑毛衣的帽子冲进了雨中，急切地想要去体育馆。

正当她跳下奥古斯汀堂的台阶时，她撞到了一个黑糊糊的高个子身上……是凯姆。

当他们两人相撞时，他抱着的一摞书呼呼啦啦掉到了湿漉漉的地板上。他也戴着帽子，还塞着耳机，或许他也没看见露西正朝这边走来。他们俩各自沉迷在自己的世界里。

“你还好吧？”他抚着露西的后背问道。

“没事。”露西答道。她根本就没踉跄，倒是凯姆的书被搞得一团糟。

“哦，我们把各自的书弄到地上了，接下来的剧情该是捡书的时候无意间碰到对方的手指了？”

露西被他逗笑了。她把书捡起来递给他，他抓起她的手抚摸着。他的头发被雨水浸湿了，浓黑的眉毛上沾了几滴雨水……他真的很英俊。“法语的‘尴尬’怎么说？”

“嗯，Gene。”露西说着这个词，似乎自己也有些尴尬了。凯姆仍然握着她的手。“等等，昨天的法语测试你不是得了A吗？”露西问道。

“你注意到了？”他的声音听上去很奇怪。

“凯姆，没什么事情吧？”

他俯下身来，拂去正顺着她的鼻梁流下来的雨滴。他手指的这一触令露西身体一颤。她不禁幻想着如果此时凯姆像在陶德的葬礼上那样把她拥入温暖的怀抱该有多好。

“我一直在想你呢。等不及想要见你。悼念仪式后我一直在等你，但是有人告诉我你走了。”

露西觉得他心里清楚她是和谁一起离开的，而且他也想让露西明白他知道这一切。

“抱歉。”她不得不提高嗓门才勉强盖过突如其来的雷声。现在他们俩都被倾盆大雨淋透了。

“走吧，我们还是躲躲雨吧。”凯姆扶着她的背朝奥古斯汀堂的入口走去。露西看了看体育馆，心里真盼着去那儿而不是待在这里，尤其不是和凯姆待在一起，至少现在不行。她的脑子里充斥着混乱不堪的冲动，她需要时间和空间，远离所有的人和事，把一切理出个头绪。

“现在不行。”她说道。

“那么晚些时候呢？今晚怎么样？”

“好的，晚些时候吧。”

“我去你房间找你。”凯姆很高兴的样子。

令露西吃惊的是，他把她拉到面前，在她的额头上轻轻一吻……这一切都发生在一瞬间。露西顿时觉得心中宽慰了不少，就像是注射了强心针一般。她还没来得及细细品味，他就放开她，快步朝自己的寝室走去了。

露西晃了晃脑袋，慢慢朝体育馆走去。显然她要理清的事情不止是丹尼尔。晚些时候和凯姆度过一段时光这个想法不错，甚至会很有意思。如果雨停的话，他可能会带她去校园里的一个秘密之所。他总能给露西特别的感觉。想到这里，露西痴痴地笑了。

自从她上次踏入“我们的健身女神”（阿伊莲给体育馆起的诨名）之后，学校的维护人员一直在和野葛作斗争。他们想把那层绿色的毯子从建筑的表面撕去，可惜目前只完成了一半，大门上还缠绕着青藤。露西低下头，从几根长长的树藤下穿过才进入体育馆。

体育馆空无一人，静得连一根针掉在地上都清晰可辨，与门外的狂风暴雨对比鲜明，大部分的灯光都已经熄灭。她并没有事先询问放学后是否可以使用体育馆，但是门没有锁而且也没有人阻拦她。

昏暗的走廊里，她走过封在玻璃匣里的拉丁卷轴，还有圣母像的大理石复制品。

露西在健身房的门前停下了脚步，她就是在这里碰巧看见丹尼尔跳绳的。唉！又可以在自己的记录上写下浓墨重彩的一笔了：

> 9月18日：D骂我跟踪他。
>
> 两天之后
>
> 9月20日：潘妮说服我开始真正地跟踪他，我同意了。

哎！露西似乎已经堕入自怨自艾的深渊了，但她就是无法控制自己。她在走廊的中央停住了脚步，忽然间明白了为什么今天丹尼尔让她比往常更觉疲惫，而且她在凯姆的问题上也比以往更加纠结。原因就是昨晚她同时梦见了他们两人：

她正在一片迷雾中穿行，忽然有人拉住了她的手。她转过身来本以为是丹尼尔。尽管他们双唇紧贴时的感觉如此温柔而美好，但是那人却不是丹尼尔，是凯姆。他给了她数不清的极尽温柔的吻。每次露西看着他的时候，他的绿色眼睛总是张开的，直视着她的双眼，似乎是在询问着她无法回答的问题。

随后凯姆就这样消失了，雾也散了，露西紧紧地依偎在丹尼尔的怀抱中，就像她一直渴望地那样依偎着。他低下头，狂热地亲吻她，简直像是在发怒一般。每次他的唇离开她，即使只有半秒钟，露西也会感觉欲火焚身，令她几欲呼喊。这一次，她知道那是一双翅膀像一张毯子一样包裹着她。她想要触摸它们，想让它们把她和丹尼尔完全包裹起来。但是很快羽毛的抚摸就消失了，那双羽翼又自动收了起来。他停下了亲吻，看着她的脸，等待着她的回应。她不明白心中为何会生出一种灼热的恐惧。但那种灼热如此真切，令她暖和得有些不舒适，让她酷热难耐，直到她无法忍受。在梦的最后时刻，露西被烧灼、被撕裂，最终化为灰烬。在无尽的恐惧中，露西猛然惊醒。

她醒来时毛衣都已经被汗水浸透，头发、枕头、睡衣全都浸透了汗水，冷风一吹，露西顿生寒意。她孤零零地躺在床上，浑身发抖，等待着清晨的第一缕曙光。

露西搓着被雨淋湿的袖子想让自己暖和一些。当然，这场梦给露西留下的是心头的火焰和彻骨的寒意，两者无法调和，所以她才想要独自一人来游泳，试着想出一些办法。这次，她的黑色“速必涛”泳衣非常合身，而且她还带来了自己的泳镜。她推开泳池的门，独自站在跳台上，呼吸着潮湿的空气和浓重的氯气味道。没有其他学生分散注意力，没有迪安特教练刺耳的哨声，露西感受到了教堂中其他事物的存在……一种神圣的气息。或许感受到这种神圣的气息只是因为体育馆是一座如此宏伟的建筑。即使雨水从破碎的彩色玻璃窗里滴了进来，即使红色祭坛上的蜡烛一支也没有点燃，也难以掩盖这座本是教堂的建筑本身庄严肃穆的气质。露西想象着这个地方的长椅被换走之前会是什么样子，想着想着她不由得笑了。在众多祈祷的人面前游泳，这个点子露西倒是挺喜欢。

她戴上泳镜，跳进了水中。池水很温暖，比门外的雨水暖和得多。当她把头埋进水中的时候，门外的雷声显得遥远却不具威胁。

她拨开水面，开始缓缓地自由泳热身。

她的身体很快就放松了，几圈之后露西加快了速度，换了蝶泳的姿势。很快她就感觉四肢开始燃烧，但她仍然奋力地游着。这正是她想要的感觉，完全融入其中的感觉。

如果她能和丹尼尔好好谈谈该多好。一次真正的谈话，没有他打断自己、劝她转学或者让她从这儿离开之类的话，这样她才能真正表达出自己的意思。这样或许会有帮助。不过或许只有把他绑起来再封上他的嘴，他才会好好地听她说话。

但是她又能说些什么呢？她只能继续对他痴迷，如果她细想的话，这根本算不上他们之间的互动。

如果她能让他回到湖边呢？是他暗示过她，那是属于他们的地方了。这次，她可以领着他去湖边，她会非常小心不惹他发火。

可这是没用的。

该死！她又在想这个了。她应该是来游泳的，只是游泳。她必须努力地游，直到疲劳让她忘记所有的事情，尤其是丹尼尔。她一直游着，直到……

“露西！”

直到她被潘妮打断。潘妮正站在泳池边上。

“你在这儿干什么？”露西吐出口中的水问道。

“你又在这儿干什么？”潘妮反问道，“你什么时候开始主动锻炼了，我不太喜欢你这样子。”

“你怎么找到我的？”露西说完才意识到自己有些粗鲁，像是她在躲着潘妮一样。

“凯姆告诉我的，”潘妮答道，“我们谈了好一会儿。太奇怪了，他想知道你是不是还好。”

“是挺奇怪的。”露西表示赞同。

“我不是这个意思，真正奇怪的是他主动接近我，我们完完整整地谈了一次话。‘万人迷先生’和我。我还要不要再表达一下我有多诧异？他可真好。”

“哦，他是挺不错。”露西把泳镜推上去说。

“对你！他对你才好呢。他跑出学校去给你买项链，但你却从来不戴。”

“我戴过一次。”露西这话倒是不假。五天之前的夜晚，在丹尼尔第二次在湖边弃她而去的那天晚上，他一个人离去的路被光芒照亮。那个场景令露西难以释怀，一直无法入睡。所以，她戴上了那条项链。她紧紧地抓着项链放在锁骨边，就这样睡去了。早晨醒来的时候，它带着露西的体温静静地躺在她的手心里。

潘妮在露西面前摇着三根手指，好像在说“嘿，你在干吗？”

“我是说，”露西终于开口了，“我没有那么肤浅，你以为我是要找个能给我买东西的男孩吗？”

“没那么肤浅，嗯哼？那么你敢不敢列个不肤浅的单子说明你为什么那么迷丹尼尔？不要写他有世界上最漂亮的灰眼睛，或者是他的肌肉在阳光下闪闪发光之类的。”

潘妮的假高音和手捂胸口的样子让露西不禁大笑起来了。“他就是让我着迷，”她躲避着潘妮的目光，“我没法解释。”

“难道你甘愿被他无视吗？”潘妮摇了摇头。

露西从来没有告诉过潘妮，她和丹尼尔单独在一起的事情，那些时光让她忽然想起他也是在乎她的，所以潘妮并不能真正理解她的感受。这些事情太过私密太过复杂，她无法解释。

潘妮蹲在露西面前，“你瞧，本来我到这儿来找你是为了把你拽到图书馆去进行一项和丹尼尔有关的任务的。”

“你找到那本书了？”

“算不上，”她伸出手把露西从池里拉了上来。“格利高里先生的著作还是神秘失踪了，但是我偷偷地用了索菲亚老师那个只有订阅用户才能使用的搜索引擎，发现了一些东西。你会觉得很有意思的。”

“谢了。”露西在潘妮的帮助下终于爬出了泳池，“我会克制自己不要太冲动的。”

“随便你了。”潘妮说道，“赶紧擦干，刚好外面雨停了，我可没带伞。”

擦干了身子，换上了学校的黑制服，露西跟着潘妮去了图书馆。图书馆的前半部分被警察的黄色警戒线封锁了。两个女孩只得从卡片目录箱和和参考书区之间的缝隙间挤过去。屋子里还有大火烧过后的焦燎味道，拜喷水器和雨水所赐，这里又多了一股霉味。

露西第一眼看见了索菲亚老师的书桌原来所在的位置，那里现在一片焦燎，只在图书馆中央古旧的瓷砖地板上留下了一个几乎是正圆的燎痕。方圆十五英尺以内的东西全部被焚毁了，而这个范围之外的东西却几乎毫发未损。

图书管理员并不在她的位置上，但是在那片烧灼的痕迹之外又为她安排了一张折叠桌，上面除了一盏新台灯，一个笔筒和一叠灰色便笺纸之外别无他物。

露西和潘妮相互做了个鬼脸，然后继续朝后面的电脑室走去。她们经过学习区的时候……也就是他们最后见到陶德的地方……露西看了一眼她的朋友。潘妮直视前方，但是当露西伸过手去的时候，潘妮一把紧紧地攥住了。

她们拉了两把椅子坐到电脑前，潘妮键入了她的用户名。露西四下张望着确保附近没有其他人。

屏幕上跳出一个红色的错误提示框。

潘妮一声哀叹。

“怎么了？”露西问道。

“四点之后需要特别许可才能上网。”

“也许这就是为什么晚上这里总是那么空荡荡的。”

潘妮在她的书包里扒来扒去，“我把加密的密码放哪儿去了？”

她自顾自地嘀咕着。

“索菲亚老师来了。”露西朝着正在穿过走道的索菲亚老师招了招手，图书管理员停下了脚步。她穿着黑色的上衣和亮绿色的裤子，闪亮的耳环垂及肩膀，头发的一边还插着一支铅笔。“在这儿呢。”露西朝她轻声地喊道。

索菲亚老师眯着眼睛看了看她们。她的眼镜滑到了鼻子下面，两只胳膊下各夹着一摞厚厚的书，现在没有多余的胳膊来推眼镜了。“谁在那儿呢？”她一边走过来一边问道。

“哦，露仙达，还有潘妮薇瑟。”她听起来好像很疲惫，“你们好啊。”

“不知道我们可不可以用一下您的密码上网。”露西指着屏幕上的错误框问道。

“你们不是要上网交友吧？那些网站都是害人的东西。”

“不、不、不，我们是要做一些正经的搜索，您肯定会支持的。”

索菲亚俯下身子给电脑解锁。她的手指飞快地敲击着，输入了一个露西见过的最长的密码。

“你们有二十分钟。”她平静地说完后径直离去。

“应该够了。”潘妮嘀咕着，“我发现一篇关于《守望者》的评论文章。在我们找到那本书之前，最起码我们可以先看看那本书到底是关于什么的。”

露西忽然感觉有人站在他们身后，她猛一回头，却发现索菲亚老师又回来了。露西吓得跳了起来。

“抱歉，不知道为什么被您吓到了。”

“不，我才应该说抱歉。”索菲亚老师说道。她微微一笑，眼睛眯得几乎看不见了。“火灾之后，这段时间太辛苦了，但也没理由让我最有前途的两位学生跟我一起分担这种痛苦。”

露西和潘妮无言以对。火灾之后大家彼此安慰当然是义不容辞的，但是让她们俩去安慰学校的这位图书管理员还真是有些力不从心。

“我一直想让自己忙起来，但是……”索菲亚老师的声音越来越小。

潘妮紧张地看了一眼露西。“嗯，我们可能会需要您帮忙搜索一下，当然，如果您……”

“没问题！”索菲亚老师不假思索地答道，说完又拽过来一把椅子。“我看见你们正在研究《守望者》。”她越过他们的肩膀看着屏幕，“格利高里家族是一个非常有影响力的群体。我碰巧知道一个数据库，看看我能调出些什么。”

露西差点儿把嘴里衔着的铅笔吞了下去，“不好意思，您是说格利高里家族？”

“不错，历史学家们发现他们的活动可以追溯到中世纪。他们是……”她停了一会儿，搜索着关键字，“一个研究团体，如果用现在的外行话来讲。他们专门研究某个类型的堕落天使的传说。”她又凑到两个女孩中间，当她的手指在键盘上穿梭的时候，露西又看呆了。搜索引擎艰难地跟着她的速度，文章一篇又一篇地打开，资源一条又一条地显现，全部是关于格利高里家族的。丹尼尔的姓氏随处可见，充斥了整个屏幕。露西觉得有点儿头晕目眩了。

梦中的场景又在她脑海里重现：展开的双翼，身体变得灼热直到化为灰烬。

“有其他种类的天使可以研究吗？”

“哦，当然了，天使是文学上一个宽泛的群体。”索菲亚老师一边说话，一边不忘打字。“有堕落成魔鬼的，有拥戴上帝的，甚至还有和凡人女子结为伴侣的。”她的手指终于停了下来，“很危险的习惯。”

“那么那些守望者们和我们这儿的丹尼尔·格利高里有什么关系吗？”潘妮问道。

索菲亚老师敲着她淡紫色的嘴唇说：“很有可能。我自己也想知道，但是我们不应该去窥探另一个学生的隐私，你们觉得呢？”她低头看了一眼手表，苍白的脸上皱起了眉头。

“好了！我想我已经帮你们开了个头，现在你们该独立研究了。我就不再耽误你们的时间了。”她指了指屏幕上的时钟，“你们只剩下九分钟了。”

她转身朝图书馆前方走去，露西目送着她完美的体态……她竟然能用头顶着书保持平衡。帮助两个女孩进行研究似乎让她开心了起来，但露西却不知道怎么处理索菲亚老师刚刚提供给她们的关于丹尼尔的信息。

但潘妮知道，她已经开始疯狂地记笔记了。

“只有八分半了，”她递给露西一支铅笔和一张纸。“八分半钟能记下不少东西。赶紧写啊。”

露西叹了口气，照她的话做了。蓝色的边框、米色的背景用做一个学术网站真是太单调，太平庸了。网页顶部用简朴的短粗字体写着标题：格利高里家族。

读着这个名字，露西觉得自己的肌肤都变得温暖了。

潘妮用笔敲着屏幕，把她的注意力又拉了回来。

格利高里家族的人不睡觉。似乎很有可能，丹尼尔总是一副疲惫的样子。**他们通常都不说话。**不错，有时候跟他说话就像在拔他的牙。**在一项18世纪的法令里……**

屏幕黑了，她们的时间到了。

“你记了多少。”

露西举起她的那张纸。真可怜，她刚才心不在焉地涂鸦的一些东西现在连她自己都不知道是什么：羽翼的边缘。

潘妮眼睛一斜瞥了她一眼。“不错，我看得出，你肯定会是一名优秀的助理研究员的。”

她笑着说：“也许等会儿我们可以玩点儿益智游戏。”她举起她自己那张内容更加丰富的纸来，“好了，我记的东西足够我们再去寻找其他的线索了。”

露西把那张纸塞到了口袋里，那张被她揉掉的记录着所有她和丹尼尔交往经历的纸也在口袋里。她弯下腰想找一个回形针，却看见一双正向她走过来的腿，而且这人走路的姿态露西非常熟悉。

她坐起身来……或者应该说她本想坐起身来……却一头撞在了电脑桌的下檐上。

“嗷。”露西惨叫了一声，摩挲着在火灾时头被撞到的地方。

丹尼尔离她还有几步远。他脸上的表情似乎在说他最厌恶的事情就是此刻撞见了她。还好他是在露西下线之后才来的。这样他不会觉得露西比他想象的更热烈地暗恋着他。

但是丹尼尔似乎想要看透她的心思，他紫灰色的眼睛盯着她的肩后，或者是她肩后的某个人。

潘妮敲了敲露西的肩膀，大拇指点着她的身后……凯姆正手撑着露西的椅子冲着她笑呢。

窗外一声惊雷把露西吓得扑到了潘妮的怀里。

“只是暴雨而已。”凯姆抬起头来说道，“很快就下完了。可惜啊，你害怕的样子还真是可爱。”

凯姆伸出手来抚摸着她的肩膀，他的手指沿着她手臂的曲线一直滑到她的手。她忍不住闭上眼，这感觉太棒了。当她展开手掌时，掌心里多了一个小小的红色丝绒盒子。凯姆把它打开，但只让露西瞥了一眼便又合上了，露西还是看见了一抹金色一闪而过。

“待会儿再打开，等你一个人的时候再打开。”

“凯姆……”

“我去过你的房间了。”

“我们能不能……”露西抬头看了看潘妮，而她此刻像一个坐在电影院前排的看客一样露骨地盯着他们俩。

终于她还是意识到自己有些失态，她挥了挥手，“你们觉得我该离开是吧？收到。”

“不，别走。”凯姆说道，他的声音比露西预想的还要甜美，他又转身对露西说，“我先走了，但是过一会儿……你保证？”

“当然。”露西感觉自己脸红了。

凯姆把盒子塞进她手里，牵着她的手放到了她牛仔裤左边的口袋。裤子很紧绷，露西觉得他的手伸展开来几乎要触到她的臀，她不由得浑身一颤。他眨了眨眼睛，转过了身去。

她刚想喘气，凯姆又忽然转过身来。“最后一件事情。”他说着话，一手揽住了她的头往前迈了一步。

他把她的头一掰，身子往前一倾，他的嘴便吻到了她的唇上。他的唇和看上去的一样柔软。

这一吻并不深，只是轻触，但是露西觉得这也有些太过分了。在公共场合接吻的兴奋和震惊令她无法呼吸，而且这一吻真的是太出乎意料了。

“搞什么！”

凯姆的头被硬生生往后扳，他跌跌撞撞地捂着自己的下巴。

丹尼尔站在他的身后揉着自己的手腕，警告说：“别碰她。”

“我没听见你说什么。”凯姆说着，缓缓站起身来。

天啊！他们俩要打架！在图书馆！为了她！

凯姆一跃而起，扑到露西身边，想把露西揽进怀里，露西不由得尖叫了起来。

但是丹尼尔的双手似乎更快。他狠狠一击，把凯姆推倒在电脑桌边，随即抓着凯姆的头发把他的头按在了电脑桌上。

“我说把你的爪子从她身上拿开，你这个浑蛋。”

潘妮尖叫了一声，随即捡起她的笔袋，踮着脚尖走到了墙边。露西看着她把那个脏兮兮的黄色笔袋抛向了空中，一次、两次、三次……第四次她终于把笔袋抛得够高，砸到了钉在墙上的黑色摄像头。这一击让摄像头改变了方向，对准了左边那堆无人问津的非小说区。

这时候，凯姆已经把丹尼尔掀翻在地，两个人搂抱着打成一团，两人的脚踩得地板吱吱作响。

露西根本没看到凯姆要出拳，丹尼尔就已经开始闪向一边了。但丹尼尔的闪避似乎还不够迅捷，凯姆一记几乎能将对手击倒的重拳砸在了丹尼尔的眼睛下方。丹尼尔挨了这一拳，踉踉跄跄向后倒去。丹尼尔从露西和潘妮之间穿过，倒在了电脑桌上。他转过身来还嘀咕了一句抱歉，随即又冲向了凯姆。

“天啊，快住手！”露西叫道，而丹尼尔已经冲着凯姆的头部跳了过去。

丹尼尔向凯姆狂攻，拳头像狂风暴雨般地砸向他的肩膀和面庞。

“感觉不错！”凯姆嘟囔着，像拳击手一样前后左右地扭着脖子。两人依然僵持不下。说时迟那时快，丹尼尔的双手向凯姆的脖子抓去。可他的手被凯姆钳住了！凯姆把丹尼尔抛向了书架，丹尼尔撞在书架上的声音在图书馆里回荡着，甚至盖过了外面的雷声。

丹尼尔哼了一声，砰地倒在了地板上。

“还有什么本事，格利高里？”

露西茫然不知所措，她觉得丹尼尔可能站不起来了。但丹尼尔转眼就立起身来。

“我让你看看。”他咬牙切齿地说道，“滚出来。”他朝露西走近了一步，“你给我待在这儿。”他说完转身出门。

两个男生穿过露西在火灾那天晚上曾经走过的后门，冲出了图书馆。

她和潘妮呆若木鸡般地怔在原地。她们看了看彼此，瞠目结舌。

“来吧。”潘妮拽着露西来到了窗户边，朝广场张望。她们把脸贴着玻璃，拭去她们呼出的雾气。

这时雨帘已经变成了雨幕。窗外一片漆黑，只有图书馆的窗户射出一丝光线。外面湿滑泥泞，根本什么都看不清。那两个人冲到了广场中央，立时就被淋透了。他们俩互相咒骂了几句，马上又扭打在一起，拳头又高高地举了起来。

露西抓着窗台看着凯姆的第一轮进攻，他扑向丹尼尔，用肩膀撞了过去，接着一个回旋踢，踹向了丹尼尔的肋骨。

丹尼尔又被击倒在地。“起来啊！”露西心里盼着丹尼尔赶紧站起来，感觉像是自己被重重地踢了一脚。凯姆每次打在丹尼尔身上，露西仿佛都能感受得到。

她不能袖手旁观。

“丹尼尔第二次倒地了，”露西转过身后，潘妮对她说道，“但是他立刻反击，这一下正打在凯姆脸上了。真帅！”

“你这是在看表演吗？”露西惊恐地问道。

“我跟我爸过去常看散打节目。看样子他们两个都受过些武术训练。丹尼尔完美的勾拳！”

“哦，天啊！”潘妮忽然叫了一声。

“怎么了？”露西赶紧又回到窗台边向外张望，“他受伤了吗？”

“放心，有人过来劝架了。丹尼尔刚缓过劲儿来。”

潘妮说对了。好像是科尔老师正在校园里散步。他走到两个男孩打架的地方时，静静地站在那儿看了一会儿，似乎被他们的样子镇住了。

“做点儿什么啊！”露西焦躁不安地自言自语。

科尔老师终于跑上前去，抓住了他们两个的衣领，把他们俩分开了。三个人纠缠了一会儿，丹尼尔终于先停手了。他甩开了右手，原地转了一圈，朝地上啐了几口唾沫。

“真不赖啊，丹尼尔！”露西讽刺地说道，但事实上这场景确实很吸引她。

接下来便是科尔老师的一通责骂，他疯狂地朝他们俩挥舞着双手。凯姆先被放走了，他慢吞吞地离开广场朝宿舍走去，消失在雨中。

科尔老师把手放在丹尼尔肩膀上，露西真想知道他们在谈些什么，丹尼尔会不会受罚，她想到他身边去，但是被潘妮拦住了。

“都是为了那件首饰。凯姆到底送你什么了？”

科尔老师离开了，留下丹尼尔一个人站在路灯下，仰望着瓢泼的大雨。

“我不知道。”露西从窗户边走开了。“不管是什么东西我都不想要。尤其是在发生了这种事情之后。”她走回电脑桌边从口袋里掏出了那个盒子。

“你不要，我要。”潘妮打开了盒子，旋即抬起头满脸疑惑地看着露西。

她们看到的闪着金光的东西并不是首饰。盒子里只有两样东西：一枚凯姆的绿色吉他拨片和一片金色的纸。纸片上面写着：

明天下课来找我，我在大门口等你。

凯姆

FALLEN

15 · 虎穴

露西已经很久没有好好看过镜中的自己了。她过去从来不在意自己的影像：她棕红色的眼睛明亮清澈，洁白的牙齿整齐光洁，眉毛浓密细致，头发乌黑浓密。可惜那是过去了，那是去年夏天之前她的样子。

妈妈剪掉她的头发之后，露西就不愿意再照镜子，甚至处处躲着镜子。并不仅仅是因为她的头发被剪了，而是露西觉得自己已经不是以前的自己了，而她不喜欢现在的自己。所以她不愿意看到任何相关的证据。即使是她在洗手间洗手时，她也总是低头看着手；当她经过彩色的窗户时，她总是把头往前伸；她擦粉时也会刻意回避带镜子的粉饼盒。

但是在去见凯姆之前的二十分钟，在奥古斯汀堂空荡荡的女生洗手间里，露西却站到了镜子前面。她觉得自己看上去还不错。她的头发终于变长了，头发的重量让发卷也松弛了一些。她看了看自己的牙齿，然后并直肩膀，盯着镜中的自己，仿佛在直视凯姆的眼睛。她必须得告诉他一些事情，一些很重要的事情，她要确定她的表情能让凯姆认真地对待她说的话。

他今天没来上课，丹尼尔也没有。露西相信科尔先生给了他们俩留校察看的处分或者是他们在治疗各自的伤势，但是露西确信凯姆还是会在约定的地方等她。

露西其实不想见他，一点儿都不想。想着他的拳头砸在丹尼尔的身上，露西心中便一阵颤抖，但是他们俩打起来也全是因为自己不对。是她惹得凯姆动手的，不管她这么做是因为疑惑、被挑动或是因为好奇。但是这都没关系了，重要的是她今天要对他言明一切……他们之间什么都没有。

她做了个深呼吸，把衬衫拽到臀下，推开了洗手间的门。

已经走近大门了，可是还没看见凯姆的踪影。但现在很难看得见停车场建设区之外的地方。自从学校的翻修工程开始之后，露西就再也没有来过学校入口了。她很奇怪修一个破损的停车场怎么会如此大动干戈。她跨过坑洞，想从建筑施工人员的探头下面穿过去，她一面小心翼翼地迈着步子，一面挥着手驱散沥青的气味。

还是不见凯姆的影子。有一会儿她真觉得自己很傻，好像自己是被戏耍了。高高的铁门上满是斑驳的红锈，露西透过铁门看着路对面那片古老的榆树林。她捏着指节，回想着丹尼尔说她讨厌自己这样做。但是他没见过自己这样做啊！应该是从来没有人见过。这时她忽然注意到电话亭旁一棵粗壮的灰色木兰树上钉着一张折叠的纸，上面写着她的名字。

我要把你从今晚的社交活动中拯救出来。其他的人都得上台表演南北战争——惨！但这是真的——而我们今晚却可以去狂欢。会有一辆金色牌照的黑色轿车把你接到我这儿来的。我们能好好呼吸点儿新鲜空气。

凯姆

沥青的气味令露西咳嗽不止。新鲜空气在哪儿？会有黑色轿车来接她、把她带到他身边？他简直像个君主。难道他一时兴起，女人就招之即来？可是他现在到底在哪儿？

她可没有做过这种打算。她之所以同意见凯姆只是想要告诉他，他太过分了，而且她真的不想和他交往。尽管她从来没有告诉过他，但是昨天晚上每当他的拳头砸在丹尼尔身上的时候，她心中便一阵痛楚。露西显然需要浇熄她和凯姆之间任何细微的火苗。她口袋里装着那条小蛇的项链……到了把它还回去的时候了。

可是她觉得凯姆如果现在愿意跟她谈这些事情的话，那才叫奇怪呢！当然他肯定还留着一手的，他就是那种人。

汽车刹车的声音令露西转过头来。一辆黑色轿车停在了门前。司机摇下了车窗，伸出一只毛茸茸的手抓起了电话亭里的电话。过了一会儿，他把电话扔了回去，靠在喇叭上。那扇大铁门轰鸣着打开了，汽车往前开了一段，停在了露西的面前。车门轻轻打开。她应该上这辆车吗？应该让它把自己带到一个陌生的地方去见他吗？

上次站在这门前还是和父母道别的时候。他们还没离开，她就已经开始思念他们了，她就站在这个地方，站在大门内的电话亭旁边，向他们挥手。她忽然记起，她曾经注意到这里有一个带着行动探测仪的高科技摄像头，它会追踪你的一举一动。凯姆真是挑了个好地方！

忽然之间，露西眼前似乎浮现出一个地下室里孤独的禁闭室。潮湿的水泥墙壁，还有蟑螂在她脚边爬来爬去。校园里仍然有谣传，那对情侣朱尔斯和菲利普，自从他们逃跑后就再也没人见过他们了。难道凯姆觉得自己那么想见他，以至于甘愿冒着从摄像头的眼皮子底下逃离校园的危险？

汽车仍然在她面前的车道上轰鸣。过了一会儿，那位司机———一个带着太阳镜的健壮男子，脖子很粗、头发很少——向她伸出了手，手里好像捏着一个小小的信封。露西犹豫了一会儿，伸出手指把信夹了过来。

这是凯姆亲笔写的一张分量很沉的乳白色卡片，左下角印着暗金色的名字“凯姆”。

应该事先告诉你的……摄像头搞定了。自己看吧，我安排好了，就像我一贯能把你安排好一样。盼着赶快见到你。

搞定了？他这是什么意思？露西壮着胆子看了一眼摄像头……他确实把它搞定了。一圈胶带牢牢地缠住了摄像头的镜头。露西不知道这件事情要过多久才会被老师们发现，但是凯姆竟然想得如此周到。露西这才松了一口气。很难想象丹尼尔会事先考虑得这么周全。

但是凯莉和爸爸妈妈还在等着她今晚打电话呢。露西翻来覆去把凯莉那封十页的长信读了三遍，她的朋友周末去南塔基特游玩时有趣的全部细节露西都记在心中，但是她还是没想好该怎么回答凯莉关于她在圣剑和十字架学院的生活问题。如果她现在转过身去拿起电话，她无法向凯莉和父母交代过去几天发生的诡异的事情。不如不告诉他们还简单些，要不就等到她把这些事情理清头绪再说吧。

她钻进了车里，坐在舒适的米色的后座上扣上了安全带。司机一言不发地发动了汽车。

“我们这是去哪儿？”露西问他。

“河下游的小地方。布里尔先生喜欢当地的特色。坐好，放松，亲爱的。你很快就知道了。”

布里尔先生？这个家伙是谁？露西不喜欢别人让她放松，尤其是她觉得这是别人在警告她不要多问问题的时候。尽管如此，她还是把双臂抱在胸前，看着窗外，尽量忘掉司机叫她亲爱的时候的语气。

透过彩色的车窗，窗外的树木和灰色的道路都蒙上一层棕色。到了前面的路口再朝西转就是去往桑德博尔特的大道，可轿车却转向了东面。他们沿着河流向海岸驶去。每当到达道路和河流汇聚的地方，露西都能看见灰棕色的河水在身边蜿蜒。二十分钟之后，汽车减速停在一个破旧的河边酒吧的门前。

这是一座灰色的木头搭建的房屋，前门上挂了一块被水泡胀了的木头招牌，上面参差不齐地写着“冥河酒吧”。白铁屋顶下的木头房梁上钉着一个塑料的啤酒广告牌，显然是要增添一点儿狂欢的气氛。露西研究着塑料三角旗上的丝印图案：棕榈树，皮肤黝黑的比基尼女郎抱着啤酒瓶放在唇边。露西心想这个地方上次有女孩上门是在什么时候。

两个年纪不轻的朋克男坐在板凳上对着河水抽烟。

他们的莫西干头看上去无精打采，皮夹克丑陋肮脏，看上去像是他们从朋克刚刚兴起的时候就开始穿这件衣服了。他们的面庞黝黑松弛，面无表情，让眼前这番景象更加阴郁。

沼泽逼近了双车道的高速公路，几乎要淹过沥青的路面。这条道路也似乎要消失在沼泽的杂草和泥污中。露西从来没有如此地深入到盐沼地带。

露西坐在车上，不知道下车之后该怎么办，她甚至不知道自己该不该下车。这时，冥河酒吧的门砰的一声被撞开了。凯姆从里面慢悠悠地踱了出来。他靠在门上，交叉了双脚。她知道凯姆无法透过彩色的车窗看见她。但是他举起了手招呼露西下车，似乎他真能看透玻璃。

“没什么大不了的。”露西嘀咕着。她谢过司机，打开车门，迎面吹来了一阵混合了盐味的阴风，算是向她打了招呼。她走上三级台阶，来到了酒吧的木头门廊前。

凯姆浓密的黑发披在脸边，他绿色的眼睛透着镇定。他穿着黑色的T恤，一边的袖子卷到了肩膀上，露西可以看见他肱二头肌光滑的曲线。她不禁摸了摸口袋里的金项链提醒自己，“要记着你是来干什么的。”

凯姆的脸上根本没有昨晚打过架的痕迹，这让她想起丹尼尔脸上会不会留下什么伤痕。

凯姆好奇地看了露西一眼，舔了舔下唇。“我还在算着呢，如果你放我的鸽子，我得喝多少酒才能安慰自己。”他说完向露西敞开了怀抱，露西迈了一步走进他的怀中。凯姆是那种让人无法拒绝的人，即便你不知道他会要求什么，你也难以拒绝他。

“我不会放你鸽子的。”她刚说完心中又有了一丝负罪感，因为她知道这话完全是出自一种责任，而不是凯姆期待的浪漫。她到这里来只是为了告诉他，她不愿意再和他纠缠不清了。“这是什么地方，你什么时候开始有专车接送了？”

“跟着我，乖孩子。”听凯姆这话他是把露西的问题当做恭维了，好像是露西挺喜欢被带到这个闻起来像下水道一样的破烂酒吧。她很不擅长处理这种情况。凯莉总说她没办法残忍地表达真实的自我，这也许就是为什么露西会陷入窘迫的境地。其实只要她早早说出心里话就根本不会有这些麻烦。露西有些颤抖。她必须赶紧离开他的怀抱。她悄悄把手伸到口袋掏出了那个坠子，“凯姆。”

“哦，太好了，你带着它呢。”他从露西手中取过项链，让露西背过身来，“我帮你带上。”

“不，等等。”

“好了，真的很配，你看看。”凯姆拉着她踩着嘎吱作响的木地板来到了酒吧的窗户前。玻璃上贴着几个乐队的演出预告：**老宝贝，怨恨充溢，拆迁队**。露西宁愿看这些海报也不愿看镜中的自己。“看见了吗？”

窗户上沾满了泥点，她根本看不清自己的模样，但是她的皮肤映衬着那个金色的链子闪闪发光。她用手遮住了坠子。它确实很漂亮，很特别，尤其是盘在坠子中央那条手工雕刻的小蛇。它不像大众市场里的那些东西，那里的小商小贩向过往游客高价兜售那些手工艺品，其实都是在菲律宾生产的佐治亚纪念品。镜中影像的背后，天空呈现出浓郁的橘色，零星点缀着粉色的云彩。

“昨天晚上的事情……”凯姆说。她从镜中可以模糊地看到凯姆鲜艳的嘴唇翕动着。

“我也想和你谈谈昨天晚上的事情。”露西站到了他的身边，可以看到他颈后那个日出的文身。

“进来吧，”他搂着她的背走进门去，“我们到里面谈。”

酒吧里面镶着木板，只有几盏昏黄的橘色电灯。墙上装饰着大小形状各异的鹿角，还有一个猎豹的标本。那动物栩栩如生，看上去随时都会扑过来。墙上其他的装饰只有一张退色的合成照片，上面写着“乡镇麋鹿俱乐部1964~1965年”照片上陈列了一百多张鹅蛋脸，他们都系着淡色蝴蝶领结，拘谨地笑着。点唱机里放着大卫·鲍伊的《齐吉星尘》，一个穿着皮裤、剃着光头的老家伙正在跟着哼哼，独自在舞台中央扭着。除了露西和凯姆，屋里就剩下他了。

凯姆指着两个凳子让她坐下。凳子上的绿色皮垫子已经塌陷，露出里面的米色泡沫，活像一团爆米花。凯姆的位置面前的桌子上已经摆了一个空了一半的玻璃杯。杯中的饮料是淡棕色的，加了冰块，杯子外面已经蒙上了一层水珠。

“这是什么？”露西问道。

“佐治亚月光。”他说着，又咽下一口。“我不推荐你上来就喝这个。”他看见露西正眯着眼睛看着他，凯姆说，“我已经在这儿待了一整天了。”

“听起来真有趣。”露西摸着金项链说，“你怎么回事，你是七十岁老头吗？一个人整天泡在酒吧。”

他看上去不像是醉了。露西大老远跑过来就是要把事情跟他讲清楚，她可不希望他烂醉如泥听不懂她说话。露西心中已经开始琢磨待会儿该怎么回学校，她甚至还不知道这是什么地方。

“哇呜，”凯姆揉搓着胸口说，“露西，被停课的好处就是，你不在课堂上，但是没人会念起你。我觉得我需要一些时间复原。”他抬起头来问道，“你又在为什么事情心烦？是为这个地方吗？昨天晚上的那一架？还是没有人为我们服务？”他的声音越来越大，最后几个字几乎是吼出来的，声音大得连那个高大粗壮的酒吧服务员都从酒吧后面的厨房里跑进来看个究竟。这个服务员留着层次分明的长发和刘海，胳膊从上到下都文满了像辫子一样的刺青。他肌肉浑圆，至少有三百磅重。

凯姆转身对露西微笑着，“你爱喝什么？”

“我无所谓，没有什么真正爱喝的酒。”

“你在我的派对上喝过香槟的，看看有没有人搭理我们？”他说着用肩膀轻轻撞了她一下。“把你们最好的香槟拿来。”他对服务员喊道。那个人回过头去，不怀好意地笑了。

服务员根本没想查她的身份证，甚至都没好好看她一眼估摸一下年龄。他径直走到一扇玻璃门旁的小冰箱前，蹲下身子在里面一通折腾，弄得里面的瓶子叮当作响。过了好久，他才扒拉出一小瓶菲斯奈特，瓶子底部看上去还有些橙色的沉淀。

“我跟这个一点儿关系都没有。”他把酒递给他们，顺口说道。

凯姆拔出瓶塞，抬眼看了看露西，然后煞有介事地将酒倒进了一个酒杯里。

“我想跟你道歉。我知道我一直以来有些太强势。昨天晚上，和丹尼尔的事情，我感觉一点儿都不好。”他等到露西点了点头，才继续说了下去，“我不该发神经，应该听你的话。我在乎的是你，不是他。”

露西看着酒杯里翻腾的气泡，如果她诚实面对自己的话，她会说她在乎的是丹尼尔，而不是他。她必须把这番话告诉凯姆。如果他已经后悔昨天没有听她的，或许现在应该会听她的了。她举起杯子，准备在开口前啜饮一小口。

“等等，”凯姆把手放在她胳膊上，“在我们干杯前，你还不能喝酒。”他举起酒杯看着露西。“应该为什么事情干杯呢？你说吧。”

门突然被撞开了，刚才在外面抽烟的那些人走了进来。那个高个子的男人，满头油污的黑发，鼻子又短又扁，指甲里满是污垢，他看了一眼露西，朝他们走了过来。

“你们在庆祝什么呢？”那个人不怀好意地盯着露西，拿着自己的酒杯碰了碰露西的杯子。他俯身靠得更近了些，露西几乎感觉到他的臀部隔着衬衫压着她的身子。“宝贝，你是第一次出来吧，宵禁是几点啊？”

“我们在庆祝你赶紧滚出去。”凯姆说话的语气就像在为露西庆祝生日一样欢快。他的绿眼睛直盯着那个人，而那家伙露出了锋利的牙齿和满嘴的牙龈。

“出去？哼！带着她出去还差不多。”他一把抓住了露西的手。

经过昨天晚上和丹尼尔的那场激战，露西觉得凯姆现在不需要任何理由就可能发飙。如果他真的已经在这里喝了一天酒的话更是如此，但是他此刻却出奇地冷静。

他只是一把拍掉了那人的手……迅捷，优雅，爆发力犹如狮子扑兔。

凯姆静静地看着那个人跌跌撞撞地退了几步。凯姆摇了摇头，满脸无聊的表情。他轻轻抚摸着露西手腕上刚才被那个人抓过的地方，“对不起。你刚才说关于昨天晚上？”

“我是说……”露西忽然觉得全身的血液一下涌到了脸上。凯姆的头顶，一片巨大漆黑的阴影缓缓展开，慢慢变成露西见过的最庞大最黑暗的阴影。一股冰冷的气流从阴影中央喷薄而出，露西感觉那层冰霜已经溅到了凯姆的手指上，正向她的皮肤袭来。

“哦，天啊。”她轻声低语。

那个家伙举起酒杯砸到了凯姆的头上，发出了玻璃破碎的声音。

凯姆缓缓地从椅子上站了起来，摇了摇头，抖掉头发上的玻璃碴儿。他转过身面对着那个人，他的年纪是凯姆的两倍，身高也比凯姆高了一头。

露西瑟缩在凳子上，她知道凯姆和这个人之间将要发生什么事情了，但更令她感觉恐惧的是他们头顶上逡巡的阴影。

“住手！”那个大块头服务员平静地说道，甚至根本没从他的《飞行》杂志里抬起头来。

那个家伙立刻开始没头没脑地朝凯姆挥动着拳头。凯姆一动不动毫无感觉地挨着他的拳头，仿佛它们只是小孩子的拍打。

露西并不是唯一被凯姆的架势吓到的人。那个穿着皮裤跳舞的人也在点唱机后面瑟瑟发抖。那个蓬头垢面的家伙踹了凯姆几脚之后，也退了回去，呆若木鸡地站着，一副摸不着头脑的样子。

同时，阴影在天花板上翻腾着，黑暗的触须像野草一样伸展着，离他们的头顶越来越近。露西不由得皱紧了眉头，而此时凯姆承受了那个人的最后一击，缩紧身子，急忙蹲下来。

看来他决意反击了。

凯姆像拂去一片枯叶一样轻轻地弹了一下手指。一分钟前，那个家伙还在狂揍着凯姆的脸，而现在凯姆的手指只是轻轻在他胸前弹了一下，那家伙立马往后飞了出去，又从半空中摔到了地上，把一堆啤酒瓶砸得四散开来。他的背部重重地砸在了点唱机旁边的墙上。

他捂着头，呻吟着，痛苦地蹲在地上。

“你怎么做到的？”露西诧异地瞪大了眼睛。

凯姆没有理睬她，转身对着那个短粗身材的同伙说道：“你要当下一个？”

那家伙举起双手亮出掌心，往后退缩着，“不关我的事。”

凯姆耸了耸肩，又朝第一个家伙走了过去，抓着他的T恤后领把他拎了起来。那人像木偶一样在空中扑腾着两腿。凯姆手腕轻轻一抖，把那个家伙丢到了墙上。凯姆放开手脚，拳头疯狂地砸在他身上，而那个家伙像是被钉在了墙上一样。凯姆一边揍着他一边不停地吼着："我说过让你滚出去的。"

"够了！"露西爆发出一声尖叫，但是他们两个人都没听见她的声音，也没人在乎。

露西心中一阵恶心。她不想再看那个人血淋淋的鼻子和牙龈了，也不想欣赏凯姆超人般的力量了。她真想告诉他："算了吧，我自己能找到回学校的路。"她现在最希望的是逃离那些恐怖的阴影，它们覆盖了整个天花板，并且已经蔓延到了墙壁上。她抓起自己的包，冲进了夜色之中。

露西撞进了一个人的怀中。

"你还好吗？"

竟然是丹尼尔！

"你是怎么找到我的？"她不顾一切地把脸埋进了他的臂弯，眼泪夺眶而出。

"好了，我们离开这里。"

露西头也不回地跟他离去了。她抓住了丹尼尔的手，温暖瞬间沿着双臂弥漫了全身。眼泪更加汹涌地流了出来。阴影如此迫近，她却感觉如此安全。

甚至丹尼尔都有些紧张。他拽着露西快步穿过了空地，她一路小跑着才跟得上他。她不想回头，但是她感觉到阴影已经涌出了门外，在空气中酝酿着，但是现在她不必回头了。它们像一条河水一样从她的头顶流了过去，挡住了他们的去路。它好像是要在他们的面前把整个世界撕成碎片。一股腐烂的硫黄气味涌进了她的鼻孔，比任何东西都要令人作呕。

丹尼尔抬起头来，怒目而视，只是他的样子像是在回想他把车停在了哪里。

但就在这时，最诡异的事情发生了……阴影退却了，它们像沸腾了一样翻滚着黑暗的浪花，就像是一块磁铁被扔进了一堆铁屑里一样。

露西眯起了眼睛，难以置信。丹尼尔是怎么做的？不会是他做的吧，难道真的是他吗？

“怎么了？”丹尼尔问道。他打开了一辆白色的金牛旅行车的车门，“有什么不对劲儿吗？”

“我们没时间再细数有什么不对劲儿的事情了，太多太多了。”露西说着跌坐进汽车的座椅里。“看。”露西指着酒吧门前。凯姆正一脚踹开了酒吧的门，他肯定已经把那个家伙干掉了，但是他看起来完全不像是打完了的样子，因为他的拳头依然紧紧地握着。

丹尼尔讥笑了一声，摇了摇头。露西一次一次地想要把安全带系上，但始终没有成功，丹尼尔伸过手把她的手推开。露西屏着呼吸，丹尼尔的手指擦过她的腹部。“有窍门的。”他轻声说了一句，轻松地扣上了安全带。

他发动了汽车，缓缓倒车，不紧不慢。车驶过了酒吧门口，露西想不出该对凯姆说些什么。丹尼尔摇下车窗，淡淡地对凯姆来了一句：“晚安了，凯姆。”

这感觉真棒！

“露西，”凯姆走到车边，“别这样，别跟他一起走，不会有好结果的。”

她无法注视他的眼睛，因为她知道凯姆此时的眼神中肯定充满了祈求，祈求她能回去。“对不起。”

丹尼尔完全没有理会凯姆，径自开车。沼泽地在微光下显得阴云密布，前方的树林显得更加阴郁。

“你还没告诉我你怎么找到我的呢？还有你怎么知道我去见凯姆了？你从哪儿搞到这辆车的？”

“索菲亚老师的。”丹尼尔解释道，一面打开了车灯。前方的树丛愈发茂密，头顶的树枝在前方的路面上投下浓重的阴影。

“索菲亚老师肯把车借给你？”

“在洛杉矶的贫民区住了那么久，”他耸了耸肩膀，“可以这么说，‘借车’这事我很有一手。”

“你偷了索菲亚老师的车？”露西嘲弄道，心想着图书管理员会怎么在丹尼尔的档案里记载这件事情。

“我们会把车送回去的，而且今晚有南北战争演出，她忙着呢。我有预感，她甚至都不会注意到车不在了。”

露西这才注意到丹尼尔的穿着打扮：他穿着蓝色的联邦制服，胸前斜系着一条棕色的皮带，看起来十分可笑。她被那些阴影、被凯姆、被整个事情吓坏了，以至于都没缓过劲儿来好好看看丹尼尔。

“别笑，”丹尼尔自己也忍着笑，“你已经从一年当中最糟糕的社交活动中逃出来了。”

露西无法克制自己：她伸手到前面弹了弹丹尼尔的扣子。“可惜了，”她故意装出一副南方腔调说，“我刚把参加舞会的晚礼服熨了。”

丹尼尔终于扬起嘴唇，露出了微笑，但随即他又是一声叹息。

“露西，你今晚所做的事情可能会变得很糟糕，你知道吗？”

露西盯着外面的路，情绪忽然又转回了阴郁。有一只猫头鹰蹲在树上看着她。

“我并不想来这儿，”她说着，心里明白这是真心话。她感觉像是被凯姆骗了一样。“我真希望我没有来。”她又悄声补上了一句，心中惦记着阴影现在在什么地方。

丹尼尔忽然一拳砸在方向盘上，把露西吓了一跳。他咬着牙齿，露西心中实在怨恨自己又惹得他如此恼火。

“我就是不敢相信你竟然和他搅在一起。”

“我没有。”她争辩道，“我到这里的目的只是想告诉他……”丹尼尔怎么会这么想？和凯姆搅在一起！如果丹尼尔知道她和潘妮把大把的时间都花在了调查研究他的族谱上的话，他可能会同样愤怒。

“你不必解释，”丹尼尔朝她挥了挥手，“不管怎么说，是我的不对。”

“你的不对？”

丹尼尔忽然转了弯，把车停在了一条沙子路的尽头。他关掉了车头灯，他们俩就这样看着大海。灰暗的天空呈现出一片紫红色，海浪掀起银色的波涛，海岸的野草随着海风拂动，发出尖锐而孤寂的哨声。一群羽毛蓬乱的海鸥沿着海滨的人行道的栏杆坐成一排，梳理着自己的羽毛。

“我们迷路了吗？”

丹尼尔没有理会她。他走出车外，关上了车门向水面走去。露西焦灼地等待了一会儿，看着他闪着紫色微光的轮廓越来越小，她终于也跳出车外，跟随着他向海边走去。

微风撩起她的头发，轻拂着她的面庞。波涛拍击着海岸，回头浪将一排贝壳和水草留在海滩上。周围的一切都散发着海水咸湿的味道。

“怎么了，丹尼尔？”她沿着沙丘踱着步子，行走在沙滩上令她的步伐沉重了很多。“我们这是在哪儿？你说是你不对，是什么意思？”

他转过身来面对着她，看上去很沮丧。他身上的制服皱成一团，灰色的眼睛低垂着。海浪的咆哮几乎遮盖了他的声音。

“我只是需要一些时间好好想想。”

露西觉得喉咙中又开始有些哽咽。她刚刚止住了哭泣，可丹尼尔又让这一切变得如此艰难。“那你为什么来救我？为什么跑这么老远来接我，却又对我大吼大叫，对我不理不睬。”

她拿黑T恤的袖子擦了擦眼睛，指尖上的海盐弄得她眼睛生疼。“不是说你这样和平常对待我有什么不同，但是……”

丹尼尔猛然转过身来，双手拍着前额。“你不明白，露西。”他摇着头，“有些事情你永远都不明白。”

他的声音中没有一丝恼怒，事实上，听起来简直太和善了。那语气像是她愚钝不堪，那些对于丹尼尔如此明了的事情，她却琢磨不透。露西彻底爆发了。

“我不明白？我不明白？那我告诉你我明白的事情吧。我在全国最好的大学预科学校里三年都是全奖。他们想把我踢出去的时候，我必须得申诉！申诉！因为他们想把我满分的成绩单抹掉。”丹尼尔转身走开，但是露西紧追着他。丹尼尔瞪大了眼睛，他每退一步，露西就往前逼近一步，或许她的模样吓到他了。但是这又怎么样，他每次让她纡尊降贵的时候，他就应该想到会有这样的一天。

“我懂拉丁语和法语。在中学的时候，科技展览会我连续三年都获奖。”她把丹尼尔逼到了人行道的栏杆上，她极力克制着自己，才没有伸出手指去戳他的胸脯，她还没说完，“我还会做周日的字谜填空，有时候不到一小时就能完成。我的方向感也向来准确无误，有时候男孩子都做不到。”

她咽了一口唾沫，停了下来大喘着气。

“将来我会成为一名精神病医生，我会倾听病人的心声并帮助他们。你懂吗？所以别那么跟我说话，搞得我像个傻瓜似的；也别因为我搞不懂你那种诡异的、多变的、忽冷忽热、伤透人心的行为就说我不明白。”她抹去眼泪，为自己这番歇斯底里气愤异常。

“别说了。”丹尼尔说道，但是他的话如此轻柔如此温暖，他们俩都乖乖地听从了，露西颇有些诧异。

“我不觉得你笨，”他闭上了眼睛，“你是我知道的女孩中最聪慧的，最善良的，也是……”他吞了一口气，睁开眼睛直视着她，“最美的。”

“你说什么？”

他看着大海，“只是这一切让我太疲惫了。”他的声音听上去确实已是精疲力竭。

“什么让你疲惫？”

他带着最伤感的表情看着她，仿佛失去了什么宝贵的东西。这是她认识的丹尼尔，尽管她不知道如何认识、在何处认识的，但这就是她爱着的丹尼尔。

“你可以告诉我。”她呢喃着。

他摇了摇头，可是他的唇依然离她那么近。他眼中的表情充满了诱惑。似乎他原本想要告诉她一切的。

露西的身体因为紧张而颤抖，她踮起脚尖向他贴近。他的眼睛不停地眨着，露西把手轻轻放在了他的胸口，他没有移动。她轻轻地向他靠近，如此缓慢，仿佛害怕会惊动他。

而每一秒钟她都感觉自己要凝固了。此刻，他们已经如此贴近，他们的双眼几乎要交会了，她闭上眼睛，他们的双唇贴在了一起。

最柔软、最轻盈的唇部接触把他们紧紧地联系起来，露西的胸中已经燃起了狂热的火焰，她知道她需要更多、想要全部的……丹尼尔。露西不敢奢望丹尼尔会对自己产生同样热切的渴望，只希望他像梦中一样把她拥在怀中，用更热烈的吻回应她。

他确实这样做了。

他强有力的双臂紧紧地环绕着她的腰身。他把她拉到怀里，露西能感觉到他们两人的身体紧紧地贴在一起，双腿缠绕着，胸口贴在一起。丹尼尔把她顶在栏杆上，紧紧地贴着她，让她几乎无法移动，在此期间，他们的双唇始终没有分开。

他开始真正地亲吻她了，起初非常温柔，微妙而动人的亲吻声在他们耳边萦绕；继而是一个长吻，甜蜜又温柔，沿着她的下颚直到颈项，令她一边呻吟一边扭动着脖子。

他轻轻地抚摸着她的头发，露西缓缓地张开双眼想看他一眼。此时，第一颗星星已经在天边探出了头来。露西觉得自己此刻比任何时候都更加接近天堂。

终于，丹尼尔又吻上了她的唇，如此热烈地亲吻着她。丹尼尔吮吸着她的下唇，他柔软的舌掠过了她的牙齿。她轻启双唇，迫切地想要他更加深入，她已不再畏惧显露出自己有多么渴望丹尼尔。她的热情被点燃，她用同样炽烈的激情和力量回应着他的亲吻。

她的口中有些许沙子，她的脚间也有沙子，咸湿的海风吹过她的肌肤，令她的皮肤泛起了一层小小的疙瘩。那种甜蜜得令人心醉的感觉占据了她的心房。

这一刻，她真的愿意为他舍弃生命。

他突然抬起头来，低头盯着她，欲言又止。她抬头对他微笑着，又轻轻地啄吻着他的嘴唇，久久不愿放开。

没有更好的词语、没有更好的方式表达她此时的感受，以及她的渴望。

“你还在这儿。”他呢喃着。

“他们没法带走我。”她笑着说。

丹尼尔往后退了一步，忧郁地看着她，脸上的微笑也消失了。他在她面前踱着步子，双手不停地揉搓着额头。

“怎么了？”她轻声问道，抓着他的袖子想把他拉到怀里继续甜蜜地拥吻。

他伸出双手抚摸着她的脸蛋，又穿过她的秀发，环住了她的颈项，仿佛是在确认眼前的她不是一个梦境。

这是她的第一次接吻吗？她觉得特雷佛应该不算是，那么这确实是第一次。一切都感觉不错，就像她命中注定是属于丹尼尔的，而丹尼尔也是属于她的。他的气息如此迷人，他的唇芳香馥郁，他高大强壮……而他从她的怀中离去了。

“你要去哪儿？”

他弯曲了膝盖，靠在木头栏杆上，抬头仰望着天空……他看上去非常痛苦。

“你说他们没法带走你。”他的声音小得几乎听不见，“但他们会的。或许他们只是迟了一步。”

“他们？谁？”露西问道，紧张地张望了一下荒芜的海岸，“凯姆？我觉得我们已经把他甩掉了。”

“不。”丹尼尔沿着人行道向远处走去。

他浑身颤抖着说：“那是不可能的。”

“丹尼尔。”

“它会来的。”他轻声说道。

“你吓坏我了。”露西跟在他的身后，想撵上他的步伐。

尽管她心中没有这样想，但是她突然间明白了丹尼尔的意思。不是凯姆，而是其他的东西，其他的威胁。

露西的思维一下变得模糊了。他的话冲击着她的思绪，听起来如此真切，但是这背后的原因她始终不得而知。就像那是她无法忆起的梦境的片段。

“跟我说话，告诉我会发生些什么。”

他转过身去，脸色像一束芍药花那般苍白，他伸展着的双臂像是已经屈服。

“我不知道该怎么阻止它，我不知道该怎么做。”

FALLEN

16 · 未见分晓

露西站在十字路口。往北，通往公墓；向南，去往湖边。

现在已是傍晚，建筑工人们早已回家。露西穿行在体育馆背后的橡树林中，繁茂的树枝在通往湖畔的草坪上投下斑驳的暗影，似乎在诱惑露西前往。她不确定该往哪儿走，因为此时她手中攥着两封信。

第一封来自凯姆，如她所料，是表达他的歉意，也求她在下课后和他见个面、好好谈谈；第二封来自丹尼尔，上面只有一句“到湖边找我”。她早就迫不及待了。昨晚的热吻仍令她的嘴唇有些许刺痛。她脑海里挥之不去的是他的手指探入她的发中，还有他亲吻她脖颈的甜蜜。

昨晚上发生的其他事情已经不再清晰，像她与丹尼尔并肩坐在海滩之后发生的事情则有些模糊。她只记得：十分钟前，丹尼尔的手还令她周身狂热，而下一刻他几乎不敢碰她。

他茫然失措，不断呢喃着相同的字句：“一定有事情发生了，有些事情不同以往。”他瞪着露西，眼神里写着痛苦。仿佛她知道答案，仿佛她知道他究竟在说什么。最后，露西望着无尽缥缈的大海，靠在他肩上睡着了。

几个小时后，当她终于醒来时，丹尼尔正抱着她走上台阶，朝她的寝室走去。她吃惊地意识到，回学校的这一路上，自己竟睡得这么沉——但更令她惊异的是走廊里竟然闪烁着奇异的光芒：它回来了，丹尼尔的光芒。可她甚至不知道丹尼尔能不能看见。

周围的一切都沐浴在一片柔和的紫罗兰光芒中。贴着贴纸的其他人的白色房门染上了霓虹色调，连单调的亚麻地板看上去都闪闪发亮。窗外已经有了一缕昏黄的曙光，窗玻璃又为它渲染了一抹紫罗兰色的光辉。这一切全都发生在摄像头的眼皮底下。

“我们暴露了。”她轻声低语，虽然有些紧张但却难掩睡眼蒙胧。

“我担心的不是摄像头的事。”丹尼尔平静地说，顺着露西的目光看着摄像头。他的话倒是令露西很欣慰，但一转念，她又奇怪为什么他的声音中流露出些许不安：如果丹尼尔不是担心摄像头，那肯定是其他的什么事情。

他把露西放到床上，轻轻亲吻她的额头，然后深吸了一口气。“可不要消失啊。”他说。

“绝对不会。”

“我是说真的。”他闭上眼睛良久。“现在好好休息一会儿，但早上上课前记得来找我。我想和你谈谈。保证？”

露西握住他的手，拉他过来，最后一次亲吻他。她把丹尼尔的脸捧在掌心，融化在他的怀抱里。每当露西扑闪着睁开眼睛，他都能看见丹尼尔正凝视着她，令她由衷地欢喜。

终于，他退出门外，站在门口凝视着她，他的眼神就像刚才他的唇一样使她心跳加速。终于，丹尼尔关上了身后的门，转身踏进走廊，露西也进入了甜美的梦乡。

早上的课露西就这样睡过去了。直到下午一两点她才醒来，这才感觉恢复了元气。她根本没有考虑逃课的理由，只担心错过丹尼尔的约会。露西会尽快去找他，而丹尼尔一定会谅解的。

两点左右，她终于觉得自己该吃点儿东西，或是去上索菲亚小姐的宗教课了，她不情愿地从床上爬了起来。这时她才看到地板上有两个从门缝下塞进来的信封，这两封信让她打定主意赶紧出门。

她得先去好好训训凯姆，因为她知道如果先去湖边，她肯定就再也不愿离开了。如果她先去墓地，那么想去见丹尼尔的欲望就能让她鼓起勇气告诉凯姆她以前不敢明说的事，她应该在昨晚，在事情变得如此糟糕、失去控制之前就跟他说明白的事情。

本来露西对跟凯姆见面还心存一丝畏惧，但此时她将畏惧抛在了脑后，她穿过广场，朝公墓走去。傍晚的天气还不是很凉，空气潮湿得有些黏稠。又会是一个闷热的夜晚，从远处吹来的海风难以缓解酷暑。校园里不见人影，树上的叶子也纹丝不动。露西可能是校园里中唯一在活动的物体。放学后大家应该都聚在餐厅吃晚餐，而潘妮，可能也还有其他人，现在会纳闷露西上哪儿去了。

露西到了墓地，凯姆正靠在苔藓斑驳的大门上，手肘靠着雕刻成藤蔓状的铁柱、肩膀往前耸着。他穿着一双厚重的靴子，正用金属的鞋尖踢着蒲公英。露西从没见过他如此沉溺于自己的思绪——大部分的时间，凯姆似乎对周围的世界饶有兴致。

但这次，直到露西走到他面前，他都没抬头看她。凯姆终于抬起了头，脸色苍白，头发平平地贴在头上，露西吃惊地注意到他剃了头发。他的眼神慢慢扫过露西的脸庞，仿佛连专注地看她的五官都需要耗费极大的力气。他看起来气色很差，不是因为打架，倒像是几天没睡的样子。

“你来了。”他的嗓音嘶哑，但说完后露出一抹浅浅的微笑。

露西把指节捏得喀喀作响，心想着他的微笑不会持续太久了。她点点头，掏出他的信。

凯姆想拉她的手，但露西把手拿开，假装拨开眼前的一绺头发。

“昨晚的事，你很生气吧？”他说完离开大门朝墓地里走了几步，然后盘腿坐在第一排坟墓间的灰色大理石短凳上。凯姆把泥土和枯叶扫开，然后拍拍他身旁的空位。

“生气？”她说。

“人们从酒吧里冲出去大概都是因为生气吧。”

她也盘着腿面对凯姆坐了下来。从这里看去，墓地中央那些巨大的老橡树顶层的枝叶可以尽收眼底，她和凯姆就是在那里野餐的，但似乎已经是很久以前的事了。

“我不知道，”露西说，“更像是困惑，也许还有不安……失望。”

她想到那个肮脏的家伙抓住她时的眼神、凯姆暴怒的拳头、阴影密布的天花板，她不禁全身哆嗦起来。“为什么带我去那里？你知道朱尔斯和菲利普逃出去后是什么下场的。”

“朱尔斯和菲利普是白痴，他们的一举一动都有腕带追踪器监控，当然会被抓。”凯姆阴沉地笑了，但不是对她，“我们不一样，露西。相信我。何况，我根本没打算再打一架。”他揉搓太阳穴，周围的皮肤挤在一起，看起来像是极薄的皮革。“我只是受不了那家伙那样跟你说话、还碰你——你应该被小心呵护。”他睁大绿色的眼眸，“我想要做那个呵护你的人，唯一的一个。”

露西将头发拨到耳后，深吸一口气说：“凯姆，你是个好人。”

“喔，不，”他捂住脸，“别发表这种甩人前的演说。我可不想听你说我们只能做朋友。”

“你不想做我的朋友吗？”

“你知道，我想做的……不止是你的朋友，”他恼怒地讲出最后那两个字，简直是在唾弃这个词。“是因为格利高里，对不对？”

她觉得胃里一阵收缩。露西觉得这并不难看出来，只是她只专注自己的感情，却没有花时间去考虑凯姆是如何看待他们两人的关系的。

“你并不了解我们两个，”凯姆起身走开，“但你已经准备作出选择了，对吗？”

凯姆还是那样自以为是，他甚至觉得自己还有机会。尤其是经历了昨晚那样的事情之后，他竟然还以为他和丹尼尔有得一拼吗？

凯姆蹲在了凳子上，面对着她，捧起了她的脸，此时他脸上已然是另一种表情……祈求的表情，热切而又诚恳。

露西没想到竟会如此伤到他。“我很抱歉，”她抽回身体，“但就是这样了。”

“完全正确！就是这样。发生了什么事，让我猜猜，昨天晚上他换了浪漫的眼神看着你了？露西，你还不知道你会有什么样的危险，可你就这样做决定了？会有你意想不到的危险的。”露西满脸的困惑，凯姆对着她叹了口气。“我可以让你快乐。”

“丹尼尔才能让我快乐。”

“你怎么能这么说？他甚至都不肯碰你。”

露西闭上了眼睛，想起昨晚他们在海滩上交缠的唇，还有丹尼尔紧紧搂着她的双臂。整个世界在那一刻如此美好、如此和谐、如此安全。可当她睁开眼睛时，看见的却不是丹尼尔。

只有凯姆。

她清了清嗓子说：“不，他有。他碰我了。”

她感觉脸颊发烫，赶紧用冰冷的手按着脸，但凯姆没有注意到，他紧握着双拳。

“说来听听。”

“丹尼尔怎么吻我与你无关。”她愤怒地咬着唇。他在嘲笑她。

凯姆咯咯地笑了，“喔，是吗？我可不比他差。”他抓起她的手，吻她的手背，然后突然放开，任它垂在她身侧。

“绝对不是这样。”露西边说边转身。

“那这样如何？”她没来得及将他推开，他的唇轻轻擦过她的脸颊。

“不对。”

凯姆舔舔嘴唇。“你的意思是，丹尼尔·格利高里真吻了你，就像你想要的那样？”他黑黑的眼中显现出一丝凶光。

“没错，”她回答，“那是我经历的最美妙的吻。”即使那只是她第一次真正接吻，但露西知道，即便是六十年后、一百年后再问她一次，她的回答依然如是。

“但你却在这里。”凯姆摇着头，似乎不愿相信。

凯姆的旁敲侧击令露西心生不悦。“我只是来告诉你我和丹尼尔的事。我要让你知道，你跟我……”

凯姆忽然爆发出一阵狂笑，空洞的尖笑回荡在空旷的墓地中。他狂笑了好一会儿，还得拭去自己眼中的泪水。

“有什么好笑的？”露西说。

“你根本什么都不知道。”他说，仍在狂笑。

凯姆这句“你什么都不知道”的口气和丹尼尔昨晚几乎是伤心欲绝地不断重复着“这不可能”时的语气如出一辙。但露西对凯姆的反应却大不相同。当丹尼尔筑起心墙、将她排除在外时，她只觉得更被他所吸引，甚至在吵架的时候，她都会更渴望和丹尼尔在一起而不是凯姆。但当凯姆让她觉得自己像个局外人时，她反而松了一口气。她完全不想更靠近他。

事实上，她现在都觉得离他太近了。

她受够了。露西咬牙站起身，走向大门，愤然自己竟浪费了这么多时间。

但凯姆追到她面前，挡住了露西的去路。他仍在笑，又想咬住嘴唇试图克制自己：“别走。”

“别管我。”

“现在不行。”

露西还没反应过来，凯姆便搂住了她，令她整个人往后倾，脚尖也离开了地面。露西尖叫着，开始挣扎，凯姆却露出了微笑。

“放开我！”

“格利高里和我到目前为止的竞争都还算公平，你不觉得吗？”

她怒视着他，试着推开他的胸膛：“你去死吧！”

“你误会我了。”凯姆靠近她的脸，绿色的眼睛俯望着她。当露西发现自己仍有些难以抗拒他的眼神时，不禁厌恶起自己来。

“你瞧，我知道这几天的事情有些太过疯狂，”他压低嗓门，“但我在乎你，露西。非常在乎。在我吻你之前，别选他。”

她感觉他的臂弯收紧。霎时间，她害怕起来，因为没有人看见他们，也没有人知道她在哪儿。

“这改变不了什么。”她告诉他，试图让口气听起来很冷静。

“你在嘲笑我吗？就假装我是垂死的士兵，满足我辞世的遗愿好了。我保证，就一个吻。”

露西想到丹尼尔，想到他在湖边等待，焦躁地用石头打水漂儿。此刻她该在他的怀里。她不想吻凯姆，但他如果真的不放她走，她该怎么办？一个最微不足道的亲吻，是她可以逃离凯姆最简单的方式，然后她就可以回到丹尼尔身边。凯姆保证过了。

“就一个吻……”她刚一开口，凯姆的唇立即印在她唇上。

这许多天以来，她的第二个吻。丹尼尔的吻饥渴而近乎绝望，但凯姆的吻则显得温柔而过于完美，仿佛在她之前他已经和一百个女孩练习过。

但她仍觉得有种情绪在心中升腾，要她回应，令她几秒钟前的愤怒慢慢平息、烟消云散。凯姆仍以同样前倾的姿势拥着她，用他的膝盖平衡她的重量。在他强有力的手臂中，她觉得很安全。她需要安全感。露西忽而感觉自己正在忘记某件事、某个人……是谁呢？她想不起来。她满脑子只有这个吻，他的唇，还有……

突然间，她整个人摔了下来、砰然落地。露西被她身体落地掀起的一阵气流吹了个清醒。她撑着双臂坐起身来，仔细一看，发现凯姆倒在几步之外的地方，脸贴着地面。她不禁皱起了眉头。

落日的余晖映衬着墓地中的两个身影。

“你想把这女孩毁掉几次才甘心？”露西听到那个有些义愤填膺

的南方腔调。

嘉碧？她抬头，对着西沉的落日眯起眼睛。

是嘉碧和丹尼尔。

嘉碧跑过来扶她起身，但丹尼尔甚至不肯看她。

露西低声诅咒自己。她不知道哪个更糟糕：丹尼尔看见她和凯姆接吻，还是两人又要再打一架！露西几乎已经确信打架是在所难免的了。

凯姆起身面对他们，完全无视露西的存在。“好啊，这次你们哪个先来？”他咆哮着说。

这次？

“我。”嘉碧迈步向前，双手叉在腰间，“你得先对付我，亲爱的凯姆。你打算怎么办？”

露西晃了晃脑袋。嘉碧一定是在开玩笑，这一定是什么游戏。但凯姆似乎不觉得有趣。他面目狰狞地挽起袖子，举起拳头，慢慢往前移动。

“你又要动手吗，凯姆？”露西朝他吼道，“这星期你还没打够吗？”仿佛那样还不够，现在他竟要和女孩子打架。

他转过脸冲她一笑：“事不过三。”他言语间充满了恶意。凯姆刚转过身，嘉碧飞起一脚正中他的下巴。

凯姆跌倒在地，露西吓得连退几步。凯姆痛苦地紧闭双眼，捂着脸庞。嘉碧站在他身前，淡定地俯视着他，那模样仿佛刚从烤箱里拿出一个烤得正好的蜜桃派。她低头看看指甲，叹了口气。

“刚修完指甲就得揍你，可惜了。唉，得了。”她说完继续猛踢凯姆的小腹，就像一个正在打街机的孩子一样享受着每一次击打。

凯姆挣扎着蹲起身。露西看不见他的脸，因为他把脸埋在膝盖里，正痛苦地呻吟，呼吸也哽咽了。

露西呆站着，看看嘉碧又看看丹尼尔，眼前的事情让她瞠目结舌。凯姆的身材几乎有两个嘉碧大，但嘉碧竟占了上风。就在昨天，露西亲眼看见凯姆在酒吧里痛扁那个大家伙；而前天晚上，在图书馆外，丹尼尔和凯姆也只是打个平手。可眼前这个戴着彩虹发带、扎着马尾辫的嘉碧真的是让露西目瞪口呆了。嘉碧把凯姆摁在地上，抓起他的一只胳膊拧到了他身后。“大叔？”她奚落着凯姆，“说点儿好听的，亲爱的，我就放你走。”

“做梦！”凯姆朝地上啐了一口。

“就想听你说这个。”她说着狠命将他的头摁进了泥土里。

丹尼尔抚摸着露西的脖子。她心里顿时放松了不少，回头看了看他，却害怕看见他脸上的表情。他现在一定很恨她。

“对不起，”她低语道，“凯姆，他……”

“你为什么要来这儿见他？”丹尼尔听起来又伤心又愤怒。他捏着她的下巴，让露西抬起头直视着他。他的指头停在她的肌肤上，他的眸子完全变成了紫罗兰色，不见一丝灰色。

露西嘴唇发抖地解释说：“我以为我处理得来。我想和凯姆当面讲清楚，这样我们就能在一起，不用担心任何事。”

丹尼尔哼了一声，露西知道这个理由听起来非常愚蠢。

“那个吻？”她不安地扭动双手，但她想大声说出来，“是个天大的错误。”

丹尼尔闭上眼睛转过身。他有两次欲言又止，似乎是在想该如何开口。他双手抓着头发，身体晃个不停。露西看着他，真怕他会哭出来，可他终于还是将她拥进怀里。

“你生我的气吗？”她将脸埋进他的胸膛里，呼吸着他肌肤甜美的气息。

“我只是庆幸我们及时赶到了。”

凯姆的呜咽声让他们俩把目光转向了另一边，他们看了凯姆一眼，脸上显出了厌恶的神色。丹尼尔抓住露西的手，想带她离开这里，但她的目光无法从嘉碧身上移开。嘉碧的胳膊夹住了凯姆的头，自己则毫发无伤。凯姆被打得面目全非，甚至让人有些怜悯。眼前的一切真是难以置信。

“这是怎么回事，丹尼尔？”露西低语，“嘉碧怎么能把凯姆打得这么惨？他为什么不还手？”

丹尼尔叹息中带着一丝笑意，“他不是不还手。你看到的只是那姑娘真本事的一部分。”

她摇摇头，“我不明白。她怎么能——”

丹尼尔轻抚她的脸庞，“我们去散步吧？”他说，“有些事我想跟你解释一下，但我觉得你该先坐下来。”

露西自己也有几件事想跟丹尼尔解释清楚。就算她没办法解释清楚，至少得和他好好谈谈，看他是不是已经觉得她疯得无可救药了。譬如那道紫罗兰色的光，还有她无法停止、令她无法自拔的梦境。

丹尼尔带露西走到她从未见过的墓地一隅，那是块平坦的空地，两棵桃树并排生长着、树冠向着彼此倾斜，两棵树之间宛然是一颗心的形状。

他带着她走到形容古怪、错综纠结的树枝下，握住她的手，轻轻地抚摸着她的手指。

宁静的夜，间或有蟋蟀的歌声。露西想到其他学生这会儿应该都在餐厅里用餐，他们会用汤匙把土豆泥舀进托盘，用吸管喝浓浓的热牛奶。突然间，她觉得自己和丹尼尔好像跟其他人生活在不同的世界里。她只感觉到他的手放在她身上，他的头发在西沉夕阳的光芒下闪耀，还有他灰色的眼睛。其他的一切都显得那么遥远。

“我不知该从何说起。”他抚摸着她手指的手多了一些力道，仿佛这样答案就会从他的指缝中流出来。“我有很多事情得告诉你，但我不想把你吓跑。”

她很希望丹尼尔想说的只是简单的爱情告白，但她明白绝不止如此。丹尼尔要说的话也许难以言表，也许可以解释他的行为，但对露西来说也许很难接受。

“要不试一试‘一个好消息一个坏消息’？”她建议。

“好主意。你想先听哪个？”

“大部分的人会想先听好消息。”

“也许吧，”他说，“但你可不是‘大部分人’。”

“好吧，那我先听坏消息。”

他咬咬嘴唇说：“那你要向我保证，在我没说好消息之前不许离开。”

露西根本不想离开。现在不会，因为他已不再拒她于千里之外。在丹尼尔可能会解答过去几个星期一直萦绕在她脑海的许多问题之际，她更加不会离开他。

丹尼尔把露西的双手拉到胸前，贴在他的心房上。“我要把真相告诉你，”他说，“你不会相信我，但你应该知道。即使真相会让你送命。”

“好吧。”露西感觉心中一阵痛楚。她感觉膝盖在发抖，当丹尼尔让她坐下来时，她如释重负。

丹尼尔来回地踱步，深吸了一口气。“在《圣经》里……”

露西哼了一声。她无法控制自己，她对主日学校的那一套教条有种天生的反感，更何况，她现在想讨论他们俩的事而不是道德寓言。《圣经》不能解开她对丹尼尔的任何疑惑。

“听好，”他瞪了露西一眼，“根据《圣经》记载，你知道，上帝要每一个人都全身心爱他，他非常在乎这个，而且必须是无条件的，无可比拟的爱。”

露西耸耸肩说：“大概是吧。”

“嗯……”丹尼尔似乎在寻找合适的字句，“这个要求并不只约束人类。”

“什么意思？还有谁，动物吗？”

“有时候确实是如此，”丹尼尔回答，“比方说，蛇。它诱惑了夏娃，因此被打入地狱，被诅咒要永远在地上爬行。”

露西打了个冷战，她想到了凯姆。蛇，他们的野餐，那条项链。她摸着自己干净、赤裸的脖子，很高兴已经摆脱了那条项链。

他的手指顺着她的头发抚摸而下，沿着她的下巴滑入颈背。她叹了口气，感到无比幸福。

“我想说的是……我想，你可以这样说，我也受到了诅咒。露西，很久很久以前我就受到了诅咒。”他说着，仿佛那些字眼很苦涩。“我曾经作出了一个选择，一个我坚信的选择，我现在仍相信，即使……”

“我不懂你想说什么。”她摇了摇头。

“你当然不会懂，”丹尼尔说着蹲在了露西身旁，“在向你解释这些事情方面我一向都不行。”他搔着头，压低嗓门，仿佛是在自言自语。“虽然我一直在努力，可终究是徒劳。”

“好吧。”她说。他只让她迷惑，而且什么都还没解释。露西尽量让自己显得不那么失落。

“我爱上了一个人，”丹尼尔解释，紧紧地握住她的手，“一次又一次地爱上她，可到最后却总是一场灾难。”

“一次又一次。”这话让她有些难受。露西闭上眼睛，把手抽了回来。这些事他已经讲过了。那天在湖边，他说他曾经分手好几次，他受过伤。但现在为什么要提那些女孩呢？那时她听了很受伤，现在更觉得难过，这话像尖刀一样刺着她的肋骨。他轻轻握住她的手指。

“看着我，”他请求，“下面的话才是难以理解的。”

露西睁开了双眼。

“我每次爱上的人……都是你。”

她刚才一直屏住呼吸，她刚想试着喘口气，可是却爆发出一声尖锐而苦涩的大笑。

“没错，丹尼尔，”她边说边想站起身，“噢，你真的被诅咒了，太可怕了！”

“听着！”丹尼尔一把拉她坐下，力气很大，令她肩膀生疼。他的眼神又闪烁着紫罗兰色，露西看得出来他在生气。那又如何，她也一样。

丹尼尔抬头望着桃树枝叶结成的天篷，仿佛在请求帮助。“求你，让我解释。”他的声音颤抖起来。

“爱上你并不是症结所在。”

她深吸一口气。“那是什么？”她强迫自己听下去、坚强起来、不要觉得受伤，而丹尼尔看起来好像快崩溃了。

“我是永生的。”他说。

树木在他们四周沙沙作响，露西眼角的余光发现微弱的阴影慢慢滑了过来。不像昨晚在酒吧里那片令人作呕、无所不在的黑暗旋涡，而像是一种警告。阴影潜藏在一定的距离外，在角落处冷漠地翻腾。但它在等待，等着她。露西身体深处感到一阵彻骨的寒冷，她没办法不这么想：某种巨大、漆黑如夜、将终结一切的东西正朝她扑过来。

“对不起，”她强迫自己把眼神转回丹尼尔身上，“你能……再说一次吗？”

“我是永生的，我不会死去。”他重复道。露西仍是一头雾水，但他滔滔不绝地说着，“我无法死去。我看着婴儿出生、长大、然后坠入爱河；我看着他们生养孩子，年华老去；我得看着他们死去。我被诅咒了，露西！我看着这些事情不断地发生。我看着每个人，除了你。”他的眼神变得坚定，声音变成低语。“你不会坠入爱河……”

“可是，”她也低声答道，“我确实坠入过爱河。”

“你不会生儿育女，你也不会老去，露西。”

“为什么？”

“你每十七年就会出现一次。”

“拜托……”

“我们终究会相遇。不管我逃往何处、如何逃避你，我们都会邂逅。我们的命运总是交织在一起。一切都是徒劳，你总会找到我。”

他低着头瞪着紧握的拳头，仿佛想捶打什么，无法抬起双眼。

“每次我们相遇，你都会爱上我……”

“丹尼尔……”

“我可以拒绝你，逃离你，或对你视若无睹，但都没有用。你爱上我，我爱上你。”

“那有什么可怕的？”

“它会害死你。”

“别再说了！”她叫道，“你想做什么？把我吓跑吗？”

“不，”他哼了一声，“反正这招也没用。”

“如果你不想和我在一起，”她说，暗自希望这只是一个玩笑、一个结束一切的分手宣言，而不是真相，这也不可能是真相。“可以编个更能让人信服的故事。”

“我知道你不会相信，所以我现在才告诉你……在我必须告诉你的时候……我以为我很了解规矩了。可是……我吻了你，现在我什么都不明白了。”

他那晚的话又浮现在她的脑海：“我不知道怎么阻止它，我不知道该怎么办。”

“就因为你吻了我！”

他点点头。

“你吻了我，然后你很诧异！”

他仍是点头，看起来有些羞怯。

“你吻了我，”露西继续说，想找一个能把头绪理清的方法，“你觉得这个吻会要了我的命？”

“就过去的经验来说，”他嘶哑着声音说，“没错。”

“这太疯狂了！”她说。

“不是和这次的吻有关，重要的是它的含意。在某些你的前世中，我们可以亲吻。但大部分的前世，我们不能。”他轻抚她的脸，这美好的感觉令她有些不知所措。“我得承认我更喜欢我能吻你的那些前世，”他说着低下头去，“尽管那使得失去你变得更加痛苦。”

露西真想对丹尼尔发飙。当他们应该紧紧相拥时，他却编出了一个这么古怪的故事，但脑海中却又一个声音告诉她，现在不要离开丹尼尔，要待在他身边，要坚持听到最后。

“当你失去我时，”她问道，“那是怎样发生的？为什么？”

“那要看你，看你对我们的过去记得多少、看你能记得我多少、知不知道我是谁。”他耸了耸肩，举起了双手。“我知道这听起来非常……”

“疯狂？”

他笑了，“我本来想说‘模糊’。但我不想向你隐瞒任何事，这是个非常、非常复杂的故事。有时候，在过去，我们像这样交谈就会……”

她等着他继续说下去，但他却不愿。

“要我的命？”

“我想说‘让我心碎’。”

他的痛苦写在脸上，露西想去安慰他。她感到自己已然心力交瘁，可胸中有一种力量将她往前推，但她无法这么做。此时，她突然确信丹尼尔知道那紫罗兰色光芒的事。他和这一切都有关。

“你究竟是什么？”她问道，“你是……”

“我在大地上流浪，心中明白你会出现。以前我会去找你，但后来我开始躲着你——躲避我知道的在所难免的心碎。那时就换成你来寻找我。我很快发现，你每隔十七年就会出现一次。”

八月下旬露西刚刚度过了十七岁的生日，就在进入圣剑和十字架学院的前两周。那是一次凄凉的庆祝，只有露西和爸爸妈妈，还有一个从店里买来的蛋糕。没有蜡烛，以防万一。那她的家人呢？他们也每隔十七年就出现一次吗？

“我好不容易才从上次的悲伤中走出来，”他说，“这段时间刚够让我再次放松警惕。”

“所以你知道我会出现？”她狐疑地问道，他看起来很严肃，但她仍旧无法相信他。她也不想那么做。

丹尼尔摇了摇头，“我并不知道你那天会出现。不是那样的。你还记得我那时看到你的反应吗？”他抬头看她，好像在回想这件事。“每次在最初的那一刻，我总是会喜出望外，甚至有些忘乎所以，但随即我就会记起。”

“我知道，”她慢慢地说，“那时你笑了，然后……所以你才对我竖中指？”

他皱紧了眉头。

“如果真像你说的那样，这件事每十七年就会发生一次，”她说，“那你一定知道我会来。某种程度上来说，你知道。”

“这很复杂，露西。”

“那天是我先看到了你。你在奥古斯汀堂外和罗兰德笑得那么开心，开心得让我嫉妒。如果你知道这一切，丹尼尔，如果你聪明到能预测我会在何时出现、何时死去，如果你还要承受那种巨大的痛苦，你怎么还能笑得那么开心？我不相信。”她感觉自己的声音在颤抖，“我一个字都不信。”

丹尼尔温柔地伸出拇指拭去露西眼角那滴摇摇欲坠的泪水，“问得很好，露西。我很钦佩你能想到这个问题。我也希望我能好好地回答。我只能告诉你：度过永恒岁月的唯一方法就是要懂得享受每一个瞬间。我是这么做的。”

“永恒？”露西重复了一下，“又一件我理解不了的事情。”

“无所谓了。我没法再像那样笑了。你一出现，我就方寸大乱了。”

“你的话一点儿道理却没有。”她想在天色太黑之前离开，但丹尼尔的故事已经不只是荒谬了。想想她在圣剑和十字架学院的这段日子，她几乎已经相信自己是疯子了，但她的疯狂和丹尼尔相比真是黯然失色。

“世上没有有关如何向你的爱人解释这种事情的指导手册。”他哀求着她，轻抚着她的头发。“我已经尽力而为了。我希望你相信我，露西。我到底该怎么做？”

“再讲一个像样点儿的故事。”她苦涩地说道，“找些靠谱的理由。”

“你自己说过好像觉得认识我。我极力否认、想拖延时间。因为我知道这种事情终归是会发生的。”

“没错，我是觉得似乎在哪里见过你。”她说。现在她的声音充满恐惧，“但那是像在购物中心或夏令营之类的地方。不是前世！”她摇了摇头，“不，我没法相信。”

她捂上了耳朵，而丹尼尔拉开了她的手。

“但你心里明白这一切都是真的！”他抓住她的膝盖直盯着她的双眸，“在里约热内卢的时候你就知道了，那时我跟着你到科尔科瓦多山顶，因为你想近看上面那尊雕像；在耶路撒冷的时候你就知道了，那时我背着生病的你、大汗淋漓地走了两英里来到约旦河畔，我告诉过你不要吃那么多椰枣；在“一战”时的意大利你就知道了，那时你是我在医院里的护士；在那之前……在沙皇清剿圣彼得堡时，我躲在你的地下室；在宗教改革时，我为你测量你在苏格兰那座城堡的塔楼；还有在凡尔赛的国王加冕舞会上，我和你跳了一曲又一曲，你是舞会上唯一身着黑衣的女人；还有在墨西哥昆塔纳罗的艺术家殖民地，我们观赏了各种艺术品；在开普敦的示威游行中，我们在畜栏里过了一夜；在伦敦环球剧院的开幕典礼上，我们坐着最好的位置；当我的船在塔希提搁浅时，你在那里；在墨尔本，我是个囚犯；在18世纪的法国尼姆，我是个扒手；在中国西藏，我是个僧侣。可你总是会出现，而你迟早会明白我告诉你的事情。你虽然觉得这可能是真相，你却始终不愿接受。”

丹尼尔终于停了下来换了口气，一脸茫然地看着远方，然后他靠过来，将手放在她膝盖上。他的触摸又令一股烈焰弥漫她的全身。

露西闭上了眼睛，而她再度张开双眼时，丹尼尔正举着一朵洁白无瑕的芍药花，闪耀着迷人的光泽。她四下张望想看他是从哪里摘下这朵花的，之前她怎么都没注意到，因为眼前只有杂草和腐烂的果实。他们一起捧着那朵花。

“在赫尔斯顿的那个夏天，你每天都摘白芍药花，那时你就知道了。你还记得吗？”他瞪着她，仿佛想看透她。“不记得？”过了一会儿，他叹了口气，“你当然不记得。我很嫉妒你能忘却这一切。”

当他说话时，露西的肌肤感到一阵温暖，仿佛她的身体对心中无法理解的话语却能做出反应。她已经什么都不明白了。

“这些事情我都做过。”丹尼尔俯身贴着她的额头，“因为你是我的爱，露仙达。你是我的全部。”

露西的下唇在颤抖。她松开他的手。花瓣滑过他们的指尖，飘然落地。

“那你看上去为什么如此悲伤？”

想想他的话，她都难以承受。她背对着丹尼尔，起身拍落牛仔裤上的落叶和杂草。她仍然感觉天旋地转。她，有过很多前世？

“露西。”

她挥手制止了他。“我想我得去其他地方，我想躺下来。”她倚在桃树上，全身无力。

“你不舒服吗？”他说着站起身来，想握住她的手。

“不。”

“我很抱歉。”丹尼尔叹息道，“我不知道告诉你这些事你会做何反应。我不该……”

露西从未想过她会主动想要离开丹尼尔一阵子，但她现在必须离开。看着丹尼尔凝视她的样子，露西知道他希望她说她稍后会来找他，他们可以再深入谈谈这个话题，但她现在不再确定那是个好主意。他说得愈多，她就愈觉得体内有某种东西正在逐渐苏醒。那是露西不确定自己是否准备好面对的东西。她不再觉得自己疯狂了，她也不确定丹尼尔是否正常。对其他人来说，他的解释听起来只是越来越荒唐。但对露西而言呢？她仍然无法确定。但是，万一丹尼尔的话真的是能解读她整个人生的答案呢？她不知道。她觉得比以前更加恐惧了。

露西甩开他的手，往宿舍走去。走了几步，她又停下来，缓缓转过身来。

丹尼尔没有动，“怎么了？”他扬起下颌问道。

她站在原地，和他保持着距离。“我答应过你我会待在这里，听完好消息才会离开。”

丹尼尔的神情轻松了许多，几乎露出了微笑，但其中仍然掺杂着一丝烦扰。“好消息就是……”他顿了一顿，小心地选择着字眼，“我吻了你，而你还在这里。”

FALLEN

17 · 翻开的书页

露西瘫倒在床上，松软的弹簧床垫一阵摇晃。从墓地里出来、离开丹尼尔之后，她几乎是一路小跑着回到了房间。她懒得开灯，却绊在了椅子上，踢到了脚指头。她蹲下身来蜷成一团，捂着生疼的脚。这疼痛至少是真实的，她还可以应付，这疼痛至少是这世界上能说得通的东西。露西庆幸着终于又可以独处了。

有人敲门。

她怎么会连这点儿好运都没有。

露西没有理会敲门声。她现在谁都不想见，不管是谁都会看出点儿端倪的。又是一阵敲门声。沉重的呼吸声，还有因过敏而有气无力的清痰声。

潘妮!

她现在可不能和潘妮见面。如果她把昨天一天发生的事情告诉潘妮的话，她看起来肯定像个疯子；要不她就得装上一副正常的样子把这一切秘密深藏心底。

终于，露西听到了潘妮渐渐远去的脚步声。她如释重负地叹了一口气，继而变成了一声长长的孤寂的啜泣。

她想责备丹尼尔，因为他释放了自己的心情，令它一发不可收拾。她心中甚至开始想象没有丹尼尔的生活。只可惜这是不可能的。这就像你在一栋房子里住了多年之后想要回忆对它的第一印象一样。他就是这样深深地影响着她。现在她必须想个法子来想清楚他今晚告诉她的这些诡异的事情。

但是在她记忆的边缘，她仍然时时在回想丹尼尔说过的他们曾经在一起的日子。或许露西还是无法确切地记起丹尼尔提到过的那些地点和那些瞬间，但是他的那些话语还是奇异地震撼着她的心灵。因为那一切都是那么熟悉。

比方说，她对椰枣有一种莫名的厌恶，甚至连看上一眼就会令她作呕。她开始宣称她对椰枣过敏，妈妈这才不再往她烘烤的东西里加那些东西。她一直乞求爸爸妈妈带她去巴西，尽管她心里从来都不明白自己为什么想要去。还有白芍药花！丹尼尔在图书馆的火灾后曾经送给她一束。它们是那么的特别，却又那么的熟悉。

窗外的天空一片漆黑，只飘着几抹浮云。房间里也是一片黑暗，可窗台上那束盛开的花朵在朦胧中却如此显眼。它们已经在花瓶中站立了一周，却没有一片花瓣凋零。

露西坐起身来呼吸着它们的芬芳。她不能责备他。不错，他的话听起来是很疯狂，但是他的话也是对的，是她一次又一次到他身边对他说他们曾经有一段过去。而且不只如此。也是她总会看见那些阴影，她总会和无辜人的死亡牵扯在一起。在她和丹尼尔讨论自己的死亡，讨论他曾多少次目睹她死去时，她努力地不去想特雷佛和陶德。如果真的有揣摩这种事情的方法，露西会问丹尼尔，他是否会觉得失去她，他也有责任？现实中的他是否也像她一样每天都要面对那些隐秘的、丑陋的、压倒一切的负罪感？

她瘫坐在书桌前的椅子上，正在房间的中央。哎呀！她不小心碰掉了一个硬邦邦的物件。露西伸手在地上摸索着，是一本厚厚的书。

露西挪到墙边，拨开了电灯的开关，在幽暗的灯光下瞅着那本书。手中这本书她以前从未见过。书的封面是用浅灰色的布包的，书角已经有些磨损，书脊底部还有胶水的痕迹。

守望者：中古欧洲神话

丹尼尔祖先的那本书。

这是一本非常沉重的书，还有一股淡淡的烟气。她把夹在封面的那张纸条抽了出来。

不错，我找了一把备用钥匙，非法闯进了你的房间。抱歉！但是这件事很紧急。到处都找不到你，你跑哪儿去了？你需要看看这个，我们也得见个面。我一个小时后再过来。凡事小心。

潘妮

露西把纸条放在花的旁边，抱着书回到了床上。她坐在床边，两腿来回地晃悠着。抱着这本书，肌肤之下忽然就有了一种奇妙的温暖的感觉。这本书在她手中仿佛有生命一般。

她轻轻地翻开了书，心想着得先解读沉闷的学术目录或者翻阅书后的附录才能发掘出一点儿和丹尼尔相关的东西。

她根本就没有翻过标题页。

在封二页上贴着一张照片。这是一张非常古旧的照片，贴在一张发黄的蛋白相纸上。

底部用墨水写着：赫尔斯顿，1854

皮肤上忽然传来一阵热量。她把头发拨到脑后，却依然觉得燥热。

脑海中回响着丹尼尔的声音……他说："我会永远活下去。"他说："你每十七年就会出现一次。"他说："你会爱上我，而我也会爱上你。但这会要你的命。"

她心中一阵刺痛。

你是我的爱，露仙达。你就是我的全部。

她的指尖轻轻地抚摸着贴在书上的照片。露西的父亲是一位摄影专家，他肯定会惊异于这张照片的图像保存得多么完美，肯定价值不菲。

而另一方面，让露西不安的却是照片上人物的样子。除非丹尼尔的话是真的，要不这一切都无法解释。

一个年轻人，留着浅色的短发，眼睛的颜色更浅，穿着一件优雅的黑色外套。他扬起的下巴，曲线分明的颧骨，令他精致的衣着看上去更加高贵，但是那人的嘴唇才真的让露西吃惊。那微笑的样子和那眼神组成的表情是露西在过去几周每天梦见的。而在过去几天，她更是每天都能够见到。

那正是丹尼尔的模样。就是那个刚刚对她说爱她的丹尼尔；那个对她说她数十次转世再生的丹尼尔；那个说了那么多她不想听的话以至于她要从他身边逃走的丹尼尔；那个被她抛在墓地里桃树下的丹尼尔。

有可能只是长相惊人相似；也有可能这本书的作者是丹尼尔的远亲，他的基因经历几代的传递直到丹尼尔。

但是那年轻人的旁边还站着一个年轻的女人，而她看起来也是那么眼熟。

露西又把书拿近了些，凝视着那个女人。她穿着一件带着褶皱边的黑色晚礼服，紧紧地包裹着她的腰身，下摆是蓬松的黑色荷叶边。她手上戴着系带的腕套，洁白无瑕的手指上空无一物。她微笑着露出一排洁白的牙齿。她皮肤干净，比旁边的男人白了不少。深邃的目光，浓密的睫毛，乌黑的鬈发垂到腰际。

霎时间，露西几乎忘记了呼吸，即便是此时，她的目光仍然难以离开这本书。

照片上的这个女人……是她！

如果露西记得没错，她对丹尼尔的记忆来自于一次被遗忘的去萨瓦纳市场的旅行，他们在一家老式照相馆照了这张盛装的照片——而露西把这些忘得一干二净。不然的话丹尼尔所讲的就是事实。

露西和丹尼尔确实认识彼此。

她无法呼吸。她的整个生活都在自己混乱的脑海里翻来覆去，每件事情好像都不对劲儿了……那些纠缠着她的阴影，令人毛骨悚然的特雷佛的死，还有那些梦境……

她必须得找到潘妮。如果真的有人能解释这些不可能发生的事情，那么那个人就是潘妮。露西把那本令人费解的书夹在胳膊下面，离开了房间朝图书馆跑去。

图书馆里十分温暖却空无一人，高高的天花板和一眼望不到尽头的书架令她有些紧张。她匆匆走过重新布置过却依然了无生气的借还书台，她又经过了那些她从未用过、望而生畏的卡片目录和无穷无尽的参考书区，这才到了学习区的长桌子。

露西没找到潘妮，却发现阿伊莲正在和罗兰德下棋。她一只脚踏在桌子上，戴着一顶条纹的帽子，头发全都塞在帽子底下。自从她上一次帮阿伊莲剪过头发之后，露西这是第一次看见阿伊莲脖子上的疤痕。

阿伊莲这时正专注于棋盘。她嘴里叼着一根巧克力雪茄棒，沉思着下一步棋该如何走。

罗兰德把他的辫子打了两个圆嘟嘟的结，盘在头顶。他机警地盯着阿伊莲，一面用小手指敲着自己的卒子。

“将死了！贱人。”阿伊莲一副胜利的样子，打翻了罗兰德的国王。露西这时正好在他们的桌前停住了脚步。“露露露露仙达。”阿伊莲一面唱着一面抬起头看着她，“你最近一直在躲着我啊。”

“不是。”

“我最近听说了不少关于你的事情。”阿伊莲说道，罗兰德也津津有味地侧过头来准备听下文。“眉来眼去，暗送秋波。坐下来，说出来，现在就说。”

露西把书抱在胸前。她不想坐下，她想赶紧在图书馆里转转找到潘妮。

她现在不想和阿伊莲闲聊，尤其是在罗兰德面前，但罗兰德已经把他旁边座位上的东西挪开为露西腾出了位子。

“和我们一起坐会儿吧。”罗兰德邀请道。

露西不情愿地坐了下来。她只想待几分钟。但是她确实好多天没见到阿伊莲了，在通常情况下她会想念这个疯女孩的。

但是目前可不是通常的情况，露西心里想的只有那张照片。

“我已经把罗兰德杀得屁滚尿流了。我们玩个新游戏吧。要不，我们玩‘谁见了那张证明露西有罪的照片’怎么样？”阿伊莲说着把手抱在了胸前。

“什么？”露西惊得跳了起来。她的双手紧紧地按着那本书的封面，感觉自己紧张的表情已经把自己彻底出卖了。她不应该把这本书带到这里来。

“给你三次机会。”阿伊莲眼珠滴溜一转，“昨天下课后，莫莉抓拍到你钻进了一辆黑色的轿车。”

“哦。”露西可算叹了口气。

“她本来想交给兰迪，我好好修理了她，嗯哼。”

她打了个响指，“现在你得知恩图报，告诉我他们是不是偷偷把你送出去看精神病医生了。”她压低了声音，指尖敲着桌子，“要么就是你有情人了？”

露西看了一眼罗兰德，他正目不转睛地盯着她。

“都不是，我只是出去和凯姆谈些事情。并不是……”

“哈！给钱，阿伊莲。”罗兰德笑着说，“你欠我十块。”

露西又吃了一惊。

阿伊莲拍着手说：“没什么大不了的，我们只是加了点儿彩，让游戏更有意思。我猜你是和丹尼尔一起出去的，罗兰德猜是凯姆。你害我破产了，露西。我很不爽。”

“我是和丹尼尔一起的。”露西纠正道，但是她并不明白自己为什么非要这样做。他们难道真的没有其他事情可做，而非要在这儿好奇她做了什么？

“哦，”罗兰德有些失望，“剧情更复杂了。”

“罗兰德，”露西转而对他说道，“我得问你些事情。”

“说吧。”他从黑白条纹的外套里抽出一个记事本和一支笔。他把笔举到本子上方，像是一个等候客人点餐的侍者。

“您想要些什么？咖啡？酒？我们只有周五才供应烈性酒。黄色杂志？”

“雪茄棒？”阿伊莲咬着自己那根巧克力味的雪茄棒问道。

“不，”露西摇了摇头，“我不吃那个。”

“好的，特别菜式，我把菜单落在宿舍了，”罗兰德耸耸肩膀，“您还是待会儿再来吧。”

“我不用你给我拿什么东西。我只想知道，”她干涩地咽了一口唾沫，“你是丹尼尔的朋友，对不对？”

他耸了耸肩膀，“我不讨厌那个家伙。”

“但是你信任他吗？我是说，如果他告诉你一些听起来很疯狂的事情，你有多大可能会信他？”

罗兰德眯着眼睛看了看她，好像是怔住了，但是阿伊莲一下跳上了桌子，两条腿在露西身边晃悠着。

“我们到底在扯些什么？”

露西站起身来。“不要紧。”她根本就不该提起这个话题。一堆乱七八糟的细节又一下子充满了她的脑子，她抓起书来，“我得走了，抱歉。”

她把椅子推了进去转身走开了。她的双腿沉重而木然，她的脑子已经超载了。一丝凉风掀起了她的头发，吹着她的脖颈，露西抬起头四下搜寻阴影的痕迹。什么都没有，只是高处靠近房椽的地方有一扇打开的窗户，在窗户狭窄的角落里有一个小小的鸟巢。她又把图书馆扫视了一周，露西忽然觉得很难相信自己的眼睛。图书馆里竟然真的没有阴影的任何踪迹，既没有黑暗的触须，也没有令人战栗的灰暗云团在头顶盘旋，但是露西却真切地感觉它们就在附近，几乎能闻见空气中硫黄的气息。如果它们是在纠缠她，那么它们到底在哪里？她总是觉得只有自己才能看见阴影。她从未考虑过阴影会到其他的地方，做其他的事情，伤害其他的人。丹尼尔也能看见它们吗？

露西朝图书馆后面的电脑室走去，她觉得会在那里找到潘妮。在拐角处，露西和索菲亚老师撞了个满怀。她们俩都踉跄了几步，幸而索菲亚老师抓住了露西，他们才没有摔倒。索菲亚穿着一条时髦的牛仔裤和一件白色的长衫，一件装饰着珠子的红毛衣系在肩上。她那副金属绿色的眼镜系在一条彩色的珠链上，挂在脖子上。被索菲亚老师抓了一把，露西很惊异她的手竟然如此有力。

“抱歉。”露西咕哝着。

“怎么了，露仙达，怎么回事？”索菲亚老师把掌心贴在露西的额头上，她手上爽身粉的味道充斥了露西的鼻子，“你看上去不太舒服。”

露西咽了口唾沫，希望眼泪不要因为图书管理员对她的关心而夺眶而出。“我是不太舒服。”

“我知道。”索菲亚老师说道，“你今天没来上课，昨晚的社交活动你也没去。你要看医生吗？要是我的急救箱没被烧掉的话，我现在就给你量量体温。”

“不，嗯，我不知道。”露西把书呈到索菲亚老师面前，心里想着要把一切都告诉她，从头开始，可那是什么时候呢？

只是，她不必那么做。索菲亚老师扫了那本书一眼，叹了口气，看了露西一眼，她应该是知道了。

“你还是找到它了，对吗？来吧，我们好好谈一谈。”

难道连图书管理员对她的生活都比她自己了解得更多？或许是她前几世的生活。她不知道这一切意味着什么，也不知道这一切是不是有可能。

她跟着索菲亚老师来到了学习区背后角落的一张桌子旁边。她眼角的余光仍然可以瞥见阿伊莲和罗兰德，但至少他们听不见她和索菲亚老师的谈话。

“你怎么发现这个的？”索菲亚老师拍拍露西的手，戴上了眼镜。她黑珍珠般的小眼睛在眼镜框后扑闪着。“别担心，你不会有麻烦的，亲爱的。”

“我不知道，潘妮和我一直在找这个。太蠢了。我们觉得或许这本书的作者和丹尼尔有关系，当然我们并不确定。但是不管我们什么时候去找，好像它都被借走了。然后，我今晚回去的时候，潘妮就把这个放在房间里了。”

“那么说潘妮薇瑟也知道这本书的内容了？”

“我不知道，”露西说着摇了摇头。她能感觉自己是在闲谈，但是她又没法让自己不说话。索菲亚老师就像是露西从来没有过的一位平静可爱的奶奶，而且和其他人谈话的感觉真是不错。“我现在还没找到她，只是因为我和丹尼尔在一起，而且他的举止太奇怪了，但是昨天晚上他吻了我，我们待在外面直到……”

“抱歉，亲爱的，”索菲亚老师说，声音似乎有点儿大，“但是你刚才说丹尼尔·格利高里吻你了？”

露西双手捂住了嘴，她真没想到自己竟然无意间向索菲亚老师吐露了这个秘密。她肯定是失控了。“对不起，这完全是无关的。太惭愧了。我不知道为什么会说出来了。”她轻轻地往滚烫的脸颊上扇着风。

但是已经太晚了，阿伊莲在屋子的另一侧冲着露西喊道：“谢谢你告诉我啊。”她看上去满脸的诧异。

但是索菲亚老师摇了摇露西手中的书，把她的注意力拉了回来。“你和丹尼尔的吻通常是不可能的。”索菲亚老师摸了摸下巴，抬头看着天花板，“这就是说，嗯，难道说是……”

索菲亚老师的手指开始飞速地翻书，以惊人的速度浏览着书页。

“您说的‘通常’是什么意思？”露西从来没有觉得她对自己的生活如此无知。

“忘了那个吻吧，”索菲亚老师朝她挥了挥手，露西吃了一惊，“那是小事一桩。吻并不意味着什么，除非……”她小声地嘀咕着，又继续翻书。

索菲亚老师究竟知道些什么？丹尼尔的吻对露西来说意味着一切。露西看着索菲亚老师一直犹豫不决地翻书，直到一页的内容吸引了自己的注意。

“往回翻。”露西伸手阻止索菲亚老师继续往前翻。

索菲亚老师缓缓地往前倾了倾身子，露西把一页薄得几乎透明的纸翻了回去。就是这一页。她一只手按住了心房。在书页的空白处有一系列用黑墨水画的素描画。画得很快，但是画得很精致。画画的人肯定才华出众。

露西抚摸着那画，细细地品味着。那是一个女人的背影，她的头发挽成了一个圆髻。

柔软的赤裸的膝盖交叉在一起，往上是朦胧的腰身。纤细修长的手指连着展开的掌心，掌心中捧着一朵盛开的白芍药花。

露西的手指开始颤抖了。喉咙中也有些哽咽。今天她已经看到了那么多，听到了那么多，但是她不知道为什么会觉得这幅画如此美丽、如此伤感，以至于终于令她潸然泪下。那肩膀、那膝盖、那手指，都是属于她身体的一部分。她也知道这所有的画都是出自丹尼尔之手。

“露仙达。”索菲亚老师看上去很紧张，缓缓地把椅子从桌子边拉开，“你，你感觉怎么样？”

“哦，丹尼尔。”露西轻声说道，心中急切地想回到他身边。她抹去了一滴泪水。

“他被诅咒了，露仙达，”索菲亚老师冷酷地说道，“你们俩都被诅咒了。”

被诅咒？丹尼尔曾经说过他被诅咒了。他所说的就只有这些。但是他一直在说自己，而没有提到她。

“被诅咒？”露西机械地重复了一句。只是，她不想再听这个了。她现在只想找到他。

索菲亚老师在露西面前打了个响指，露西看着索菲亚老师的眼睛，缓缓地、弱弱地、傻傻地笑了。

“你还没回过神来吗？”索菲亚老师嘀咕着。她砰的一声合上了书，露西这才反应过来。索菲亚老师把手放在桌子上，“他有没有告诉过你什么？或许是在你们亲吻之后？”

“他告诉我……这听起来太疯狂了。”

“这些事情总是如此。”

“他说我们两个……我们是某种爱人。”露西闭上了眼睛，想起他列举的那一长串她过去生活的目录。起初，这想法是如此诡异，但是现在她正在慢慢习惯，她觉得这或许是世界历史上最浪漫的事情了。

“他一直在说我们坠入爱河，在里约热内卢、在耶路撒冷、在塔希提……”

“那真是很疯狂，”索菲亚老师说道，“那么，你肯定不会相信他了？”

“我起初不信，”露西说着，回想着他们俩在桃树下激烈的争执。“他开始提起《圣经》，而我的第一反应就是置之不理。”她咬了咬舌头，“我无意冒犯，我觉得您的课程非常有趣。”

“没关系。在你这个年纪的人通常都会为自己在宗教环境下长大而感到羞赧的。你算不得新鲜，露仙达。”

“哦，”露西捏着自己的指节，“但我并不是在宗教环境下长大的。我的父母不信教，所以……”

“每个人都相信一些东西。你应该受过洗礼吧？”

“要是不算我在那座建在教堂上面的游泳池里游泳的话，我还真的没有受过洗礼。”露西怯生生地说道，大拇指指着圣剑和十字架学院体育馆的方向。

不错，她也过圣诞节，也去过几次教堂，甚至当她的生活令她和她亲近的人痛苦的时候，她依然坚信冥冥之中有值得她信仰的人和事情。这对她来说已经足够了。

房间的另一端传来了一声巨响，露西看过去发现是罗兰德从椅子上摔了下来。她刚才看他的时候，他正用两腿撑着桌子往后仰，现在看来还是万有引力获得了最后的胜利。他跌跌撞撞地想要站起身来，阿伊莲忙上前扶他。

阿伊莲朝露西这边看了一眼，匆忙地朝她挥了挥手，冲她喊道：“他没事。”“起来！”她又轻声地对罗兰德喊道。

索菲亚老师双手放在桌子下的腿上，坐得稳如泰山。她清了几次嗓子，又把书翻到封面，手指抚摸着那张照片说道：“他有没有说起他的事情？你知道丹尼尔究竟是谁吗？”露西缓缓地坐直了身子，问道：“您知道吗？”

图书管理员怔住了，给自己解围说：“我是研究这些东西的，我是个学者。我不会纠缠在这些细枝末节的问题上。”

她话虽这么说，但是她脖颈上搏动的经脉，还有她眉上的一层汗珠已经告诉了露西……她知道这个问题的答案。

头顶上，那座巨大的古董钟表敲了十一下。分针颤颤巍巍地走向准确的位置，整个钟表响了许久，打断了他们的谈话。露西从没注意过这只钟竟然这么响，钟每敲一下都震得露西头疼。她已经离开丹尼尔太久了。

“丹尼尔觉得……昨天晚上就在我们接吻之后，他觉得我会死掉。”索菲亚老师看上去并不像露西预想的那么诧异。

露西捏着指节说：“但是这太疯狂了，不是吗？我哪儿也不会去的。”

索菲亚老师取下了眼镜，揉了揉眼睛说：“只是现在如此。”

“哦，天啊！”露西轻声说道，那时候令她从丹尼尔身边逃离的那种恐惧又袭上心头。可是为什么会这样？他是不是还有些事情没有告诉她？露西心里明白那些事情能够让她更加恐惧或者令她不再那么害怕，那些事情她已经知道，但是无法相信，在她再次见到他之前她无法相信。

那本书仍然打开在照片那一页。反过来看，丹尼尔的微笑挂上了一丝愁容，就像是他知道接下来将会发生什么，而且他一直以来都是这么说的。她无法想象丹尼尔现在正经历着什么。他把他们两人那段不同寻常的往事向她诉说，结果却被她残忍地抛下。她必须得找到他。

她合上了书，把它夹在胳膊下面，站起身来把椅子推回原位。

索菲亚老师紧张地问道：“你要去哪儿？”

“去找丹尼尔。”

“我和你一起去。”

“不必了。”露西摇了摇头，脑子里闪现着她张开双臂拥抱丹尼尔，身后却跟着图书管理员的景象，“您真的不必来，真的。”

索菲亚老师一脸正经，她蹲下身子系紧了鞋带，站起身来把一只手搭在露西的肩膀上。

“相信我。圣剑和十字架学院要维护自己的声誉。你该不会认为我们会让一个学生半夜四处乱跑吧？”

露西可不想让索菲亚老师知道自己最近在学校之外的冒险活动。她只得在心中一声哀叹。

干吗不把所有的学生都叫来观看这出好戏呢？莫莉可以摄影，凯姆可以和丹尼尔再干一架。为什么不就地带上阿伊莲和罗兰德呢？露西这才发现他们俩不知在什么时候已经不见了踪影。

索菲亚老师手里抱着书已经朝前门走去了。露西跑了几步才跟上她。她经过了卡片目录区，前台地上被烧焦的波斯地毯，还有东面特别收藏区装满南北战争文物的玻璃柜。就在这里，就在她来到这里的第一个晚上，她邂逅了正在描画公墓的丹尼尔。

她们走出了图书馆，迎接她们的是夜里湿润的空气。一片乌云掠过月亮，校园顿时被浓重的黑暗所笼罩。露西觉得好像手里握着指南针一样，而这指南针指引她去往阴影的所在。她知道它们在哪里。不在图书馆，但是也并不遥远。

她看不见它们，但她能感觉它们的存在，这才是更糟糕的。露西感觉全身的皮肤一阵奇痒，像是强酸穿透了骨骼和血液。它们聚集着、凝结着，令公墓内外充斥着硫黄的臭气。它们这次的规模大得多。似乎校园中的空气都被他们腐败的气息玷污了。

“丹尼尔在哪儿？”索菲亚老师问道，露西这才意识到尽管图书管理员对他们俩的过去知道得不少，但是她对阴影一无所知。露西顿时觉得自己又陷入了恐惧和孤寂之中，她要对即将发生的事情负责。

“我不知道。”她感觉自己在浓重潮湿的空气中几乎不能呼吸了。

她不想说那些话，她知道那样会令它们更加接近那些她害怕的事情。但是她必须到丹尼尔身边，“我把他扔在公墓了。”

她们匆忙穿过校园，小心地避过前两天下雨留下的泥沼。只有她们右边的宿舍楼还有几盏灯亮着。透过一扇装着铁栅栏的窗户，露西看见一个她不怎么认识的女孩正在专注地读书。露西依稀记得她们早上在同一间教室上课。那女孩长相彪悍，穿着鼻环，打喷嚏时总是小心翼翼，但是露西从未听过她说话，不知道那个女孩是在享受生活还是觉得生活一团糟。

这个女孩从来不用担心过去的生活、灾难性的阴影、还有两个无辜男孩的死。那一刻，露西很想知道如果她和这个女孩交换一下位置，她会愿意吗?

丹尼尔的脸庞浮现在露西眼前，那天早上他抱着自己回到宿舍时沐浴在紫罗兰色光芒中的面孔；他的金发闪闪发光；他的眼睛温柔如水、善解人意；他嘴唇的轻轻一触能将她从黑暗中拯救出来。为了他，露西必须要承受这一切，而且还要承受更多。

只是，如果她知道还有多少需要承受的话，那该多好。

她和索菲亚老师一路小跑着前进，穿过广场四周嘎吱作响的看台，穿过足球场。索菲亚老师的身材保持得真不错。要不是她总在露西前面几步远的地方，露西真得担心她们跑得太慢了。

露西拖着脚步。她害怕见到那些阴影，这股恐惧就像一阵逆向的飓风阻碍着露西的步伐。

但她还是坚持往前走着。一阵反胃的感觉告诉露西，她几乎已经能够预见那些黑暗的东西会做出什么来。

在公墓大门前，她们停下了脚步。露西浑身战栗，她抱紧了身子努力想要掩饰。一个女孩背对着她们站在门前，朝墓园里张望着。

“潘妮！”露西朝她喊道，很高兴见到自己的朋友。

潘妮转过身来，面如死灰。尽管天气闷热，她还是穿了一件黑色的防风夹克，眼镜上蒙着一层雾气。

她和露西一样浑身颤抖得厉害。

露西喘着气儿问道：“发生什么事情了？”

“我是来找你的，然看见有一群学生朝这边跑了过来。他们朝那边去了。”她指着公墓的大门说道，“但是我，我不能。”

“那是什么？那边有什么东西？”

其实无需多问，露西心里明白那里有一样东西，而那样东西是潘妮无法看见的。正在集结的阴影正诱惑着露西朝它们走去，只要露西一个人过去。

潘妮不停地眨着眼睛，她看上去是吓坏了。“我不知道，”她终于还是说话了，“起初我觉得是烟火。但是没有什么东西能飞上那么高的天空。”她又打了个寒战，“会发生些可怕的事情，但我不知道是什么。”

露西吸了口凉气，却被浓重的硫黄味儿呛得一阵咳嗽。“怎么了，潘妮？你怎么知道？”

潘妮举起她颤巍巍的胳膊指着公墓中央的深处，“看见那个了吗？那边有什么东西在闪光。”

FALLEN

18 · 埋葬的战争

露西看了一眼墓园深处摇曳的光线，立即拔腿跑了过去。她飞也似的掠过破碎的墓碑，把潘妮和索菲亚老师甩在了身后。她疯狂地奔跑着，扭曲而尖利的橡树枝划破了她的胳膊和面庞，茂密杂乱的野草羁绊着她的步伐，但是她毫不在乎。

她必须赶紧去往那里。

微弱的月光十分朦胧，但是公墓深处的闪光却为她照亮了路途，指引她前往目的地。那地方看上去像是诡异的暴雨云层降临了地面。

阴影一直在警告着露西，这几天她早已意识到了这一点。现在这出黑暗的表演甚至连潘妮都已经能看见了。那些早先跑过去的学生们肯定也注意到了。露西不知道这一切意味着什么，如果丹尼尔真的在那片闪着凶险光芒的地方，露西真的无法原谅自己。

她感觉肺部像在燃烧，但是丹尼尔站在桃树下的身影给了她强大的动力让她坚持不懈地奔跑着。在找到丹尼尔之前她绝不会停下脚步，因为无论如何她也要找到他，把那本书塞进他的手中，大声地告诉他她相信他，她内心其实自始至终都相信他，但是她心中的恐惧令她不愿接受难以捉摸的过去。她想要告诉他，她再也不会被吓退，这次不会，以后再也不会。她花了太久的时间才了解所有的事实，而现在她已然明白。那些疯狂诡异的事情令她和丹尼尔过去在一起的经历更加难以置信，却也更容易让人接受。她现在终于明白丹尼尔是谁，或者更确切地说……是什么了。她似乎是自己意识到了真相，她或许有前世，或许也爱过他。只是，她不明白这意味着什么，还有迄今为止的一切究竟会导致什么……是她对丹尼尔莫名的好感，还是她的梦境?

但是如果她不能及时赶到那里阻止那些阴影，如果它们在露西之前找到了丹尼尔，一切就都没有意义了。她冲下墓地里陡峭的斜坡，但是墓地的中央看上去还是那么遥远。

她身后传来响亮的脚步声，继而一个刺耳的声音传来。

“潘妮薇瑟！”是索菲亚老师，她一面追赶露西，一面朝身后喊着。露西看见潘妮正在小心翼翼地爬过一座坍塌的墓碑，“你比圣诞节来得还慢呢！”

“不要！”露西喊道，“潘妮，索菲亚老师，不要过来！”她真的不想把任何人引到阴影的圈套中。

索菲亚老师突然在一座坍塌的白色墓碑前戛然止步，抬起头盯着天空，似乎她根本没有听见露西的话。她举起瘦弱的胳膊像是要把自己遮挡起来。有什么东西夹着凄冷的阴风朝她们袭来。

第一眼看上去，那似乎是阴影，但是这次来的却是更可怕的东西。像是一片参差不齐、布满黑色口袋的纱布一样，过滤了空中的斑斑点点。这片阴影是由无数的小片拼成的。一片狂躁、震颤、黑暗的暴风雨正朝四面八方席卷开来。

“蝗虫？”潘妮尖叫道。

露西一阵战栗。那一片浓厚的沼泽还在远处，但是随着时间的流逝，那声音愈发巨大和刺耳。就像是成千上万的鸟儿振翅的巨响，就像凶暴的黑暗在席卷大地，它们正朝这边袭来。它们今晚要吞噬露西，甚至要吞噬所有的人。

“这可不妙。”索菲亚老师对着天空说道，“万事万物都该有个秩序啊！”

潘妮气喘吁吁地停在了露西身边，两个人交换了疑惑的眼神。潘妮的上唇布满了汗珠，她的眼镜也因为湿热而不住地从鼻梁上往下滑。

“她快崩溃了。”潘妮用大拇指点着索菲亚老师，轻声对露西说道。

“不是。”露西摇了摇头，“她知道不少事情。如果她也害怕的话，你更加不应该在这里，潘妮。”

“我？”潘妮疑惑地问道，或许是因为自从露西第一天到学校，便一直是潘妮在指导她。“我觉得我们俩都不该在这个地方。”

露西心中忽然有一丝痛楚，就像她在和凯莉道别时感受到的痛楚一样。她的目光从潘妮的身上移开。可是现在因为她的过去，她们两人之间出现了不可逾越的鸿沟，将她们割裂开来。她不愿意承认这一点，也不愿让潘妮注意到这一点，但是她知道如果她们分道扬镳会更好，更安全。

“我一定要留下。”露西深深吸了一口气说道，“我必须要找到丹尼尔。你该回到宿舍去，潘妮，求求你了。”

“但是你和我，”潘妮声音嘶哑地说道，“我们是唯一的……”

露西没有听完潘妮的话，便迈步朝墓地中央走去，朝父母探视日那天晚上她看见丹尼尔独自坐着的陵寝走去。她一步跨过最后几个墓碑，顺着阴冷的斜坡滑了下去。她终于在公墓中央盆地的那棵大橡树前停了下来。此时的露西又热、又惊、又沮丧，她精疲力竭地靠在了树上。

这时，透过大树的枝叶，露西看见了他，看见了丹尼尔。

她胸中淤积了许久的一口气终于吐了出来，不由得双膝发软。从遥远阴暗的地方看着他的轮廓，那么美丽、那么伟岸，露西一瞬间明白了一直以来丹尼尔欲言又止的那些事情全都是事实……尽管最惊人的那件事情是露西自己发现的。

他站在陵墓的顶端，双手抱在胸前，抬头看着那片蝗虫样的东西从他头顶掠过。淡淡的月光照在他身上，投下凝重的阴影，似乎能穿透地下室宽阔平坦的屋顶。她穿过摇晃的铁栏和倾倒破旧的雕像朝丹尼尔跑去。

“露西！”当她接近陵寝底部的时候，丹尼尔瞥见了她的身影。“你在这儿做什么？”他的声音中丝毫没有见到她的喜悦，更多的是震惊和恐慌。

“是我的错！”露西真想大声地对丹尼尔说，“我相信，我相信你的故事。原谅我离开了你，我以后再也不会了。”还有一件事情她更想要对他讲。但是他此刻高高在上，阴影的声音又如此巨大，空气又如此凝重，露西站在下面，丹尼尔根本听不清她说话。

陵寝是由坚硬的大理石筑成的，但是在一副孔雀的浮雕上面有一个巨大的缺口，露西权且把它当做脚蹬。平时冰凉的石头这时摸上去却带着一丝温暖。她手心已经被汗水浸透，打滑了好几次，但她依然挣扎着向顶上爬去，一定要去丹尼尔身边，而他一定会原谅自己的。

她刚爬了几英尺，身后忽然有人拍了拍她的肩膀。她转过身来，吃惊地发现竟然是丹尼尔。她松开了手摔了下去。他接住了她，双臂环住了她的腰，可他刚刚还站在一层楼的高处啊。

她把脸庞埋进了他的肩膀，但这个事实仍让令她惊恐，在他的怀抱中她感觉自己就像是海水找到了海岸，像一个经历了漫长艰苦旅程的旅人回到了久违的温暖舒适的家中。

“你真挑了个好时候回来。”他笑了，但是笑容中带着忧愁。他的眼睛一直看着天空。

“你也看见了？”露西问道。

丹尼尔看着她，无言以对，但是他的唇在颤抖。

“你当然看见了。”她轻声说道，因为一切都同时蜂拥而至。阴影、他的故事、他们的过去。一阵哽咽的感觉涌上心头。“你为什么会爱我呢？”她啜泣着问道，“你怎么还能忍受我呢？”

他将她的脸蛋捧在掌心，“你说什么呢？怎么能这么说呢？”

她的心剧烈地跳动着，几乎要燃烧起来。

“因为，”她声音哽了一下，“你是一位天使。”

他的胳膊突然一松：“你说什么？”

“你是一位天使，丹尼尔，我知道了。”说完这番话，她感觉心灵的闸门顿时敞开，越开越大，直至被洪流完全冲垮。“不要说我疯了。我梦见你了，梦境那么真实让我无法忘怀，梦境让我爱上了你，在你都没对我说过一句甜蜜的话之前就爱上你了。”丹尼尔的眼神没有丝毫变化。“在梦里你有一双翅膀，你抱着我飞在空中，我认不出那片天空，但是我知道我曾经去过那里，就像我感觉自己曾经无数次躺在你的臂弯中。”她将两人的额头贴在一起。“这解释了太多的事情：你的行动为什么如此优雅；还有你祖先写的那本书；为什么父母探视日那天没人来看你；为什么你游泳时身体像是浮在水面上；还有，为什么每当你吻我的时候，我都会感觉自己身在天堂。”她停下来喘了口气，“还有，你为什么可以永生。唯一解释不了的就是为什么你要和我在一起。因为我只是……我。”她又抬头看了看天空，依然能感觉到阴影黑暗的魔咒。“而我犯下了那么多的罪孽。”

丹尼尔脸上顿时没了颜色。露西只能得出一个结论，“你也不明白为什么吗？”

“我不明白你为什么还要在这里？”

露西扑闪着眼睛，痛苦地点了点头，转身正要离去。

“不！”丹尼尔一把将她拉了回来。“不要走。只是，你从来没有……我们从来没有走得这么远。”他闭上了眼睛，“你能不能再说一次？”他几乎是羞怯地问道，“你能不能告诉我……我是什么？”

“你是一位天使。”她缓缓地重复道，诧异地发现丹尼尔闭上了眼睛，幸福地沉吟着，就像是他们在接吻一般。

“我恋上了一位天使。”现在露西也想闭上眼睛，像丹尼尔一样幸福地呻吟。“但是在我的梦中，你的翅膀……”

这时，一阵滚烫咆哮的风从他们侧面袭来，几乎要把露西从丹尼尔的怀抱中卷走。丹尼尔赶忙用身体护住了露西。那片像蝗虫阵一般的阴影这时降落在了墓园外的一棵树顶上，盘踞在树枝上发出嘶嘶的声响。它们升了起来，变成了一团巨大的阴影。

“天啊。”露西低声地惊叹道，“我必须得做点儿什么，我必须得阻止它们。”

“露西。”丹尼尔抚摸着她的面颊，“看着我，你什么都没做错。对于它们，恐怕你做不了什么。”他说着摇了摇头，“为什么你觉得你犯了罪孽？”

“因为，我一直以来都能看见那些阴影。”

“上周在湖边，当我意识到这一点的时候，我应该做些什么。这么多世以来，这是你第一次能看见它们，这令我很恐惧。”

“你怎么知道这不是我的错？”露西心里想起了特雷佛和陶德。阴影就是发生可怕事情的前兆。

他吻了吻她的头发说：“你看到的阴影叫‘宣告者’。它们看上去很唬人，但是它们无法伤害你。它们所做的只是把探听到的情况告知其他人。传播流言……就像是魔鬼中的八卦女生。”

“但那些又是什么？”她指着公墓四周排列的一圈大树。树枝摇动着，被厚重涌动的黑暗压弯了。

丹尼尔冷静地张望了一下说：“那些是宣告者召唤来的阴影。它们是来战斗的。”

露西的四肢因为恐惧而变得冰凉，“什么？什么样的战斗？”

“大规模的战斗。”他扬起下巴，言简意赅地讲了一句，“但是他们现在只是在示威。我们还有时间。”

他们身后有人轻声咳嗽了一声把露西吓了一跳。丹尼尔微微鞠了一躬向索菲亚老师致敬。索菲亚老师站在陵寝的阴影中，她的发髻松了，头发披散了下来，看上去像她的眼神一样狂野而散乱。索菲亚老师身后又有一个人走上前来。是潘妮。她双手插在夹克的口袋里，满脸通红，发梢被汗水浸透了。她朝露西耸了耸肩膀，似乎在说："我不知道这到底是在搞什么，但我只是放不下你。"露西不由自主地露出了一丝微笑。

索菲亚老师朝前走了一步，举起了那本书。

"我们的露仙达已经自己调查研究过了。"

丹尼尔摸了摸下巴。"你还在读这老古董吗？我起初就不应该写这个的。"他的语气几乎有些害羞，但这更解释了露西心中的谜团。

"是你写的吗？书页边上的画也是你画的吗？还把我们的照片贴在上面？"

"你发现那张照片了吗？"丹尼尔微笑着问道，把她紧紧地拥进了怀抱，似乎提起那张照片让他们之间的一些美好记忆复苏了。"当然了。"

"我很久才明白过来，但是我看见我们那么幸福，顿时有了豁然开朗的感觉，我全明白了。"

她伸手搂住了他的脖子，把脸贴了上去，丝毫没有顾及身边的索菲亚老师和潘妮。当他们的唇紧贴在一起的时候，整个黑暗阴森的公墓全部消失了，倾圮的坟墓也消失了，逡巡在树丛中的阴影也消失了，甚至天上的繁星和月亮也不见了。

第一次看见赫尔斯顿的那张照片时，她确实被吓坏了。自己曾几度在轮回中辗转，真的令她难以承受。但是现在，在丹尼尔的怀抱中，她感觉到前世的自己都在为同一个目标而奋斗，为了一次又一次地去爱同一个丹尼尔。露西对丹尼尔的爱已经满溢，超出了她的内心和灵魂，溢出了身体，充满了他们两人之间的空隙。

她终于听到了当他们看见阴影时他说的那句话："她什么都没做错。"没有理由觉得自己犯了罪孽。这都是真的吗？特雷佛的死和陶德的死都与她无关吗？她一直是这样认为的。她扪心自问，明白了丹尼尔告诉她的都是事实。她感觉自己像是从一场旷日持久的噩梦中惊醒。她再也不觉得自己是一个留着蓬乱的短发、穿着肥大黑衣的女孩，不再是那个永远会把事情搞砸、害怕腐败的公墓、被丢在教养学校的女孩了。

“丹尼尔，”她轻声说道，轻轻推开了他的肩膀，好让自己能认真地看着他，“你为什么不早点儿告诉我你是天使？为什么总是说自己被诅咒了？”

丹尼尔紧张地看着露西。

“我没疯。”她又向他保证，“只是很好奇。”

“我不能那么早告诉你，这些事情都搅在一起。直到现在我都不知道你能不能自己发现这一切。如果我太早告诉你，或者在错误的时间告诉了你，你又会离我而去，而我……又要等待。我已经等了太久了。”

“有多久？”

“无论多久，我也不会忘记，为你所做的一切都是值得的。所有的牺牲，所有的痛苦，都是值得的。”丹尼尔闭上了眼睛。过了一会儿，他睁开眼睛看了看索菲亚老师和潘妮。

潘妮靠着一块长满苔藓的黑色墓碑坐着。她抱着膝盖顶着下巴，紧张地啃着指甲。索菲亚老师双手叉在腰间，看上去是有话要说。

丹尼尔往后退了一步，露西感觉一阵寒气从他们两人之间穿过。“我还是害怕你随时都会……”

“丹尼尔——”索菲亚老师责备似的喊了一句。

丹尼尔冲她挥了挥手，对露西说：“我们在一起不像你想要的那么简单。”

“当然不会。我是说，你是天使，但现在既然我已经知道了……”

“露仙达 · 普莱斯。”这次换了露西变成索菲亚老师发火的对象了，“他告诉你的事情你并不想知道。”她警告道，“丹尼尔，你没有权利这么做。这会让她送命的。”露西摇了摇头，索菲亚老师的要求让她很疑惑。

“我觉得一点点真相不会要了我的命的。”

“这不仅仅是一点点真相。”索菲亚老师向前迈了一步，站在他们两人之间，“你不会活下来的。自你坠落之后的几千年间从来没有过。”

“丹尼尔，她在说什么？”露西伸出手去想抓丹尼尔的手腕，但是图书管理员拦住了她。

“我能处理这些事情，”露西感觉到了一丝紧张和焦虑，“我不想再被蒙在鼓里。我爱他。”

这是露西第一次这么大声地说出这三个字。唯一的遗憾是这三个字她没有对丹尼尔说，却冲着索菲亚老师喊了出来。她转过身去，正看见丹尼尔闪闪发亮的双眼。

“我爱你，”她轻声呢喃道，“我爱你。”

啪！

啪！啪！

啪！啪！啪！啪！

一阵舒缓而响亮的掌声从身后的树林中传来。丹尼尔猛然转过脸去面朝着树林。他姿态僵硬，露西也感觉恐惧从内心深处涌起，害怕丹尼尔看见的东西。

“哦，精彩！精彩！真的，我的灵魂都被感动了，这年头很少能有什么令我这么感动了，真是令人感伤啊！”

凯姆缓缓地步入了空地。他的眼睛四周都闪着浓重的金色暗影，在月光下映得他的脸庞闪闪发光，让他看起来像一只野猫。

“真是太甜蜜了。而且他也爱你，对不对，帅哥？你难道不爱她吗，丹尼尔？”

“凯姆，”丹尼尔警告道，“别这么做。”

“做什么？”凯姆问道，把左臂举到了空中，打了个响指。一团小小的火焰在他的手中燃起。“你是说这个吗？”

那记响指的声音久久地回荡着，在墓碑间回响。声音越来越大，数量也越变越多。

起初露西觉得是更多的掌声，似乎满满一个音乐厅的妖魔都在模仿着凯姆的鼓掌来讥讽露西和丹尼尔的爱。但是她忽然想起了刚才听到的雷鸣般的振翅声。那声音逐渐变成了无数涌动的黑暗令露西屏住了呼吸。刚才消失在森林深处的蝗虫样的阴影旋涡此时又出现在他们头顶上。

它们发出巨大的噪声，露西不得不捂上了耳朵。潘妮坐在地上把头夹在膝盖之间。但是丹尼尔和索菲亚老师却无比镇定地看着天空，听着那刺耳的声音越来越大，不停地变幻着。现在的声音更像是巨大的喷水器开动的声音，也像是无数的毒蛇在吐着信子发出嘶嘶的声音。

“还是这个？”凯姆又问道，他耸耸肩膀，一团狰狞而无形的黑暗降临在他身体的四周，逐渐展开、变大，最终幻化成一只只巨大的虫子。它们浑身滴着黏液，长出黑暗分节的肢体，似乎还在学习如何使用刚刚长出的肢体。它们缓缓地把无数的腿举到空中，往前挪动，就像一只长到人那么大的螳螂。

它们蜂拥在凯姆的身边，而凯姆也欢迎着它们的到来。很快，凯姆的身后就多出了一支黑夜的大军。

“抱歉，”他用手掌拍着额头说，“你是不是说不要这样？”

“丹尼尔，这是怎么回事？”露西问。

“你为什么要破坏停战的协定？”丹尼尔朝凯姆喊。

“哦。其实，你知道他们说的穷途末路是什么意思吧？”凯姆不无讥讽地说道，“看着你们俩那么亲近，还享受着美妙的天使之吻，真让我感到绝望。”

“闭嘴，凯姆。”露西朝他吼道，真恨自己竟让他碰过。

“为时过早。”凯姆转眼看了看她，“不错，我们又要打架了。为了你，再一次。”他抚摸着下巴，眯起了绿色的眼睛。“这次可能更激烈些，伤亡也会更惨重。怎么着吧？”

丹尼尔把露西拥到怀里：“告诉我为什么，凯姆。你欠我那么多。”

“你知道为什么？”凯姆指着露西咆哮道，“因为她还在这儿，但是不会太久了。”

他把手叉在腰间，一群浓重的阴影像一条条没有头尾的大蛇，沿着凯姆的身体爬行着，像手镯一样环绕着凯姆的胳膊。他轻轻地拍了拍最大那一条蛇的头，就像是在哄自己的宠物。

“这一次，你们的爱要变成悲剧般地灰飞烟灭了。这样也是为了你们好。你瞧，这次一切都会不同了。”凯姆脸上一片欣喜的表情，露西感到丹尼尔似乎打了个寒战。

“哦，只有一件事情还是老样子。你太容易被看透了，格利高里。”

凯姆往前走了一步，他的影子军团也跟着他往前逼近，而露西、丹尼尔、潘妮和索菲亚老师则被迫往后退缩。

“你害怕了？”凯姆激动地指着丹尼尔说道，“我可不怕。”

“那是因为你已经没有什么可以失去了。”丹尼尔唾弃地答道，“我可不愿意变成你那样。”

“嗯哼，”凯姆敲了敲下巴，“那我们走着瞧吧。”他四下张望了一圈，咧开嘴笑了。

“你一定要我挑明吗？行吧。我听说这次你可能会失去一些重要的东西。这些东西比把她彻底摧毁更有意思。”凯姆补充道。

“你到底在说些什么？”丹尼尔质问道。

站在露西左边的索菲亚老师忽然开口了，但是她发出的却是一阵野兽般的号叫。她的双手在头顶上疯狂地挥舞着，像是舞蹈一般的动作，她的眼睛也几乎变得透明，似乎她已经灵魂出窍了。她的嘴唇翕动着，露西震惊地发现索菲亚老师正在说某种奇怪的语言。

丹尼尔拉住索菲亚老师的胳膊摇了摇，“不，您说的是对的，这一切都没有道理。”丹尼尔轻声说道，露西这才意识到他懂得索菲亚老师那奇怪的语言。

“你知道她在说些什么吗？”

“请允许我们给你翻译。”陵寝的顶部忽然传来了一个熟悉的声音。阿伊莲！她身边还有嘉碧。她们两人周身都被奇异的银色光芒包围着，似乎身后有什么东西在燃烧一样。她们从上面跳了下来，悄无声息地落在了露西身边。“凯姆说得对，丹尼尔。”嘉碧说得很快，“这次有些事情不同以往，这次的露西有点儿不一样。这种循环可以被打破，而且并不是我们想的那样。我是说，这一切可以终结。”

“能不能拜托哪位告诉我，你们在说些什么？”露西插话道，“有什么不同？要打破什么？这场战斗会有什么危险？”

丹尼尔、阿伊莲和嘉碧齐齐地盯着露西看了一会儿，似乎不知道该怎么处置她，好像他们认识她，而她却又一瞬间变得让他们认不出了。

阿伊莲打破了沉默，“危险？”她摸了摸脖子上的疤痕，“如果他们赢了，大地就会变成地狱，也就是大家常说的世界末日。”那片阴影在凯姆的身边嘶叫着，互相角力、互相撕咬，似乎已经在为战斗热身了。

“如果我们赢了呢？”露西好不容易才讲出这句话。

嘉碧吸了口气，严肃地说道：“我们还不知道。”

突然丹尼尔向后跌跌撞撞地退了几步，他指着露西磕磕绊绊地说道："她，她没有……"可话没说完他就捂住了嘴。他终于又说话了，"那个吻，"他走上前去抓住了露西的手臂，"那本书。这就是我们为什么能……"

"还是赶紧讲下一步的内容吧，丹尼尔。"阿伊莲催促道，"赶紧想办法。耐心是美德，但你知道凯姆对此是什么看法。"

丹尼尔抓紧了露西的手，"你必须离开，必须离开这里。"

"什么？为什么？"

她看着阿伊莲和嘉碧，想要请求她们的帮助。忽然她看见陵寝的顶部开始发出一阵银色的光芒，她往后退了几步。

那道光就像是一群从玻璃瓶中放出来的萤火虫一样。它们落在阿伊莲和嘉碧的身边，照亮了他们的眼睛。露西不由得想起了焰火，那是有一年的7月4日，当时光线非常完美，露西从妈妈的眼睛中看到了反射的焰火，一道银色的闪光，似乎妈妈的眼睛是一面镜子。

只是这些闪光并没有像烟火一样冒出烟雾。它们落在公墓的草地上就变幻成了闪着七彩微光的优雅的生命体。他们并不是完全的人形，但是形状依稀可辨。辉煌壮丽，闪耀着迷人的光芒。露西瞬间就明白了，这种令人痴迷的造物必定是天使的军团。他们在身形和数量上都与凯姆身后的黑暗大军相当。真正的美丽和善良就应该是这样的。一群闪耀着光芒的生命，如此纯洁，以至于看着她都觉得眼睛被刺疼，就像是壮丽的日食，或者天堂一般。自己身在具有压倒性优势的一方，露西本应感到宽慰。但是她开始感觉有些不适了。

丹尼尔摸了摸露西的脸颊，"她有些发烫了。"

嘉碧拍了拍露西的胳膊，和颜悦色地说道："没关系，亲爱的。"她把丹尼尔的手拨开。她的语调此时听起来令人心中宽慰了许多。"这里就交给我们吧，但是你得赶紧离开。"露西越过嘉碧的肩膀看了看凯姆身后的那群怪物。“赶紧走。”

丹尼尔把露西拉进怀里最后一次拥抱了她。

“我带她走。”索菲亚老师大声说道，那本书仍然夹在她的胳膊下面。“我知道一个安全的所在。”

“走吧，”丹尼尔说道，“我会尽快去找你的。你得答应我一口气跑出去，绝对不要回头看。”

露西心头有无数的疑问，说：“我不想离开你。”

阿伊莲走到他们两人中间，用力把露西推向了大门的方向，说：“抱歉，露西。现在该轮到我们去战斗了。我们才是专业人士。”

潘妮抓住了露西的手，很快她们开始狂奔。露西朝公墓的大门奔去，和她刚才寻找丹尼尔的一路上一样奋力地奔跑着……跃过滑溜溜的树根、穿过杂乱的橡树枝，越过破烂不堪的墓碑。她们在山坡上朝遥远的大门跑去。热风吹着她们的头发，潮湿的空气令她们呼吸艰难。她找不到月亮来为它们指路，而且公墓中的光芒现在也消失了。她不知道现在正在发生什么事情，一点儿都不明白。她不喜欢其他人做的那些事情。

一道黑色的闪电忽然落在了她们面前，在地面上砸出几个参差不齐的大坑。露西和潘妮及时收住了脚步。这一道裂痕足有露西的身高那么长，深不见底，坑的边缘还在因为灼烧而冒着泡沫，吱吱作响。

潘妮喘息着说：“露西，我害怕。”

“跟着我，姑娘们。”索菲亚老师朝她们喊道。

她领着露西和潘妮朝右边跑去，在黑暗的坟墓间穿梭，而身后爆炸的巨响一声接着一声。“这是战斗的声音，”她喘着气对她们俩说，感觉像是一位奇怪的导游，“恐怕还得持续一阵子。”

每一声巨响都让露西眉头一皱，心头一紧。但是她没有停下奔跑的脚步。直到她的小腿像是在燃烧一样，直到身后的潘妮突然发出一声惨叫。露西回过头去发现自己的朋友脚步蹒跚，双眼上翻。

“潘妮！”露西尖叫一声，冲上去扶住了她。露西轻轻地扶着潘妮躺倒在地上，让她翻过身来。她真希望自己没这么做……潘妮的肩膀上被那些黑暗参差的东西划开了一道大口子，皮肤被撕开了，留下一道伤口散发着皮肉被烧焦的味道。“严重吗？”潘妮嘶哑地低声问道。她不停地眨着眼睛，很沮丧自己不能抬起头看看自己的伤口。

“不，”露西撒了个谎，“只是划伤了而已。”她吸了一口气，想要压制心中涌起的一股恶心，她把潘妮已经破烂的袖子拽到一起遮住伤口。“我是不是弄疼你了？”

“不知道，”潘妮大口地喘着气，“我现在什么都感觉不到了。”

“姑娘们，怎么回事？为什么停下来？”索菲亚老师这会儿已经折了回来。

露西抬头看了看索菲亚老师，希望她不要说出潘妮的伤势看上去有多么严重。她果然没有。她朝露西轻快地点了一下头，然后把潘妮抱了起来，就像爸爸妈妈抱孩子上床睡觉一样。“我会照顾你的，要不了多久了。”

“嘿，”露西跟在索菲亚老师的身后，看着索菲亚老师抱着潘妮就像抱着一包羽毛一样，“你怎么能……”

“别问了，起码等到我们离开这个地方再说。”

远离这个地方？露西心中根本不想离开丹尼尔。这时，当她们跨过公墓的门槛，站在学校广场平坦的地面时，露西还是情不自禁地回头看去。她立时明白了为什么丹尼尔嘱咐她不要这么做。

一根金色和银色交错扭曲的火柱从墓园中央拔地而起，直冲云霄。这火柱足有公墓一样宽，冲天的光芒升腾起数百英尺，刺破了云层。阴影撕扯着光芒，不时伸出触手尖叫着。

绞在一起的两股力量不停地变换，时而银色更多，时而金色占据上风。一个声音渐渐在空气中弥漫，那声音充耳不绝，听上去像是一道巨大的瀑布。低沉的音符在黑夜里回响，如电闪雷鸣。这是最壮丽、最和谐的天上之音降临人间。真是太美了，太撼人心魄了。可是一切都染上了刺鼻的硫黄味。

方圆几英里之内的人肯定都会认为世界末日到了。露西不知道该想些什么，她的心脏似乎停止了跳动，大脑也无法继续思考。

丹尼尔告诉她不要回头是因为他知道看见这副情景露西肯定会想到他身边。

“不，你不能这样。”索菲亚老师一把抓住了露西的衣领，拉着她穿过了校园。

她们来到了体育馆，露西这才发现索菲亚一直抱着潘妮，而且是一只手抱着的。

“你是什么？”露西问道，索菲亚老师推着她走进门去。

图书管理员从她装饰着珍珠的红色羊毛衫口袋里掏出一把长长的钥匙，插进了门厅前部的一面砖墙里。这里看起来根本就不像是一扇门，可是一个连着长长的楼梯的入口却悄无声息地打开了。

索菲亚老师示意露西赶紧顺着楼梯下去。

潘妮的眼睛紧闭着，或许是因为失去了意识，或许是因为太疼而不愿意张开。不论如何，她现在出奇地安静。

“我们这是去哪儿？”露西问道，“我们应该出去，你的车呢？”她不想吓到潘妮，但是她们必须赶紧找医生，越快越好。

“安静点儿，如果你知道这样对你有好处的话，你就该安静点儿。”索菲亚老师看了看潘妮的伤口叹了口气，“这个地方只有一间屋子没被那些运动器材亵渎过，我们要去那里，只有我们。”

这时潘妮开始在索菲亚老师的怀里呻吟。从她的伤口流出来的血已经在大理石地板上淌成了一条溪流。

露西看了看陡峭的楼梯，甚至都看不见尽头。“我觉得为了潘妮我们应该停下来。我们得去赶紧找人来帮忙。”

索菲亚老师又叹了一口气把潘妮放在了石头地板上，快步转身回去锁上了她们刚才进来的前门。露西跪在潘妮的身前，她的朋友现在看上去是那么瘦小，那么脆弱。头顶上一盏精致的铁吊灯投下昏暗的灯光，露西终于看清楚潘妮的伤势究竟有多严重了。

潘妮是露西在圣剑和十字架学院唯一亲近的人，是唯一不会吓到她的人。在露西看到阿伊莲、嘉碧，还有凯姆的能力之后，这里几乎没有事情符合常理了。但是还有潘妮，圣剑和十字架学院唯一一个像露西一样的普通女孩。不过潘妮比露西要更有坚强、更有智慧、更幸福、更平易近人。露西之所以能够撑过在教养学校的前几周，完全是因为有潘妮在。没有潘妮，谁知道露西现在会是什么样子。

“哦，潘妮。”露西叹着气说，“你会没事的。我们一定会把你治好的。”

潘妮呢喃着露西听不清的话语，这让露西更紧张了。露西转身看着索菲亚老师，她正在把门厅的窗户一扇扇地关死。“她快不行了，我们得找医生。”

“是的，是的。”索菲亚老师说着，但她的语气明显是心不在焉。她似乎更专注于把这座建筑封闭起来，似乎墓园中的阴影正向这里袭来。

“露西？”潘妮低语道，“我害怕。”

“别怕，”露西紧紧握着她的手，“你很勇敢，你一直是我的精神支柱。”

“得了吧，”索菲亚老师在她身后说道，那种粗哑的语气露西从未听过，“她只是根盐柱子。”

“什么？”露西疑惑地问道，“你这是什么意思？”

索菲亚老师的小眼睛眯成了一条黑线，她的脸上浮现出了皱纹，苦涩地摇了摇头。她缓缓地从毛衣袖子里掏出一把长长的银色匕首。“这个妮子一直在拖我们的后腿。”

露西惊得双眼圆睁，因为索菲亚老师把匕首高高举过了头顶。潘妮已经昏迷了，全然不知道正在发生什么，但露西却明白。

“不！”她尖叫一声，伸手去拦索菲亚老师的胳膊，想要把匕首扭转。但是索菲亚老师早已预料到露西的举动，敏捷地挡住了露西的胳膊，用另一只手把露西推到了一边，顺势将刀刃划过了潘妮的咽喉。

潘妮咕哝了一声，开始咳嗽。她的呼吸变得困难，她的眼睛往上翻着，就像她平时思考时的样子。只是现在她没在思考，她就要死去了。她的目光终于落在了露西身上，然后逐渐黯淡，她的呼吸终于静了下来。

“一团糟，但是很必要。”索菲亚老师说着在潘妮的毛衣上擦拭着匕首上的血迹。

露西踉跄地向后退了几步，双手紧捂着嘴，无法叫出声来，也无法将目光从死去的朋友身上移开，无法去看那个她一直认为是站在自己这边的那个女人。突然，她明白了索菲亚老师为什么要锁上所有的门窗了。她并不是要阻止别人进来，而是要把露西困在里面！

FALLEN

19 · 看不到的地方

楼梯的顶部是一面平整的砖墙。这种死胡同总会让露西感到幽闭的恐惧，这堵墙更是如此，因为此时还有一把刀顶着她的喉咙。她壮起胆子看了看她们刚才爬过的那段陡峭的楼梯。从这里摔下去会非常痛。

索菲亚老师又开始说奇怪的话了。她轻声地嘀咕着，同时打开了另一扇暗门。她把露西推进了一个小小的隔间，锁上了身后的门。屋内阴森寒冷，充满了粉笔灰尘的味道。露西挣扎着才勉强能呼吸，咽下口中黏稠的唾液。

潘妮不可能死了。这种事怎么会这么轻易就发生了呢？索菲亚老师不可能是坏人啊？丹尼尔说过要相信她的，他还说过要自己跟她一起走，直到他来找她……

索菲亚老师没有理睬露西，她只是在屋子里转着圈，把蜡烛一支一支地点燃，并在每一支蜡烛前行屈膝礼，而且一直用露西听不懂的奇怪语言吟诵着。闪烁的烛光照亮了这间小屋子。这间屋子干净整洁，维护得非常好，很显然不久之前还有人来过。索菲亚老师无疑是这所学校里唯一拥有暗门钥匙的人。还有谁会知道这个地方的存在呢？

红瓷砖铺就的天花板倾斜着，凹凸不平。宽阔、退色的挂毯遮住了墙壁，毯子上描画着诡异的半鱼半人的生物在波涛汹涌的大海里战斗。屋子前方有一座小小的白色祭坛，还有几排简易的木头长椅。露西焦急地四下搜寻着出口，但是根本没有其他的门和窗。露西的双腿因为恐惧和气愤不住地颤抖着。露西为潘妮而义愤填膺，她被残忍地杀害了，正一个人躺在楼梯下。

“你为什么这么做？”露西靠在小教堂的拱门上，“我那么相信你。”

“那就只能怪你自己了，亲爱的。”索菲亚老师答道，粗暴地扭着露西的胳膊。刀子又架在了她的脖子上，她被迫沿着小教堂的过道朝上面走去。“往好了说，信任不过是一种无心的追逐；最糟糕的情况下，它会让你送命。”

索菲亚老师把露西推上了祭坛，“现在你乖乖躺下，好吗？”

刀子依然离她的脖子很近，露西只得照索菲亚老师的话做。她觉得脖子上突然有一处很凉，她伸手去摸了一下。她抽回手来，发现指尖被刀尖刺出的鲜血染红了。索菲亚老师一把把她的手拍了下去。

“如果你觉得这个很恐怖，那你应该看看外面。你错过了好戏。”她的话让露西一阵战栗……丹尼尔在外面呢。

祭坛是一块方形的白色平台，由一整块石头雕刻而成，比露西的身材大不了多少。她躺在上面感觉异常冰冷，毫无防备，想象着下面的长椅上坐满了做礼拜的人等待着观看露西的酷刑。露西往上看去，在这座深邃的小教堂里有一扇窗户，一个巨大的玫瑰形图案的彩色玻璃，像是天花板上的一扇天窗。那图案是复杂的花形的几何图形，海军蓝色的背景映衬着红色和紫色的玫瑰花瓣。如果能透过它看到外面的情景，那这扇窗户无疑会显得漂亮得多了。

“我们瞧瞧，到哪一步了？哦，对了！”索菲亚老师伸手到祭坛下摸索了一会儿，掏出一条很粗的绳索。“不要乱动啊。”她挥舞着匕首冲露西说道，接着动手把露西绑了起来，先是两只脚踝，接着是两只手腕。露西像祭品一样被绑了起来，但她努力克制着没有挣扎。“太棒了！”索菲亚老师用力拽了一下那个复杂的绳结。

“你早就计划好了。”露西终于意识到了，惊得目瞪口呆。

索菲亚老师甜蜜地笑着，笑容一如露西第一天去图书馆时的样子。

“我本来想说这不是针对你的，露仙达，但是事实上就是这样。”她笑着说，“我已经等了很久了，等一个和你独处的机会。”

“为什么？”露西问道，“你想从我这里得到什么？”

“你，我只是想让你毁灭，我想要解放的是丹尼尔。”

她把露西扔在祭坛上，走到了露西脚边的小讲台前，把格利高里的那本书放在上面，又开始飞快地翻书。露西回想起她第一次打开那本书看到自己在丹尼尔身边的那一瞬间，而她后来终于明白丹尼尔是一位天使。她那时候一无所知，但是她确信那张照片意味着她和丹尼尔能在一起。

而现在这一切似乎都不可能了。

“你不过是成天坐在那儿为他心驰神摇，不是吗？”索菲亚老师问道。她猛然合上了书，重重地一拳砸在封面上，“这就是问题所在。”

“你到底有什么毛病？”露西挣扎着说，“你为什么那么在意我和丹尼尔之间的感觉，或者到底和谁约会？”这个疯子和他们俩一点儿关系都没有。

“不管是谁，只要他想把我们永生灵魂的命运交托在一对恋爱的傻瓜的手里，我都愿意和他谈谈。”她把颤抖的拳头举在空中，“他们想违逆万物法则？我会让他们知道那样做的后果。”

刀尖在烛光下闪烁着，露西把目光从刀尖上移开，“你疯了。”

“我只想让这场最长久最伟大的战争结束，如果你觉得我这是疯了，”索菲亚老师的语气似乎在暗示露西还不明白，实在是太蠢了，“那就随便你吧。”

索菲亚老师能决定这场战争的结局？露西可没想过这个。丹尼尔正在外面战斗。这里的一切和外面根本无法相提并论。

“他们说大地会变成地狱。”露西轻声说道，“是世界末日。”

索菲亚老师开始大笑。“对你来说现在就是末日。我是好人那边的，这会不会让你很惊讶，露仙达？”

“如果你是好人，”露西唾弃道，“那么这场仗就没有意义打了。”

索菲亚老师笑了，似乎她已经料到露西的话了。“你的死是丹尼尔需要的。这会把他向正确的方向推一把。”

露西在祭坛上扭动着身体，“你不会伤害我的。”

索菲亚老师走了回来，俯下身来贴近露西的脸。老妇女身上矫揉造作的婴儿爽身粉的味道充斥了露西的鼻腔，令她几欲作呕。

“我当然会的。”索菲亚老师说着话，用匕首削着她蓬乱头发边缘弯曲的鬈发。“你就是整个人类的偏头疼。”

“但是我还会回来的，丹尼尔告诉我了。”露西大口地吸着气，“十七年后。”

“哦，你不会的。这次不会。”索菲亚老师说，“你第一天走进我的图书馆时，我就发觉你眼中有些东西，但是我无法言明。”她俯身对露西微笑着，“我以前和你相遇太多次了，露仙达，大部分时间里，你都无聊得要死。”

露西的身体僵住了，感觉自己彻底地暴露在众目睽睽之下，好像她现在是赤身裸体地躺在祭坛上。丹尼尔在露西的前几世都曾和她相遇，这是一回事；但是，其他的人也都认识她吗？

“这次，”索菲亚老师继续说道，“你有些……真正的火花。但是直到今晚，我才得知你那笃信不可知论的爹娘犯下的美丽错误。”

“我父母怎么了？”露西对此很不满。

“哦，亲爱的，你之所以能一次又一次地回来，是因为你每次都诞生在一个有宗教信仰的家庭里。这次，你的父母却选择不给你洗礼，那你弱小的灵魂就只能任人宰割了。”她戏剧般地耸耸肩膀，“没有一个欢迎你进入宗教信仰的仪式就意味着露西无法转世。这就是你的循环中那个微小却致命的漏洞。”

阿伊莲和嘉碧在公墓里所指的也是这个吗？露西的头开始晃动。她的视线被一层红色斑点遮蔽了，耳边也嗡嗡作响。她缓慢地眨着眼睛，可是就连轻轻合上眼皮都感觉像是头颅内要爆炸一般。她现在真的庆幸自己正躺在祭坛上，不然她肯定会昏过去的。

一切就这样结束了吗？不可能的。

索菲亚老师又把脸贴到露西面前，她说话时唾沫四溅。“如果今晚你死了，那么你就永远死了。就是这样。你完蛋了。这一世的你，不过就是你表现出来的那样，一个愚蠢、自私、无知、被宠坏了的小姑娘，觉得整个世界的存亡取决于她能不能和一个漂亮小伙子一起出去约会。即便你死了不能让我完成夙愿，我还是要好好享受这一时刻……把你宰了。”

露西看着索菲亚老师把刀高高举起，用指尖抚摸着刀刃。

露西感觉天旋地转。一整天来，她要应付的事情已经够多了，那么多人对她说了那么多不同的事情。可是现在却有一把匕首对准了她的心脏，她的眼前又一次一片朦胧。她感觉刀尖的压力直逼自己的胸膛，索菲亚老师探寻着她的胸骨找寻着肋骨之间的缝隙。她依稀觉得索菲亚老师疯狂的演说似乎不无道理。把这么多的希望寄托在真爱的力量上？她还没有开始认清楚自己，这是不是太幼稚了？毕竟，真爱不能赢得外面的战斗，真爱甚至不能将她从这祭坛上、从死亡的边缘拯救出来。

但是它会的。她的心房仍然在为丹尼尔搏动，露西内心深处仍然相信真爱的力量，相信它的力量能把自己变得更好，把自己和丹尼尔变得更加美好。

刀尖刺穿了她的肌肤，露西惊叫着。忽然头顶窗户的彩色玻璃碎了，露西震惊之余发现周围的空气充满了光芒和噪声。传来一阵空灵、美妙的低鸣，伴随着炫目的光焰。

她死了吗？

匕首刺穿得比感觉更深，露西要去往下一站了。有什么能解释这种光明，还有从天而降悬浮在她头顶的乳白色的形状，瀑布般倾泻而下的闪光、还有天堂般的光芒？在一片温暖的银色光芒中很难看清其中的东西。它在她的皮肤上滑动，感觉像是最柔软的天鹅绒，像是一层蒙在蛋糕上的蛋白酥皮。

绑住她手脚的绳索已经松开，继而完全解开，她的身体，抑或是她的灵魂都得到了解放。

这一切发生得太快了！那个老妇人已经把刀从露西的身体里抽了出来。

露西眨着眼睛。她的手腕，解开了；她的脚踝，也活动自如了。红、黄、蓝、绿各色的玻璃碎片如雨般倾泻，洒在露西身上、祭坛上和地板上。露西拂去身上的玻璃碴儿，它们刺得皮肤生疼，她胳膊上留下一道道血痕。她抬头看着天花板上的破洞。

没有死，她被救了，被天使们救了。

丹尼尔来救她了。

可是他在哪儿呢？她根本没看见他啊？她想要在这一片光芒中摸索，直到自己的指尖触到他，拥住他的脖颈，永远、永远、永远也不放开。

露西的身边只有那些鲜活的乳白色形状在飘移，仿佛是屋子里充溢了闪光的羽毛。它们涌到了露西身边，围在她身体被玻璃碎片割破的地方。一道薄纱般的光芒仿佛为她洗去了胳膊上和胸口伤口的血痕，直到她完全恢复。

索菲亚老师已经跑到了远端的墙壁处，疯狂地抓着墙上的砖块，试图要找到暗门。露西想要阻止她，让她解释她的所作所为，还有她几乎得逞的事情。但是闪亮的光芒逐渐呈现出微弱的紫罗兰色，渐渐开始显现出人形的轮廓。

一道亮光撼动了整个房间。一道比太阳更辉煌的光芒令墙壁隆隆作响，蜡烛摇晃着，火苗也在高耸的青铜烛台上摇曳。诡异的挂毯在墙上左右摇晃。索菲亚老师胆怯了，但是这摇动对于露西来说却像是一种深层的讯息，深入她的骨骼。那光线渐渐凝聚在一起，温暖传遍了整个房间，它终于显现出露西认得和仰慕的形象。

丹尼尔站在她面前，站在祭坛前。他没穿衬衫，也没穿鞋，只穿了白色亚麻长裤。他对她微笑着，他闭上眼睛，展开双臂。似乎是怕吓坏露西，丹尼尔深深地吸了一口气，这才小心翼翼地缓缓展开了他的双翼。

它们缓缓地从肩膀处伸展开来，像是背部长出了两株白色的新芽，逐渐变得更高更宽更厚。露西看着那双羽翼扇状的边缘，真想用自己的双手、面颊和唇追逐它们的轨迹。羽翼的内部渐渐发出了紫罗兰色的光芒，就像露西在梦中见到的那样，而现在终于变成了现实。她第一次看着他的翅膀而没有感觉眩晕，没有刺伤她的眼睛。她可以完全共享丹尼尔的荣耀。

他仍然放射着光芒，仿佛那光芒来自他身体内部。她可以清晰地看见他紫罗兰灰色的眼睛和他饱满的嘴唇，他强壮的手和宽阔的肩膀。她可以伸出手去让自己沐浴在自己爱人的光芒之中。

他向她伸出了手来。露西闭上眼睛，害怕她凡人的躯体无法承受太过超自然的事物。但是没有。令她欣慰的是，眼前只有丹尼尔而已。

她伸手到他背后抚摸着他的双翼。她有些紧张，似乎羽翼会将她灼伤，但是它们拂过她的指尖，那感觉比最柔软的天鹅绒还要柔软，就像一张毛茸茸的小毯子。和她想象中被阳光浸透的松软的云朵的感觉一样，如果她真能用手捧起一朵白云的话。

“你真的太美了，”她趴在他的胸膛呢喃着，“我是说你一直是那么美，但是这……”

“没有吓倒你吧？”他柔声问道，“看上去会很刺眼吗？”

她摇了摇头。“我本来以为会。”她想起了以往的梦境。“但是不看会更难受。”

他叹了口气，如释重负，“我希望你和我在一起能感到安全。”

弥漫在他们周身的光芒就像是婚礼上五彩的纸屑，丹尼尔把她拉到怀里。“你要理解的太多了。”

她回过头去轻启双唇，迫切地想要吻他。

一声摔门的巨响让他们一惊。索菲亚老师找到了楼梯。丹尼尔轻轻地点了点头，一个闪光的人形穿过暗门紧追那个女人。“那是什么？”露西目瞪口呆地盯着那个从门口消失的光影。

“一个助手。”丹尼尔托着她的下巴把她的脸掰了回来。

尽管此时丹尼尔和她在一起，她感觉自己被宠爱着、被保护着、被拯救了，可她仍有一种强烈的不安，因为她还记得刚才发生的那些可怕的事情，凯姆还有他黑暗的随从。还有那么多无法解释的问题在她的脑海回旋，那么多可怕的事情她从来都没弄明白。就像潘妮的死，可怜的潘妮，她是那样的无辜，毫无知觉地结束了生命。这让露西几乎崩溃，她的双唇不住地颤抖。

“潘妮死了，丹尼尔，索菲亚老师杀了她。刚才我觉得她也会杀了我。”

“我不会让这种事情发生的。”

“你怎么知道我在这里？你怎么总是知道怎样救我？”她摇了摇头，“哦，天啊！”她猛然明白了事实，她缓缓地道出了她心中所想，“你是我的守护天使。”

丹尼尔咯咯地笑了，“虽然说我觉得你在恭维我，但是并不尽然。”

露西尴尬的两颊绯红，问道：“那么你是什么样的天使？”

“我现在处于两难的境地。”

丹尼尔身后的银色光芒缓缓聚集在一起又分成两团。露西转身望去，心头狂跳不止。

那光芒聚在一起，幻化成两个熟悉的身影：嘉碧和阿伊莲。

嘉碧的双翼已经展开，宽阔，蓬松，有她的身躯三倍大小。它生着羽毛，有着扇形的边缘，就像是贺岁片和电影中天使羽翼的样子，但是尖端还带着一丝微微的粉色。露西注意到它们正在轻轻地拍动，而且嘉碧的双脚也离开地面有几英寸。

阿伊莲的双翼更加柔顺也更有光泽，边缘更加明显，就像是一对巨大的蝴蝶的翅膀。

这双翅膀有些半透明，闪着光芒，在石头地板上投射着乳白色的折射的光芒。这双翅膀就像阿伊莲本人，怪异、撩人、出类拔萃。

“我早该知道的。”露西说着露出一抹微笑。

嘉碧也对她笑着，阿伊莲则向露西屈膝行礼。

“外面怎么样了？”丹尼尔注意到了嘉碧脸上一丝忧虑的表情。

“我们得把露西送出去。”

战斗，还没有结束吗？如果丹尼尔、嘉碧和阿伊莲都在这儿。他们肯定是获胜了，不是吗？露西的眼睛扫视着丹尼尔，可他的表情没有透露任何信息。

“还得有人去追索菲亚。”阿伊莲说道，“她不可能是一个人。”

露西吸了口气，“她和凯姆是一边吗？她是不是魔鬼？还是堕落天使？”她还记得几个索菲亚老师在课堂上提起的名词。

丹尼尔牙关紧咬，他的双翼也因为愤怒而僵硬。“不是魔鬼，”他说道，“但也算不上天使。我们本来以为她是站在我们这一边的。我们不该让她走得这么近。”

“她是二十四位长老之一。”嘉碧补充道。她降落到了地面，收起了暗粉色的双翼站在祭坛上。“一个很受尊重的位子。她一直掩藏着这一身份。”

“我们来到这里之后，她就像发了疯一样。”露西揉搓着脖子，正是刚才匕首刺过的地方。

“他们确实疯了，但是非常有野心。她是一个秘密教派的成员，我早应该意识到的，但是现在这一点已经非常明显了。他们自称‘撒玛利姆’，着装相似，举止优雅。我总是觉得他们比谁都爱显摆，但天堂里没人把他们当回事。但是现在我们得对他们另眼相看了。她今晚的所作所为就该被驱逐了，她以后也许会和凯姆、还有莫莉见面。”

“那么说莫莉也是堕落天使了？”今天她所了解到的所有事情之中只有这个最靠谱了。

“露西，我们都是堕落天使。”丹尼尔说道，“只是有些站在这一边，有些在另一边。”

“这里还有其他人在另一边吗？”

“罗兰德。”嘉碧说。

“罗兰德？”露西怔住了，“但他是你的朋友啊？他看上去很有魅力。”

丹尼尔只是耸了耸肩。倒是阿伊莲显得很在意……她愤怒而又伤感地挥了挥翅膀，扇起一阵夹着灰尘的风。“总有一天我们会让他回来的。”她静静地说道。

“那么潘妮呢？”露西眼中噙满了泪水，喉咙也已经哽咽。

但是，丹尼尔摇了摇头，紧紧地握着她的手。“潘妮只是个凡人，她是这场漫长而又没有丝毫意义的战争中无辜的牺牲品。对不起，露西。”

“那么外面的战斗呢……”露西问道。她的声音哽在喉中，无法再去讨论潘妮的事情。

“我们和魔鬼之间有过无数的战斗，这只不过是普普通通的一次罢了。”嘉碧答道。

“那么，谁赢了？”

“没有胜利者。”丹尼尔苦涩地答道。他从地上拾起一片碎玻璃，向对面的墙上掷去。玻璃砸在墙上碎成了粉末，但这似乎仍然不足以发泄他心中的怒火。“从来都没有胜利者。一位天使消灭另外一位几乎是不可能的，所以战斗总是旷日持久直到双方都精疲力竭权且罢兵。”

露西忽然心头一震，脑海中闪现出一副奇怪的景象：一道黑色的闪电正中丹尼尔的肩膀！她张开眼睛看着丹尼尔的右肩……他的胸膛上竟然真的有血迹。

“你受伤了？”露西低声问道。

“没有。”丹尼尔答道。

“他不会受伤的，他可是……”

“你右边胳膊上是什么，丹尼尔？”阿伊莲指着丹尼尔的胸口问道，“是血吗？”

“是潘妮的，”丹尼尔毫不掩饰地答道，“我在楼梯下面发现了她。”

露西心头又是一沉：“我们得把潘妮葬了，葬在他爸爸的旁边。”

“露西，亲爱的，”嘉碧站起身来说道，“我真希望我们有时间来做这些事情，但是现在我们必须得马上离开。”

“我不会抛下她的。她已经一无所有了。”

“露西。”丹尼尔抚摸着她的额头。

“她就死在我的怀里，丹尼尔。因为没发现不对劲，因为我跟着索菲亚老师来到这个酷刑室。”露西看着他们三个，“因为你们什么都不肯告诉我。”

“好吧！”丹尼尔说道，“我们会尽力而为的。但是我们得先护送你安全离开。”

一阵寒风从头顶破碎的天花板中吹了进来，烛火随之摇曳、忽明忽暗，天花板上已然碎裂的玻璃也一阵抖动，碎玻璃继而如剑雨般倾泻。

嘉碧从祭台上一跃而起滑到了露西身边，但她似乎毫无惧色。“丹尼尔说得对。”嘉碧说道，“我们之间的停战协议只能约束天使。但是现在那么多人都已经知道了……嗯，你不死之身的一些改变，很多坏人都会打你的主意。”

阿伊莲轻轻挥动双翼离开了地面，“当然也会有不少好人来帮助我们抵御那些坏家伙。”

她一面说着一面滑翔到露西身边来安慰她。

“我还是不明白，”露西说，“为什么这个会那么重要？为什么我这么重要？难道仅仅是因为丹尼尔爱我？”

丹尼尔长叹一声：“虽然听起来很单纯，但这确实是部分原因。”

“你知道的，每个人都喜欢憎恨一对幸福的鸳鸯。”阿伊莲插了一句。

“亲爱的，这些真的说来话长。”嘉碧又加了一句，听起来很在理。

“我们一次只能告诉你一部分。” 丹尼尔又补充道，“就像我的翅膀一样，你自己能发现大部分的真相。”

“可是为什么？”露西不解。这样的谈话太令人沮丧了，她觉得自己就像是个孩子，总是被大人们告知“你长大后就明白了”，她又问道，“为什么你们不能帮我把这一切弄明白？”

“我们可以帮助你，但是我们不能一股脑儿地全都倒给你。这道理就像你不能惊醒一个正在梦游的人。太危险了！”

露西紧紧地抱着自己，“这会要我的命。”她把他们不愿意说的话讲了出来。

丹尼尔搂住了她，“以前就是这样。你今晚已经几次与死神擦肩而过了。”

“那又怎么样？我就这样离开学校？”她转身面对着丹尼尔，“你要把我带到哪儿？”

丹尼尔眉头一皱，眼神落向了别处。“不能由我带你离开。这样太显眼了。我们会让别人带你走的。学校里还有一个凡人是可以信任的。”丹尼尔说完看了看阿伊莲。

“我这就去找他。”阿伊莲说完起身离去。

“我不要离开你，”露西嘴唇颤抖着对丹尼尔说，“我刚回到你身边。”

丹尼尔吻了吻她的额头，让她周身又温暖了起来，“幸运的是，我们还有点儿时间。”

FALLEN

20 · 破晓

拂晓。这将是露西在圣剑和十字架学院最后一次看日出了……唉，可叹她不知道这一去会是多久。一只孤零零的鸽子在空中哀鸣，那声音在被旭日染红的天空中久久地回响。露西穿过体育馆那扇被野葛覆盖的大门，牵着丹尼尔的手缓缓地向公墓走去，静悄悄地走过广场的草坪。

在他们逐个离开那间小礼拜堂之前，其他人都收起了翅膀。这是一个劳神费力的过程，一旦变回正常人的模样，他们又恢复了往常那副慵懒的样子。看着他们的变幻，露西真的难以相信那对巨大绚烂的羽翼竟可以变得那么微小纤细，最终消失在天使的肌肤之下。

待他收回翅膀之后，露西立刻搂住了丹尼尔的脊背。他第一次对她的抚摸显得有些羞怯和敏感。他的皮肤依然如婴儿般光洁无瑕。在他的脸上、在他们所有人的脸上，露西依然可以看见银色的光泽，似乎这光泽从他们体内发出，从他们眼中射向四面八方。

最后，他们将潘妮的遗体带到了礼拜堂，拂去祭台上的玻璃碎片将潘妮放在了上面。今天早晨，在无数凡人的眼前，已经不可能再将潘妮安葬了，但丹尼尔承诺一定会安排好她的后事。

露西不得不在这礼拜堂内和她的朋友做最后的告别，这令她心头万分沉痛。她能想到的话语也只有“你现在和你爸爸在一起了。我知道他看到你回去会很开心的。”

丹尼尔在学校恢复平静后一定会将潘妮安葬，而露西得告诉他潘妮的爸爸的安息之处，潘妮随后也会被安葬在旁边。她能做到的也只有这些了。

一路之上露西一直心头沉重。她的牛仔裤和背心忽然变得肥大肮脏，她的指甲也得好好修剪。庆幸的是眼前没有镜子，否则她的头发肯定会令她大吃一惊。她真希望时光能够倒流，能够让她把潘妮从死亡中拉回来，而最重要的是，只停留在昨晚最开始的美好部分。看透丹尼尔真实身份时的那种狂喜，他带着天使的荣耀降临的瞬间，见证阿伊莲和嘉碧展开翅膀的那一刻……这一切都太令人迷醉了。

它却以极度悲惨的毁灭收场。

她能感觉空气中都弥漫着像瘟疫一般的毁灭的气息，她也能在广场上闲逛的学生们脸上读到那种感觉。他们不可能那么早就自然醒，这意味着他们必定是听到、看到或感觉到了昨晚的战斗。他们知道些什么呢？他们会不会已经开始寻找潘妮和索菲亚老师了呢？他们会觉得发生了什么呢？所有的人都三三两两凑在一起低声交头接耳。露西真想凑上去听听他们究竟在说些什么。

丹尼尔抓紧了她的手："别担心。像他们一样挂上一副忧心忡忡的表情，这样大家就不会注意我们了。"

尽管露西觉得自己太过显眼，但是丹尼尔说的是对的。其他人的目光停留在他们身上的时间并不比他们俩看别人的时间长。

在墓地的门口，蓝白色的警灯闪烁着，折射在头顶的橡树枝叶之间。入口处已经被黄色的警戒线封锁了起来。

露西迎着日出的方向瞥见了兰迪的身影。她穿着一件松垮的POLO衫在墓地入口踱着步子，对着夹在领子上的蓝牙耳机咆哮着："我觉得你该把他叫起来，学校里出事故了。我告诉你多少遍了，我不知道是什么事！"

"我应该提醒你。"丹尼尔拉着露西绕开了兰迪和闪着警灯的警车，穿过了环绕墓地三面的橡树林。"在你看来这个地方可能现在有些奇怪。凯姆打起仗来比我们过分多了，他总是把一切搞得乱七八糟。不是血腥，只是……不太一样。"

在这种时候，露西可不觉得还有什么能让她恐慌。几座坍塌的雕像肯定不会让她神经紧张。他们从林间小路穿过，脚下踩着薄脆的树叶，它们发出清脆的声响。露西仍然难以相信昨晚这些树木还经历了那些咆哮的蝗虫阵般的阴影的摧残，而此时这里却已经丝毫没有它们的痕迹了。

不一会儿，丹尼尔指着一处墓地锈迹斑斑、弯曲变形的铁栅栏说道："从这里进去就不会有人看见我们了。我们得抓紧时间。"

从树木的遮蔽中走出来，露西这才明白丹尼尔所说的墓地看起来会有些不太一样是什么意思。他们正站在墓地的东角落，离潘妮爸爸的坟墓不远。但是在这墓地的边缘却看不清几步之外的情形。地面上空的空气黑暗污浊，甚至都算不上是空气。这些气体浓重、灰暗而且其中满是烟尘，露西挥手拨开这些污浊才能勉强看见眼前的景象。

露西搓着手说："这是……"

"尘埃。"丹尼尔拉起她的手继续前行。他能够看透这尘埃，不会感到窒息也不会像露西那样差点儿把肺咳出来。"战斗中，天使不会阵亡，却会留下这层厚厚的尘埃。"

"这些尘埃会有什么影响？"

"没什么，最多也就是让凡人感到压抑。但尘埃终究是要落地的，然后就有一车一车的人来研究这些尘埃。有个疯子科学家认为这是UFO带来的。"

露西想起那些像虫子般的黑云有些不寒而栗。那个疯子科学家离真相已经不远了。

"潘妮的父亲就葬在那边。"当他们接近墓园角落那个坟墓时露西说道。尽管被那么诡异的尘埃笼罩着，墓园中的坟墓、雕像和树木却都安然无恙，这让露西很是欣慰。她找到了那个印象中潘妮的父亲的坟墓，屈膝跪地拂去墓碑上的泥土。墓碑上的铭文逐渐显现，这行简朴的文字差点儿让露西的眼泪夺眶而出：

斯坦福 · 洛克伍德……世界上最好的父亲

洛克伍德先生的坟墓四周一片空白。露西站起身来，悲伤地跺了跺脚，心中哀叹自己的朋友已经去往另一个世界去和她爸爸团聚了。她恨自己竟然无力为潘妮举行一个像样的葬礼。

当有人辞世时，人们总是会谈起天堂，谈起辞世之人一定会去往那个地方。露西从来都不觉得自己懂得那些规矩，现在她更不认为自己有资格谈论人到底会不会上天堂。

她双眼噙满泪水转身看着丹尼尔。他看着露西伤心欲绝的样子也不由得面带愁容。“我会照料她的，露西。我知道这不是你想要的方式，但是我们一定会尽力而为的。”

听了这话，露西的眼泪却更汹涌了，她抽着鼻子不停地啜泣。她真想要潘妮回到她身边，那种愿望之强烈几欲令她崩溃。“我离不开她，丹尼尔。我怎么能离开她？”

丹尼尔用手背温柔地拭去她的泪水。“发生在潘妮身上的事情真的很不幸。那是个天大的错误。但当你今天离开这里时，你不是离开她。”他将手轻轻放在她的心房上说道，“她会一直和你在一起。”

“但是，我还是不能……”

“你可以的，露西。”他的声音中透着坚定，“相信我。你还不知道你能够坚强地做成多少几乎不可能完成的事情。”他看向远处的树木，“如果这个世上还残存着些许美好，那你很快就会明白的。”

一声刺耳的警笛声让两人吃了一惊。车门砰的一声打开，离两人不远的地方传来了靴子踩在石子上的声响。

“这是怎么回事？罗尼，呼叫中心。让警长赶紧过来。”

“我们走吧。”丹尼尔去拉她的手，她下意识地将手放进了他的手心，用另一只手拍了拍洛克伍德先生的墓碑，随后跟随着丹尼尔朝着墓园的东面走去。他们又穿过那处弯曲的栅栏钻回了橡树林。

迎风前行，面前仿佛有一堵冰冷的气墙。露西看见前方的树枝上似乎倒悬着三团像蝙蝠模样的小小阴影。

“快点儿。”丹尼尔命令道。他们刚刚走过，那三团阴影就嘶叫着向后飞去，似乎是知道不应该打扰丹尼尔和露西这片刻的宁静。

“现在这是去哪儿？”走到橡树林边缘时，露西不禁问道。

“闭上眼睛。”

她照他的话做了。丹尼尔从露西身后搂住了她的腰，露西感觉到他强壮的胸膛紧贴着她的肩膀。他将露西轻轻举起。露西的双脚离开了地面，或许有一英尺……然后更高……更高……越来越高……直到树顶的枝叶拂过她的肩头，轻挠着她的脖颈。丹尼尔拨开了那些枝叶，而他们还在上升。露西感到他们已经挣脱了树木的包围，沐浴在了清晨明亮的阳光之中。她经受不了诱惑张开了双眼……但凭着直觉她也能感觉到这一切太过震撼了，她甚至不确定自己是不是已经准备好了，清新空气扑面而来，微风从发间吹过的感觉就足以令她陶醉、令她沉迷了。身在天堂的感觉，就像她被从图书馆的大火中救出时的感觉，就像踏着海浪的感觉。她真切地知晓这一切都是丹尼尔为她做的。

“你可以睁开眼睛了。”丹尼尔在她耳边轻声说道。露西的双脚又触到了地面，眼前是她现在唯一想去的地方……湖边的那棵木兰树。

丹尼尔紧紧将她拥在了怀中。“我想带你到这里来，因为这里，是我在过去这几个星期来情不自禁地想吻你的地方之一。那天当你跳进水中的那一刹那我几乎要失控了。”露西踮起脚尖，偏过头去吻了吻丹尼尔。那天她想要亲吻丹尼尔的愿望同样强烈。他的吻是唯一能带给她不错感觉的东西，唯一能抚慰她心灵的东西，唯一能让她还能继续前进的东西，哪怕她已经失去了潘妮。

他的双唇温柔的压迫令她如沐春风，就像是在死气沉沉的严冬时节，当她全身已经冻僵时，有人捧给她一杯温暖的饮料。

可是他的唇离开了，太快地离开了。丹尼尔用忧郁的眼神凝视着她。

“带你来这儿还有一个原因。这块岩石通向那条能带你到安全所在的路。”

露西垂下了眼帘：“哦。”

“这不是永别，露西。我希望这甚至不会是一次长久的分别。事情如何发展，我们将……拭目以待。”他抚摸着她的头发，“请不要担心。不管到什么时候我都会来找你的。在你明白这一点之前我不会让你离开我的。”

“那我就永远不要明白。”

丹尼尔轻声一笑说：“看见那边的林间空地了吗？”他指着湖对面半英里的地方，森林在那里逐渐开阔，形成了一片平地，一片被绿草覆盖的小丘。露西以前从未注意过这片空地，但是她现在可以远远地看见一架机翼上闪着红灯的白色小型飞机。

“那是为我准备的？”她问道。发生了这么多事情之后，一架小小的飞机露西已经不为所动了，“我要去哪儿？”

她不敢相信这就要离开这个自己深恶痛绝、但留下了无数深切记忆的地方。圣剑和十字架学院将会怎样？

“这里还会发生什么？我该怎么对爸爸妈妈讲？”

“现在先不要担心这个。等你到了安全的地方，我们再处理需要处理的事情。科尔老师会打电话给你父母的。”

“科尔老师？”

“他是我们这边的，露西。他是值得信赖的。”

但是她相信过索菲亚老师。她几乎不认识科尔老师。他看上去很刻板很严肃，还有那撇小胡子……

她现在要离开丹尼尔跟她的历史老师坐飞机离开？她的头有点儿

晕晕乎乎。

“沿着湖边有一条路，”丹尼尔继续说道，“我们可以一直走过去。”他又搂住了她小小的脊背，“或者，我们可以游过去。”

他们手拉着手站在红岩石的边缘。他们把鞋子放在了木兰树下，只是这一次他们不会再回来取了。露西不觉得穿着牛仔裤和背心扎进水里会舒服到哪儿去，但是有丹尼尔微笑着站在她身边，不管要做什么事她都乐意。

他们将双臂举过头顶，丹尼尔数到了三。他们的双脚同时离开了地面，他们的身体在空中弯曲成同样的弧度，但是他们并没有坠落。正如露西期待的那样，丹尼尔指尖轻轻一触将她推向了高空。

他们在飞翔，露西拉着一位天使的手在空中飞翔。树顶似乎在向他们鞠躬，她的身体比空气更加轻盈。拂晓的月亮在天边仍依稀可见，而且离他们越来越近，仿佛她和丹尼尔就是潮汐。下方的湖面波光粼粼，似乎在邀他们前来。

“准备好了吗？”丹尼尔问道。

“好了。”

露西和丹尼尔朝着幽深冰冷的湖水冲了下去。指尖首先触到了湖水，继而是一个最漫长的燕式入水。露西冲出水面，大口地喘着气，两人相视而笑。

丹尼尔又抓住了她的手，牵着她往大岩石游去。他先爬了上去，然后俯身拉起了露西。岩石上厚厚的苔藓就像一张柔软舒适的毯子，两人伸展了身体躺在上面。丹尼尔的T恤紧贴着他的胸膛，他们用胳膊肘撑着身体面对面侧卧着。丹尼尔将手放在她的腰间说道：“科尔老师会等着我们过去的，这是我们单独相处的最后机会了。我们真的要在这里道别了。”

“我要送样东西给你，”他伸手到衬衫里掏出了那枚露西曾经见过、他总是随身佩戴的银色挂件。他将链子放在她的掌心，露西这才发现那是一个表面刻着玫瑰花纹的小盒子。“它曾经是属于你的，在很久很久以前。”

露西轻轻打开了盒子，玻璃罩内是一张小小的照片……他们两人的合影。他们直视着镜头，眼中满是笑意。露西的头发像现在这么短，丹尼尔戴着蝴蝶结。

“这是什么时候照的？”她举着盒子问道，“我们这是在哪儿？”

“下次见面时我会告诉你的。”他拿起链子围在了她的颈项上。链子触到她锁骨的一刹那，露西感到其中的一股热量喷薄而出，温暖了她冰冷潮湿的皮肤。

“我很喜欢它。”她抚摸着链子呢喃道。

“我也知道凯姆送过你一条金项链。”

自从上次在酒吧凯姆强迫她戴上之后，她还从来没有想到过那条项链。这件事情就发生在昨天，真是令人难以置信。想到自己竟然戴过那条项链真是令人作呕。她现在已经想不起那条项链在什么地方了，她也不愿想起。

“是他逼我戴上的，”她负罪般地说着，“我不想……”

“我知道，”丹尼尔说，“不管你和凯姆之间发生了什么事情，那都不是你的错。虽然他堕落了，但是不知为什么他身上依然保留着天使的魅力，非常具有欺骗性的。”

“我再也不要见到他了。”露西浑身战栗。

“恐怕你还会见到的。还有很多像凯姆一样的堕落天使。你得相信自己的勇气。”丹尼尔继续说道，“我不知道还要多久你才能想起我们的过去，尽管有些事情你不想知道，但你应该相信你的直觉，你可能是对的。”

“我不能相信我周围的人，却要相信自己？”她问道，感觉丹尼尔的话就是这个意思。

“我会尽快赶来帮助你的，我离开之后，也会尽量让人带信给你。”丹尼尔说道，“露西，你心中还有对我们过去的记忆……虽然你还无法打开心中的锁。如果你感觉有些事情不对劲，就离得越远越好。”

“你要去哪儿？”

丹尼尔抬头仰望天空，“去找凯姆。我们还有些事情要处理。”

他阴郁的声音让露西有些惴惴不安，她又想起了凯姆留下的那些厚重的尘埃。

“但是你会回到我身边的吧？”露西说道，“在你做完事情之后？你保证？”

“我——没有你我活不下去，露西。我爱你。这件事并不只关系你我，而是……”他犹豫了，摇了摇头，“现在什么都不要担心，你只要知道我会回来找你就够了。”

两人不情不愿地缓缓站起身来。太阳已经从树林间探出了头，在波浪起伏的湖面洒下星形的光斑。从这里游到湖岸到达飞机那儿并不太远，露西却希望这距离有几英里，如此一来她和丹尼尔就能一起游到日落，还有以后的每个日出和日落。

他们跳回水中朝目的地游去。露西小心翼翼地把那个小盒子塞到背心里。如果说要相信自己的本能，那么她的本能告诉她永远不要让这条项链离开自己。

露西看着丹尼尔舒缓优雅的泳姿不由得心生敬畏之情。这次在月光下，她知道她眼前挂着七彩水滴的双翼轮廓并不是她幻想出来的。它们是真实的。

她落在丹尼尔身后奋力划着水面。很快她的手指就触到了尽头，快得出乎她的意料。听到远处空地上飞机的轰鸣声，露西心中一阵痛楚。他们已经来到了分别的地方，丹尼尔不得不拽着露西把她拉出水来。一瞬间，她的心情从起初的潮湿快乐，坠入了湿透的冰凉中，丹尼尔扶着她的背朝飞机走去。

令露西惊奇的是，科尔老师怀里抱着一条大毛巾从驾驶室跳了下来。“有个小天使告诉我你可能会需要这个。”他说着展开毛巾递给了露西，露西满怀感激地接了过来。

“你说谁小呢？”阿伊莲从一棵树后冒了出来，身后跟着嘉碧，她手中捧着那本《守望者》。

“我们是来道一路顺风的。”嘉碧说着把书递给了露西。“带上这个。”她欢快地说着，但是她的微笑中看起来却像是皱眉头。

“把好东西给她啊。”阿伊莲推了推嘉碧。

嘉碧从背包里掏出一个保温壶递给了露西。露西打开壶盖，原来是热巧克力，闻起来出奇地香。露西把书和保温壶抱在怀里，忽然觉得自己是那么富有那么充实。但是她知道，上了飞机之后她又将变得空虚和寂寞。

她紧紧地依偎着丹尼尔的肩膀，享受着他在身边的每一分每一秒。

嘉碧的眼光清澈而坚毅：“我们很快会再见的，好吗？”

但是阿伊莲的眼神却飘忽不定，似乎不愿意看见露西。“别做傻事，比如说变成一堆灰烬。”她在地上蹭着脚说道，“我们需要你。”

“你们需要我？”露西有些诧异。她需要阿伊莲教给她圣剑和十字架学院的规矩；她需要嘉碧在医院照顾她。但是她们为什么会需要她呢？

两个女孩只用忧郁的微笑回答了她的问题，随后便退入了林中。露西转身对着丹尼尔，想要忘掉身边的科尔老师。

“你们俩单独待一会儿吧。”科尔老师心领神会，“露西，引擎发动后三分钟就要起飞。驾驶室见。”

丹尼尔抱起露西贴着她的额头。两人轻触着双唇，露西真想这一刻定格。她需要这些回忆就像她需要空气一般。

如果丹尼尔离开她之后，这一切又变成了另一场梦呢？

“就这样吧，”丹尼尔说道，“一切小心。听科尔老师的话直到我来看你。”一阵响亮的口哨声从飞机里传来，科尔老师已经在提醒他们赶紧结束道别了。“记住我说的话。”

“哪些话？”露西心中有些恐慌。

“越多越好，但是最重要的是……我爱你。”

露西吸了吸鼻子，如果她开口说话一定又会落泪的……离别的时候到了。

她朝驾驶室打开的舱门踱了过去，推进器滚烫的气流几乎要将她掀翻。门口驾着一把三级梯子，科尔老师伸手把她拉了上来。他按了一个按钮，梯子缩进了飞机里，舱门随之关闭。

她看了看复杂的控制板，上面布满了闪烁的指示灯和按钮。她以前从没进过这么小的飞机，更没有进过驾驶室。露西看了看科尔老师，拿毛巾擦了擦眼睛。

“您会开这个？”

“美国空军59纵队，为您效劳。”科尔老师行了个地道的军礼答道。

露西回敬了一个蹩脚的军礼。

“我太太总是跟人说可别让我开了在越南服役的话茬儿，”他边说边将银色的变速器拉了回来，飞机震颤着起飞了，“但是我们这次是长途飞行，而我有一位忠实的听众。”

“您说的是不得不听的听众吧。”露西不禁脱口而出。

“说得不错。”科尔老师拿胳膊肘轻撞了露西一下。“我开玩笑的。”说完他又开心地笑了，“我不会逼着你听我讲的。”他转身对着自己大笑的样子让露西记起了他们一起看滑稽电影时的情形，这让她心中好过多了。

轮子飞速地滑动，眼前的跑道越来越短。很快他们就要起飞了，也或许会直接冲进湖里。

“我知道你在想什么。”他顶着引擎的轰鸣对露西吼道，“别担心，我向来都是这么干的！”

当飞机冲到河岸的一刹那，科尔老师猛然把操纵杆向上一拉，机头陡然抬起直冲云霄。

地平线转眼间消失了，露西腹中一阵翻江倒海。但过了一会儿，飞机变得平稳起来，眼前的景象也变成了树木、空地和点缀着星辰的天空。下面是波光粼粼的湖面，而这一切正在随着时间而远离。他们起飞时是去往西面，但这时飞机却在原地转圈，露西的窗前全是她和丹尼尔刚刚分离的森林。她瞪大眼睛看着森林，脸贴着玻璃寻找着他的踪迹。在飞机飞离前的一刹那，露西依稀看见了一抹紫罗兰色的光焰在闪烁。她紧紧地抓着脖子上的链子贴在了唇上。

现在整个校园都在下方，暮霭沉沉的墓地就在一旁，而潘妮也很快会被葬在这里。他们升得越高，她就越能看清校园的全貌。虽然和她预想的方式大不相同，但她人生最大的秘密却就在这里揭开了序幕。

“他们可真是把这个地方糟蹋得不轻。”科尔老师摇着头说道。

露西不知道他对昨晚发生的事情了解多少。他看上去平凡无奇，但说这番话时却镇定自若。

“我们这是要去哪儿？”

“海上的一个小岛。”他指着远处的海面说道，那里地平线都已经成了黑色，“不算太远。”

“科尔老师。你见过我的父母。”

“他们人不错。”

“我能不能……我想和他们说话。”

“当然，我们会想办法的。”

“他们绝对不会相信这一切的。”

“你能信吗？”他问道，随后冲露西做了个微笑的鬼脸。此时飞机继续攀升。

事情正是如此。她必须得相信，所有的事情，从阴影的第一次闪烁，到丹尼尔亲吻她的那一瞬间，再到死去的潘妮静静躺在大理石的祭台上。这些都是真的。

再次见到丹尼尔之前，她还能怎样坚持？她紧紧地抓着那个隐藏着她一生记忆的项链。丹尼尔曾告诉过她：她自己的记忆需要自己去找回。

她不知道这其中还有多少秘密，也不知道科尔老师会带她去往何处。但是今天早晨在小礼拜堂中她站在阿伊莲、嘉碧和丹尼尔身边时，露西感觉有些不同寻常。不是失落，不是恐惧，也不是自鸣得意……而是觉得她自己很重要，不仅仅是对丹尼尔，更对所有人而言。

她透过窗户朝外望去。他们已经越过了盐沼，越过了那条通往那个令人作呕的酒吧的道路，还有她和丹尼尔第一次接吻的那片海岸。他们正飞行在茫茫的大海上，而就在这海上的某处，露西的下一站正等待着她。

没人告诉她，以后会有更多的战斗，但是露西可以感觉得到。这一切只是个开始，以后的路会更漫长、更艰巨、而且更加意义深远。

他们将一起经历那一切。

不论接下来的战斗是否令人憎恶、是否能够实现救赎、抑或两者皆俱，露西都不想再做一个默默无闻的小卒。她的心中渐渐生出一种奇特的感觉，这种感觉浸透了她的前世，浸透了以前曾无数次和她一起灰飞烟灭的对丹尼尔的爱恋。

露西想要站在丹尼尔的身旁和他一起战斗。只有战斗才能活下来，只有战斗才能和丹尼尔在一起。她要为了世间唯一值得牺牲一切的最美好、最高贵、最强大的事情去战斗。

那就是爱情。

尾声

她蜷缩在狭窄的帆布床上睡得时断时续，而他整晚都在看着她。低矮的木头房梁上吊着一盏军绿色的灯照亮了她的轮廓。柔和的灯光洒在她披散在枕头上的乌黑光亮的秀发，和刚刚出浴后光洁红润的面颊上。

每当屋外的海水拍打孤寂的海岸发出阵阵轰鸣，她都会翻转身子。她的背心紧贴在身上，每当薄薄的毯子被她卷成一团，都会露出她左肩上一处小小的凹陷，而那里他曾无数次地吻过。

睡梦中，她时而叹息，然后呼吸又恢复了平稳，可再过一会儿她又会在梦境中呻吟。是因为快乐，还是痛楚？他不得而知。她也曾两次呼唤他的名字。

丹尼尔真想飘然落在她的身边。他想离开这海滨小屋房梁上堆积着尘土的军火箱。但是她不知道他在这里，她不知道他一直就在她的四周，她也不知道未来几天她身上会发生什么。

从他身后那扇沾满了盐渍的防护窗上，他眼角的余光瞥见了一团阴影掠过，随后传来了轻轻敲打窗户的声音。他无奈地将目光从她身上移开朝窗户走去，打开了锁。屋外大雨倾盆，他能听见雨水和大海交汇的声音。一团乌云遮蔽了月亮，没有月光照亮这位来访者的脸庞。

“能进去吗？”

凯姆来迟了。

尽管凯姆有凭空出现在丹尼尔身边的能力，丹尼尔还是把窗户开大了些让他爬了进来。这些日子以来发生了太多的事情，所以对丹尼尔来说，表达一下对凯姆到来的欢迎还是很有必要的。凯姆的脸庞还笼罩在阴影下，但是他身上却丝毫没有在雨中走过了数千英里的痕迹。

他乌黑的头发和皮肤都没有打湿，浑身上下只有那双翅膀闪耀着光泽，仿佛它们是由24K的纯金打造的。凯姆在丹尼尔身边一个木箱上坐下，把那双翅膀整齐地收了回去，但是它们好像还是受到了丹尼尔闪着彩色光芒的银色翅膀的吸引。这便是事物自然的状态，一种无法解释的相互依存。丹尼尔稍微挪动就难以再毫无遮拦地看清露西。

“她睡着的样子真可爱。”凯姆柔声说道。

“就因为这个你想让她永远睡下去吗？”

“我？绝不。就为她杀害露西的企图，我要宰了索菲亚。我不会像你那样让她从眼皮下溜走的。”凯姆向前倾了倾身子，把胳膊肘撑在围栏上，看着露西裹紧了毯子围住了脖子。“我只是想要她，你明白为什么。”

“那我该怜悯你了。你终究还是会失望的。”

凯姆盯着丹尼尔的眼睛，搓了搓下巴，冷酷地笑了几声：“哦，丹尼尔，你目光短浅得令我吃惊。她现在并不属于你。”他又偷偷地看了看露西说，“或许她觉得如此。但是我们俩都清楚她所了解的不过是冰山一角。”

丹尼尔的双翼突然紧绷，但是尖端却伸向了凯姆的翅膀。他无法阻止。

“停战协议只能维持18天，”凯姆说道，“但是我觉得在那之前我们需要彼此的帮助。”

他说完站了起来，双脚踢开了箱子。头顶天花板上刮擦的声音令露西扑闪着眨了眨眼睛。两个天使在露西的目光还没有捕捉到他们的身影之前，就退回了阴影之中。

他们面对面站着，日前的战斗令他们至今身心俱疲，但他们明白这只不过是个微不足道的开始。

凯姆缓缓地伸出了苍白的右手。

丹尼尔也伸出手去。

在露西的梦中，她从未见过的最辉煌最壮丽的羽翼正逐渐展开，而此时两位天使站在她头顶的房椽上紧紧地握住了彼此的手。